WARRIORS

貓戰士

破滅守則

7部曲之I

迷失群星

Lost Stars

艾琳・杭特（Erin Hunter）著
約翰・韋伯（Johannes Wiebel）繪
朱崇旻 譯

晨星出版

特別感謝凱特・卡里

露鼻：灰白相間的公貓。
所指導的見習生，竹掌：深灰色母貓。
暴雲：灰色的公虎斑貓。
冬青叢：黑色母貓。
所指導的見習生，翻掌：公虎斑貓。
蕨歌：黃色的公虎斑貓。
蜂蜜毛：帶黃斑的白色母貓。
嫩枝杈：綠眼睛的灰色母貓。
鰭躍：棕色公貓。
殼毛：玳瑁色公貓。
梅石：黑色與薑黃色相間的母貓。
葉蔭：玳瑁色母貓。
點毛：帶斑點的母虎斑貓。
飛鬚：帶條紋的灰色母虎斑貓。
拍齒：金色的公虎斑貓。

貓后　（懷孕或正在照顧幼貓的母貓）
黛西：來自馬場的黃褐色長毛母貓。
栗紋：深棕色母貓（生了金色的公虎斑貓——小月桂；褐色母貓——小香桃）。
火花皮：橘色的母虎斑貓（生了玳瑁色母貓——小雀；黑色公貓——小焰）。

長老　（退休的戰士和退位的貓后）
灰紋：灰色的長毛公貓。
雲尾：藍眼睛的白色長毛公貓。
亮心：帶薑黃斑的白色母貓。
蕨毛：金褐色的公虎斑貓。

各族成員

雷族 *Thunderclan*

族長　**棘星**：琥珀色眼睛、深棕色的公虎斑貓。

副手　**松鼠飛**：綠眼睛、有一隻白腳爪的深薑黃色母貓。

巫醫　**松鴉羽**：藍色盲眼的灰色公虎斑貓。
赤楊心：琥珀色眼睛、深薑黃色的公貓。

戰士　（公貓，以及沒有年幼子女的母貓）
刺爪：金褐色的公虎斑貓。
白翅：綠眼睛的白色母貓。
樺落：淡褐色的公虎斑貓。
莓鼻：奶黃色公貓，尾巴斷了一截。
鼠鬚：灰白相間的公貓。
罌粟霜：淺玳瑁與白色相間的母貓。
獅焰：琥珀色眼睛、金色的公虎斑貓。
玫瑰瓣：深奶油黃色的母貓。
所指導的見習生，鬃掌：淺灰色母貓。
莖葉：橘白相間的公貓。
百合心：藍眼睛、嬌小、帶白斑的深色母虎斑貓。
蜂紋：帶黑條紋、毛色極淺的灰色公貓。
櫻桃落：薑黃色母貓。
錢鼠鬚：棕色與奶油黃相間的公貓。
煤心：灰色的母虎斑貓。
花落：玳瑁與白色相間的母貓，有花瓣狀的白斑。
藤池：深藍色眼睛、銀白相間的母虎斑貓。
鷹翼：薑黃色母貓。

光躍：棕色的母虎斑貓。
松果足：灰白相間的公貓。
蕨葉鬚：灰色的母虎斑貓。
鷗撲：白色母貓。
尖塔爪：黑白相間的公貓。
穴躍：黑色公貓。
陽照：棕色與白色相間的母虎斑貓。

長老 **橡毛**：嬌小的棕色公貓。

影族 *Shadowclan*

族長　**虎星**：深棕色的公虎斑貓。

副手　**苜蓿足**：灰色的母虎斑貓。

巫醫　**水塘光**：帶白斑的棕色公貓。
所指導的見習生，影掌：灰色的公虎斑貓。

戰士　**褐皮**：綠眼睛、玳瑁色的母貓。
鴿翅：綠眼睛、淺灰色的母貓。
爆發石：棕色的公虎斑貓。
石翅：白色公貓。
焦毛：耳朵有撕裂傷的深灰色公貓。
所指導的見習生，亞麻掌：棕色的公虎斑貓。
麻雀尾：魁梧、棕色的公虎斑貓。
雪鳥：綠眼睛、純白色的母貓。
蓍草葉：黃眼睛、薑黃色的母貓。
莓心：黑白相間的母貓。
草心：淺褐色的母虎斑貓。
螺紋皮：灰白相間的公貓。
所指導的見習生，跳掌：花斑母貓。
蟻毛：帶棕色與黑色斑點的公貓。
熾焰：白色與薑黃色相間的公貓。
肉桂尾：白色腳爪、棕色的母虎斑貓。
花莖：銀色母貓。
蛇牙：蜂蜜色的母虎斑貓。
板岩毛：毛髮滑順的灰色公貓。
撲步：灰色母貓。

鴿足：灰白相間的母貓。

流蘇鬚：帶棕斑的白色母貓。

礫石鼻：棕褐色公貓。

陽光皮：薑黃色母貓。

貓后　紫羅蘭光：黃眼睛、黑白相間的母貓（生了黃色公貓——小根；黑白相間的母貓——小針）。

貝拉葉：綠眼睛、淡橘色的母貓（生了金色的母虎斑貓——小鵪）。

長老　鹿蕨：失聰的淺褐色母貓。

天族 *Skyclan*

族長　**葉星**：琥珀色眼睛、棕色與奶油黃相間的母虎斑貓。

副手　**鷹翅**：黃眼睛、深灰色的公貓。

巫醫　**斑頤**：腿上與身上帶斑點的淺褐色母虎斑貓。
躁片：黑白相間的公貓。

調解者**樹**：琥珀色眼睛的黃色公貓。

戰士　**雀皮**：深棕色的公虎斑貓。
馬蓋先：黑白相間的公貓。
露躍：健壯的灰色公貓。
梅子柳：深灰色母貓。
鼠尾草鼻：淺灰色公貓。
所指導的見習生，**鳶掌**：紅棕色公貓。
哈利溪：灰色公貓。
花心：薑黃色與白色相間的母貓。
所指導的見習生，**龜掌**：玳瑁色母貓。
沙鼻：矮胖、腿是薑黃色的淺褐色公貓。
兔跳：棕色公貓。
蘆葦爪：嬌小、淺色的母虎斑貓。
薄荷皮：藍眼睛、灰色的母虎斑貓。
蕁水花：淺褐色公貓。
微雲：嬌小的白色母貓。
灰白天：黑白相間的母貓。
花蜜歌：棕色母貓。
鶺鴒羽：耳朵黑如鴉羽的白色公貓。

長老　**鬚鼻：**淺棕色公貓。

金雀尾：藍眼睛、毛色極淡、灰白相間的母貓。

風族*Windclan*

族長　**兔星**：棕色與白色相間的公貓。

副手　**鴉羽**：深灰色公貓。

巫醫　**隼翔**：灰毛帶白色雜毛、像是披了紅隼羽毛的公貓。

戰士　**夜雲**：黑色母貓。

斑翅：帶雜毛的棕色母貓。

葉尾：琥珀色眼睛的深色公虎斑貓。

燼足：有兩隻深色腳爪的灰色公貓。

煙霧雲：灰色母貓。

風皮：琥珀色眼睛、黑色的公貓。

伏足：薑黃色公貓。

雲雀翅：淡褐色的母虎斑貓。

莎草鬚：淺褐色的母虎斑貓。

微足：胸口有閃電狀白毛的黑色公貓。

燕麥爪：淡褐色的公虎斑貓。

呼鬚：深灰色公貓。

蕨紋：灰色的母虎斑貓。

貓后　**石楠尾**：藍眼睛、淺棕色的母虎斑貓（和風皮生了棕色母貓——小木；黃色的母虎斑貓——小蘋果）。

羽皮：灰色的母虎斑貓（和燕麥爪生了灰色的母虎斑貓——小哨；玳瑁色母貓——小歌；棕色與白色相間的公貓——小翩）。

貓后　**捲羽**：淡褐色母貓。

黑文皮：黑白相間的母貓（和噴嚏雲生了灰白相間的母貓──小霧；棕色的公虎斑貓──小水花）。

長老　**苔皮**：玳瑁色與白色相間的母貓。

河族 *Riverclan*

族長　**霧星**：藍眼睛、灰色的母貓。

副手　**蘆葦鬚**：黑色公貓。

巫醫　**蛾翅**：帶斑點的金色母貓。
柳光：灰色的母虎斑貓。

戰士　**暮毛**：棕色的母虎斑貓。
鯉尾：深灰色與白色相間的母貓。
錦葵鼻：淺棕色的公虎斑貓。
甲蟲鬚：棕色與白色相間的公虎斑貓。
豆莢光：灰白相間的公貓。
閃皮：銀色母貓。
蜥蜴尾：淺褐色公貓。
噴嚏雲：灰白相間的公貓。
蕨皮：玳瑁色母貓。
松鴉爪：灰色公貓。
鴞鼻：棕色的公虎斑貓。
冰翅：藍眼睛、白色的母貓。
溫柔皮：灰色母貓。
金雀花爪：灰色耳朵的白色公貓。
夜天：藍眼睛、深灰色的母貓。
兔光：白色公貓。
風心：棕色與白色相間的母貓。
斑紋叢：灰白相間的公貓。

月池
被遺棄的
兩腳獸窩
舊雷族小徑
雷族營地
天空橡樹
湖
風族營地
斷半橋
兩腳獸地盤
轟雷路
KEY
To The
CLANS
雷族
河族
影族
風族
天族
星族
NORTH

綠葉
兩腳獸地盤
兩腳獸窩
兩腳獸小徑
兩腳獸小徑
空地
影族營地
天族營
半橋
小轟雷路
綠葉
兩腳獸地盤
半橋
CAT VIEW
小島
小河
河族營地
馬兒地盤

被遺棄的
工人小路
採石路
水晶池
礦場
兔丘林
聖域湖
兔丘
兔丘
馬廄場
兔丘路
KEY
To The
TERRAIN
落葉林區
松樹林
沼澤
湖
小路
NORTH

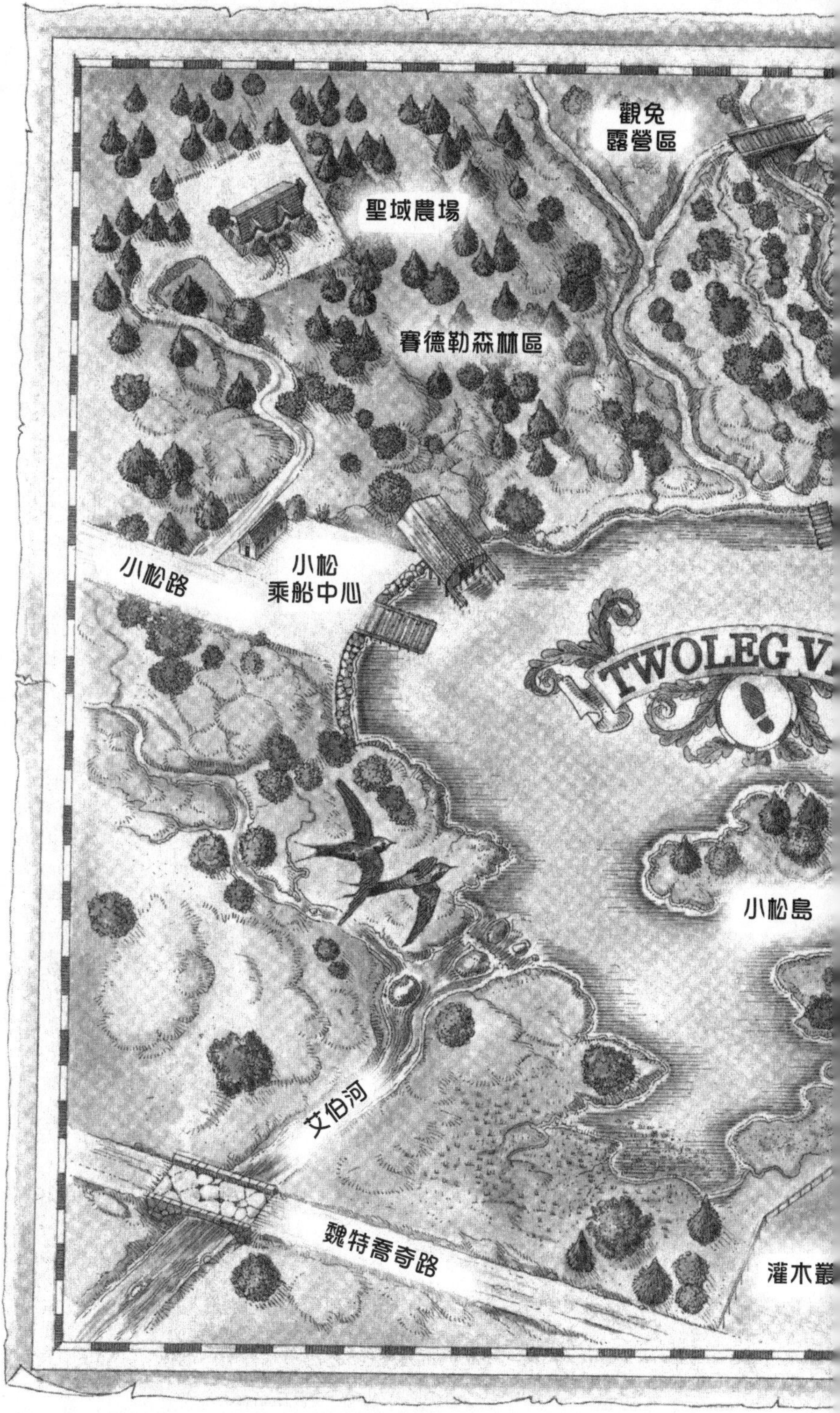

觀兔
露營區
聖域農場
賽德勒森林區
小松路
小松
乘船中心
TWOLEG VA
小松島
艾伯河
魏特喬奇路
灌木叢

序章

廣袤的靛藍天空中，一隻星族戰士俯瞰湖泊與聚集周圍的貓族領地。一彎弦月懸浮在黑暗中，月光使湖面變為銀色，也在覆蓋霜雪的大地上閃爍，樹木枝枒在雪的重量下微微下彎。

星光閃耀的戰士放眼望去，在森林樹木漸稀、轉變為沼澤地陡坡的地帶，瞥見了動靜。兩個微小的形影奮力向上攀，暗色身影與明亮冰雪形成鮮明對比，前頭是隻帶白斑的棕色公貓，他身後則是隻體型較小的公貓。後者是隻有著深灰色條紋的灰色虎斑貓，他在雪地中掙扎前行，腹部毛髮輕輕擦過白雪。兩隻貓都沒發現星族貓的目光。

「水塘光，」星族戰士認出影族的巫醫，喃喃自語。「還有他的見習生，影掌。他們想必是在前往月池參加半月集會的路上。」

貓靈專注地注視著虎斑貓見習生，看著他意志堅定地努力追上導師的腳步，殷切期盼集會的他，甚至雙眼放光，等不及和星族的貓共同入夢。貓靈讚許地點點頭。

「影掌，五個貓族當中，你是獨一無二的存在。」星族戰士接著說。「重大的事件即將來臨，各族面臨天翻地覆的變化，而你——年輕的見習生啊——你將在之後扮演舉足輕重的角色。」

星族貓靈繼續目送兩位巫醫爬上沼澤地的山坡，兩條身影緩緩去到遠方，最後爬過丘頂，消失在山丘另一側。

「是啊。」兩個字，伴隨滿意的嘆息呼出口。

「影掌，只要貓族不亡，你的名字將流傳千古。」

第一章

影掌的脖子往後扭，想辦法梳理尾巴根部最難舔到的毛髮，好不容易用力舔了幾下，就聽見步步接近的腳步聲。他抬頭看見父親虎星與母親鴿翅，兩隻貓毛皮輕碰，並肩俯視他，眼中閃爍著驕傲與喜悅的光芒。

「怎麼了？」影掌問道。他坐起身，抖了抖毛皮。

「我們只是來幫你送行而已。」虎星回答，鴿翅則親暱地舔了兒子耳朵一下。

影掌羞得毛髮直豎。**我又不是沒去過月池。**他心想。**他們怎麼還把我當成育兒室裡的小貓！**

他那兩個姊妹——撲步與光躍——在當戰士見習生時，父母可沒這麼愛瞎操心。**應該是因為我要當的是巫醫吧……**也可能是因為他還是小貓的時候，癲癇發作過幾次，雖然距離上一次可怕的幻視已經過好一陣子了，父母仍對他擔心不已。**他們應該希望我受其他巫醫貓指導之後，能就此學會控制幻覺的方法……然後變正常。**

影掌也如此希望。

「沼澤地的積雪應該非常深，」鴿翅喵聲說。「先確認地面安全，才可以踩下去喔。」

影掌扭了扭肩膀，只希望其他族貓沒聽到他父母這番話。「我會的。」他保證。他瞄了巫醫窩一眼，滿心希望導師水塘光能快些出來，卻還是不見導師的蹤影。

幸好虎星頂了鴿翅一下，兩隻貓一同走向族長窩了。影掌連忙用一隻腳爪抹臉，然後蹦蹦跳跳地跑往營地另一頭，看看水塘光為何遲遲不來。

他心裡只有找導師的念頭，幾乎沒注意到嘴裡叼著獵物、邁向新鮮獵物堆的巡邏隊，差點撞上副族長苜蓿足，幸好他有緊急收腳。

「影掌！」苜蓿足咬著趔趄驚呼。「你差點把我撞倒了。」

「苜蓿足，對不起。」影掌恭敬地低下頭，喵嗚道。

苜蓿足好氣又好笑地嗤一口氣。「真是的，你們這些見習生！」

影掌儘量掩藏自己的厭煩。他確實是見習生，但也已經是年紀不小的見習生了——這是因為巫醫貓的訓練期比戰士來得長，像他那兩個姊妹，現在都已經正式成為戰士了。儘管如此，他也知道父母不會希望他頂撞副族長。

苜蓿足繼續前行，身後跟著爆發石、蓍草葉與熾焰。雖然每隻貓都叼著獵物，但也都只有一兩隻，而且他們抓到的獵物每隻都又瘦又小。

「我這輩子都沒遇過這麼寒冷的禿葉季。」蓍草葉把一隻烏鶇放在新鮮獵物堆，開口抱怨。

爆發石點點頭，顫抖著抖了抖棕色虎斑毛皮。「牠們都冷得躲在洞裡不出來了，難怪我們都抓不到獵物——老實說，我很能理解牠們的感受。」

影掌繼續往前走，離開他們的聽力範圍。他發現新鮮獵物堆小得可憐，只能努力無視自己肚子的咕嚕聲。他幾乎不記得生命中第一個禿葉季，當時他還是小貓，也不曉得年長貓兒說得對不對，今年禿葉季是否冷得反常。

我只知道，我不喜歡這種天氣。他一面小心走在覆蓋雪水的營地裡，一面在心中嘀咕。**我的腳爪好冷，冷到快掉下來了。新葉季什麼時候才要來，我已經等不及換季了！**

影掌走近時，水塘光正巧低頭走出巫醫窩。「你準備好了？太好了。」他喵嗚道。「我們得加緊腳步，不然就要遲到了。」帶頭走向營地出入口時，他補充道：「我剛才在檢查我們之前保存的藥草，現在的存量少得危險。」

「我們可以在回來路上找新的藥草。」影掌提議，對寒冷與飢餓的不滿，被巫醫貓的職責與責任心壓了下去。他從以前就很喜歡和水塘光一起尋找藥草，以及分類與貯存藥草；用藥治療其他貓時，他總是感到十分平靜，也有控制情勢的感覺……和癲癇發作、看見預兆的感覺截然相反。

「是可以試試，」水塘光嘆氣說。「但即使是沒被凍壞的藥草，也都被一層雪蓋住了。」他們一同走出營地、進入周遭森林時，他回頭看了影掌一眼。「今年禿葉季非常嚴酷，而且還得過好一段時間才會結束。」

✦✦✦

影掌手忙腳亂地爬上岩坡，朝月池所在的山谷周圍的樹叢走去，興奮與刺激從耳朵到尾巴尖端竄遍他全身。關於幻象與嚴寒禿葉季的擔憂被拋到九霄雲外，他全身每一根毛髮都豎了起來，已經等不及和其他巫醫，還有星族——見面了。

他雖然還不是正式的巫醫，也還無法完全控制自己看見的預兆……但他還是有機會和戰士祖先見面，並向他族巫醫貓探聽其他貓族的近況。

影掌站在坡頂，等著水塘光鑽到前方那排樹叢的另一側。他回顧過去幾個月，影族的近況有些緊張，每一隻貓都還在適應新地盤、習慣和天族比鄰而居的生活。不久前，天族居住在遠方一座峽谷，甚少與其他貓族往來，後來卻在星族的指示下回到湖邊，五族群聚而居、互相扶助。既然回到了湖邊，天族就需要新地盤，因此所有貓族的領地邊界都變了，另外四族花了一段時間才接受天族。現在五族的氣氛和平多了，影掌終於能夠放心；寒酷的禿葉季令各族憂心忡忡，都沒了和其他貓族爭執的心思，甚至開始互相依賴，尤其在他們需要的植物凍壞時共享藥草。看到各族和睦相處，不再為每一隻獵物爭得你死我活，影掌感到十分驕傲。

虎星剛上任就打打殺殺，真是糟糕的開頭……還好現在那些都結束了！

「你打算整晚站在外面嗎？」

水塘光的聲音從樹叢另一側傳來，影掌聽了連忙鑽入樹叢，被尖銳的樹枝刮得皺起臉，奮力鑽到月池上方的岩架上。山谷對面的岩壁上，流水從兩顆長滿青苔的岩石間汨汨湧出，落入下方的水池，像捕捉了星辰似地閃動。月池波光粼粼的水面，閃爍著明月的銀光。

重返月池的影掌興奮得只想飛躍到空中，但他還是努力克制住衝動，沿著螺旋小徑走下谷地，以巫醫莊嚴的姿態走到水邊。腳爪滑入無數季前、巫醫前輩們踩出來的足印時，他心中充盈無限敬意。

他們是誰呢？後來都去哪裡了？他好奇地想。

雷族的兩隻巫醫貓已經坐在池畔。巫醫通常會在外頭等所有貓到場，再一同走入谷地，但也許今夜太冷，他們不想在外面等待。赤楊心若有所思地梳理胸前毛髮，松鴉羽則煩躁得尾巴尖端來回抽動，影掌與導師來到谷底時，松鴉羽失明的藍眸轉了過來。

「你們也太悠哉了吧，」他不耐煩地說。「浪費月光時間。」

影掌這才發現，風族的隼翔、河族的蛾翅與柳光都到了，他們坐在兩隻雷族貓另一邊，方才被岩石的陰影遮住。

「松鴉羽，你也好啊。」水塘光不慍不火地回應。「抱歉，我們遲到了，但看樣子斑願和躁片也還沒到啊。」

松鴉羽輕蔑地嗤氣。「他們再不來，我們就先開始。」

松鴉羽真的會不等他們，直接開始集會嗎？影掌仍然盯著雷族那隻巫醫，思索這個問題時，斜坡上忽然傳來窸窣聲，令他警覺起來。他抬頭望去，看見斑願從樹叢間鑽進來，緊接著是躁片。

「終於來了！」松鴉羽嘶聲說。

他脾氣好差。影掌心想。他又好笑地默默補充一句：**這也不是一天兩天的事了。**

兩隻天族巫醫走下斜坡，影掌注意到他們消瘦、憔悴的模樣——天族該不會出事了吧？但那一瞬間過去，他才想到自己和其他巫醫也同樣骨瘦如柴，同樣在禿葉季的考驗下心力交瘁。

斑願對其他巫醫打招呼，在池畔加入他們。「大家好。」她喵聲說，語音透出明顯的疲勞。「各位的貓族最近獵物多嗎？」

一時間，沒有貓答話，影掌感覺到眾貓不自在的心情。**他們都不想承認自己的貓族遇到了難關。**

平時沉默寡言的水塘光最先開口，讓影掌吃了一驚。或許是寒冷驅散了導師的謹慎，促使他對其他巫醫坦承事情。

「影族最近狩獵成果不佳。」他答道。聽見導師挫敗的語調，影掌感受到一絲驚慌。「再這樣冷下去，我也不曉得能怎麼辦了。」

其他巫醫貓紛紛交換放心的眼神，彷彿得知遇上難關的並不只有自家貓族，大家都鬆了口氣。

柳光點頭同意。「天氣太冷了，我們河族有很多貓抱病。」

「雷族也是。」赤楊心低聲說。

「我們的藥草快用完了，」躁片鬍鬚一抖，補充道。「就算是還沒用完的那一些，也都乾掉、沒用了。」

斑願同情地瞅了族貓一眼。「我聽到一些年輕戰士開玩笑說要私自離開貓族，去當寵物貓。」她喵聲說。

「最好別讓我聽到哪隻貓說這種鬼話，」松鴉羽齜牙咧嘴，露出猙獰的神情。「否則我就讓他們後悔。」

「松鴉羽，別激動。」斑願回答道。「那只是開玩笑而已，我們所有族貓都忠誠於天族。」

松鴉羽沒有答話，只煩躁地一抖耳朵。

「請問，你們有多餘的貓薄荷嗎？」隼翔遲疑地問。「長在風族領地附近的貓薄荷都結霜、變黑了，我們得等到新葉季才採得到。」

其他巫醫貓紛紛搖頭，只有柳光將尾巴搭在隼翔肩頭，表示安慰。「河族可以幫忙，」她保證地說道。「我們領地邊界的兩腳獸花園裡有貓薄荷，那裡的植物比較不受風霜侵害。」

「柳光，謝謝妳。」隼翔的聲音微微顫抖。「風族營區近來白咳症肆虐，不用貓薄荷治療的話，我擔心白咳惡化成綠咳症。」

「我們明天中午在邊界碰面，」柳光喵聲說。「我帶你去有貓薄荷的地方。」

「貓與貓和睦共處是很好沒錯，」松鴉羽嗤氣說。「但別忘了我們來此的目的。我對星族想告訴我們的話比較有興趣。要開始了嗎？」他緩步走到月池邊緣，伸出一隻前腳觸碰水面，卻又驚異地倒抽一口氣、收回腳爪。

「怎麼了？」水塘光問道。巫醫們一一小心翼翼地接近月池，影掌好奇地嗅了嗅，慢慢伸出一隻腳爪，沒想到腳爪碰到的不是池水，而是固體。**星族啊，這是什麼……？**

影掌碰到的固體是冰，薄冰在前腳爪施加的壓力下破裂，碎冰一片片漂浮在池邊。

「月池開始結凍了。」隼翔道。影掌舔掉腳爪上的冰水想著：**好奇怪的感覺！**

「這就證明此次禿葉季異常寒冷。」松鴉羽嘀咕。

「以前從沒發生過這種事嗎？」躁片圓睜著眼睛問。

「在我印象中，這是第一次。」蛾翅語調平穩地回答。「月池偶爾會結冰，但這是我記憶中它第一次完全凍結。」

「算了，這不重要——是時候和星族一同入夢了。」松鴉羽突然出聲宣布。「也許祂們能告訴我們，這次的嚴寒還會持續多久。」

「我們說不定有機會和葉池說說話。」柳光補充一句，聲音因哀傷而變得輕柔。

影掌和雷族那位巫醫不熟，卻聽過不少關於她的故事，知道森林裡每一隻貓都對她敬慕有加。雷族雖然還有兩隻巫醫貓，不過失去了葉池，感覺應該和被獾扯下一條腿一樣難受吧。影掌看到松鴉羽閉上眼睛，彷彿陷入深深的痛苦，他這才想到，葉池不僅是松鴉羽的導師，還是他母親。

忽然間，影掌發現自己能諒解松鴉羽剛才的暴躁。**鴿翅有時候會讓我在其他貓面前很害羞，把我當小貓看待，但是我完全不能想像失去她的痛苦。**

赤楊心走近族貓。「即使是現在，她還是會在星族照看著我們。」他低聲說。

「我知道。」影掌幾乎聽不見松鴉羽低沉的回應。「但就算是對我們巫醫而言，那還是和活著不一樣。」

九隻巫醫貓湊在一起取暖，從月池畔探出頭，低頭用鼻尖輕觸水面。影掌興奮得呼吸加速，他知道，再過幾拍心跳，他就會被送往星族，不然就是星族戰士離開領地，來月池會見仍在世的貓。

結果，四下一片寂靜。隨著時間一分一秒過去，影掌聽見貓兒困惑的吵雜聲響，像是傳自遠方般模糊、細微。他聽不清那些貓兒說的話，甚至連呼聲中是否夾雜字句都聽不清楚，他駭異地抬起頭，只見天上出現霧裡看花般的模糊影像，近似散發柔和微光的霧氣。一團團霧氣不時會固化成貓的形態，然後又淡去、消融，再次化為不具形體的雲霧。

冰冷的恐懼流遍影掌全身，他緊緊貼在水塘光身旁，努力壓下心中的驚慌，努力叫自己別傻了。**其他巫醫來月池的次數比我多，**他告訴自己。**這可能是正常現象。**

然而，雲霧般的畫面完全消失時，影掌發覺其他巫醫貓都你看看我、我看看你，每隻貓同樣震驚又不安。「以前發生過這種事嗎？」他問道。他費了好一番功夫，才避免自己發出小貓害怕時的尖聲。

隼翔搖了搖頭。「我從沒看過這樣的現象，」他回答。「連聽都沒聽說過。沒有任何貓見過這種事。」

巫醫們喃喃同意他的發言。

「那這是什麼意思？」影掌又問。「這不會是好徵兆……吧？」

「別太擔心，」水塘光用吻鼻一頂影掌肩膀，安慰他。「這可能是月池結冰的緣故，等池水融化以後，星族貓的存在又會變清楚了。」

影掌真希望自己能相信導師的話，但其他巫醫都交換了疑惑的眼神，也許連水塘光都不相信自己說的話。儘管如此，沒有貓出聲挑戰水塘光——他們似乎都還沒做好討論此事的心理準備，每隻貓都默默地爬回坡頂，互相道別。

影掌走在水塘光身邊，兩隻貓並肩往影族地盤行進。到現在，影掌的毛髮仍擔憂地直豎著。**以前沒發生過這種事，那為什麼現在發生了？這到底是什麼意思？**他轉向水塘光，張嘴說：「你覺得——」

沒想到水塘光的表情變得很遙遠，彷彿迷失在重重心事之中。不知為何，影掌總覺得現在並不是提出蠢問題煩擾導師的時候。

影掌想起那些朦朧的形影與悠遠的語音，感覺有朵烏雲籠罩在自己與所有貓族頭上，彷彿災難性的風暴即將降臨。他再次告訴自己，他只不過是欠缺經驗，才會如此焦慮，再過些時候就習慣了。

是這樣沒錯……吧？

第二章

「所有年紀夠大、能自己狩獵的貓，請到高岩下參與全族會議！」

葉星的話音清楚傳遍營地，小根聽到聲音，從育兒室探出頭，然後跌跌撞撞地跑到空地上。天族族長站在空地中央那顆三條尾巴高的巨岩上，岩石側面長了一塊塊黃色苔蘚，底部裂了條縫，岩縫中的空間就是族長窩。

小根正快步朝高岩走去，突然有另一隻貓撲到他身上，撞得他摔倒在地，兩隻貓一起滾過營地滿是碎石的地面。他耳邊響起開心的尖呼：「抓到你了！」

小針，又來了！小根認出妹妹的聲音，認出面前一隻老鼠身長處那雙閃亮眼睛，嘆息著心想。他扭動身體從小針身下爬出來，收著爪子拍她耳朵一下。

「鼠腦袋，妳還是放棄吧。」他喵嗚說。「我要去聽葉星說話了。」

小針坐起身，抖掉黑白毛皮上的塵土。「我知道她要說什麼。」她得意洋洋地說。

「我也知道啊。」小根回嘴。

他環顧營地，看到更多族貓走出各自的窩。龜掌與鳶掌從擋在見習生窩前的岩石間鑽出來，快步跑到空地另一邊，分別和他們的導師——花心與鼠尾草鼻——站在一起。花心與鼠尾草鼻兩位戰士剛從大山楂叢樹枝下的窩爬出來，緊跟著他們的，是梅子柳與副族長鷹翅。巫醫斑願與躁片原本在營地另一頭、位於兩塊岩石間的巫醫窩前整理藥草，他們聽到葉星的聲音，一同抬起頭。

「你們知道今天是什麼日子嗎？」

聽見母親的聲音，小根轉身看見站在一旁的紫羅蘭光，她雙眼閃閃發亮地看著兩個孩子，身體隨愉悅的呼嚕呼嚕音微微顫動。

「我當然知道，」小根回答。「今天我跟小針滿六個月，葉星要宣布我們當見習生的事。」

小根愈說愈興奮，但還是堅定地壓抑情緒。每隻小貓六個月大時都會成為見習生，但他知道自己若是想當戰士，就必須專心受訓，學好導師教他的一切。

我要盡全力，當最厲害的戰士！

「沒錯。」紫羅蘭光告訴他。「唉，看看你這副模樣！」她嘆了口氣說。「別的貓見了，一定會以為你被倒著拖過荊棘叢了呢！」

小根聳起肩膀，被母親用力將毛皮舔順。小針在旁邊快速梳理毛髮，尾巴優雅地捲著兩隻前腳。

「天族族貓，」全族在高岩前散散亂亂地排成半圓後，葉星開口說。「小貓當上見習生的日子，是貓族生活中重要的日子。」她從高岩跳下來，尾巴一甩，示意小根走近。「小根，請過來。」

小根突然感覺四條腿軟趴趴的，撐不起身體重量。他搖搖晃晃地走上前，站到族長面前，葉星的尾巴輕搭在他肩膀上。

「從今以後，」她宣布。「這隻見習生的名字就是『根掌』了。露躍，你是隻效率高又忠心的貓，由你來當根掌的導師，相信你能把優秀的能力傳授給他。」

根掌對葉星低頭表示敬意，然後蹦跳到半圓另一邊，站到露躍身邊。健壯的公貓等著他，寬闊的臉上帶著滿意的微笑，根掌踮起腳尖和他碰鼻子，喵聲說：「我保證，我一定會用功學習的！」

「我相信你會的。」露躍應道。

「根掌！根掌！」

根掌聽全族歡呼他的新名字，羞澀的感覺湧遍全身，但他也感覺到一種奇怪的歡喜。**我在族裡生活了這麼久，今天才算是真正開始過貓族生活。**

他站在導師身旁，見證葉星呼喚小針上前，給予她「針掌」的名字，然後讓她成為蘆葦爪的見習生。

「針掌！針掌！」他和所有族貓齊聲呼喊。

根掌環顧四周，看著所有貓為妹妹歡呼，在他們搖擺的尾巴與閃亮的眼眸中看見了欣喜。眾貓一齊為他們兄妹歡慶，在他們開始戰士訓練之際給予鼓勵。**我們族最棒了！能當天族的貓，真是太好了！**

這時，根掌望見父親——樹，他坐在圓圈外圍，兩隻前腳縮在身下，面帶事不關己、好奇到近乎好笑的神情。根掌心中的喜悅悄悄消失了。

他不為我驕傲嗎？我今天當上見習生，他難道一點也不在乎嗎？

但根掌想了想，反正父親總是一副漠不關心的樣子。樹總是有種不懂貓族生活的感覺，彷彿和族貓過了這麼多個月的群體生活，到現在依然不瞭解他們。

「根掌，恭喜你！」鳶掌跳過來，友好地推他一下。「現在你也是我們的一份子了。」

根掌不好意思地低頭。「謝謝。」

「恭喜！你母親好像為你們感到很驕傲。」龜掌走過來加入對話，針掌也跟了過來。「你父親好像就還好。」

她是用開玩笑的語氣說的，但根掌彷彿被荊棘刺到，聽到龜掌說出和自己想法相同的話，他感覺更難過了。他氣得全身毛髮直豎。

「樹有為我們驕傲，」他堅持道。「他只是表現得不太一樣而已。」

針掌的毛髮也豎了起來，她瞇起眼睛瞪龜掌。「不是每隻貓都一定要表現得一樣，好嗎。」她嘶聲說。

「你們不用這麼激動嘛，」鳶掌喵嗚道。「龜掌只是開個玩笑而已，而且我必須說，你們父親真的很奇怪。」

「奇怪很好啊！」針掌迅速回嘴。「樹是全森林最會勸架的貓。」樹是所有貓族公認的調解者，五族之中就他一個。

「可是他最近沒在勸架啊，是不是？」鳶掌問道。

「那是因為沒有貓吵架，」根掌反駁。「我們和其他貓族的關係很和平，那有一大部分是樹的功勞。」

「好喔，你說的算。」鳶掌和氣地喵聲說。「走吧，我們一起去見習生窩，我們幫你們築臥鋪。」

根掌稍微放鬆，讓毛髮恢復服貼，正打算隨鳶掌與龜掌走之時，突然想到該先得到導師的許可。他轉向露躍，還沒開口，灰色公貓便簡單地一點頭。

「築好臥鋪以後，」他指示道。「吃一隻新鮮獵物，然後來找我，我帶你去巡天族領地一圈。」

「妳也是。」站在一旁的蘆葦爪對針掌說。「我們一起去。」

「太好了！」針掌尖聲說，話剛說完才想到自己表現得像小貓一樣，不好意思地低下頭。

她蹦蹦跳跳地緊跟著龜掌與鳶掌，跑往營地另一頭，根掌也跟了上去。

在見習生窩裡築好臥鋪之後，根掌與針掌蹲坐在新鮮獵物堆旁。根掌望見樹的身影，他這時終於站了起來，慢步朝兩個孩子走來，走來的路上經過育兒室門口。此時貝拉葉與小鶚正在禿葉季慘淡的陽光下打盹，根掌注意到，樹經過時，小鶚顫抖著跳起來，緊貼著她母親身側，貝拉葉則用尾巴捲住小貓的肩膀，綠色雙眼充滿敵意地瞪著樹，看著他走過。

我知道這是怎麼回事！根掌壓下怨聲，心想。

貝拉葉不喜歡樹、不讓小貓接近他，也是情有可原。貝拉葉生的一窩小貓當中，只有小鶚活了下來，當時全族都十分難過，結果樹還堅稱死去的兩隻無名小貓仍待在小鶚身旁守護她，害大家心情更差。樹的話嚇得小鶉半死，也惹得全族惱怒不已。

那還是我這輩子第一次覺得這麼丟臉！

「現在，你們是見習生了。」樹走近根掌與針掌，說道。他開始掃視新鮮獵物堆，看看有沒有肥嫩的獵物可吃。

「對啊，很棒吧！」針掌沒看見小鶉的反應，她吃烏鶇吃到一半，抬起頭。「等我們吃完，就要跟導師去巡領地一圈。」

「很好。」樹喵聲說。「我教過你們和狐狸打架的方法，你們還記得吧？」

「記得！」針掌喵呼一笑。「不要跟牠們打架！」

根掌緊盯著他在吃的老鼠。**樹為什麼不能像其他父親一樣，給些有用的建議？**

片刻後，他感覺到一隻腳爪戳戳他身側。「你怎麼了？」樹問道。

「沒事。」根掌又咬一口新鮮獵物，咕噥一聲。

「刺蝟都會飛了。」父親回嘴。「有什麼事，告訴我吧。」

根掌知道在他回答問題之前，樹不會放棄追問。他嘆一口氣。「我只是覺得……小鶉每次看到你，都是那種反應。」他抱怨道。「你不應該跟她說你看到她死掉的兄弟的，她還那麼小，你說那些只會把她嚇壞。」

「我以為她聽了會感到安慰。」樹煩擾地搖頭說。「我想告訴她，她的兄弟都還在身邊，在他們離開、加入星族之前，會一直照看著她。我以為她會想聽到這些。」

「她不懂啊！」根掌厲聲說。他忍不住補充：「其他貓都不會說那些奇怪的話！」

他抬頭看父親，瞥見樹眼中一絲受傷。「從你小時候，我就教你獨立思考。」樹喵嗚道。「我不希望你盲目地遵從族中習俗——這些都是好習俗，但不是每一個問題都能用它們解決。」

根掌沒有回應，而是默默吞下最後的老鼠殘骸。他打從全身每一根毛髮知道父親錯了，但他沒辦法用言語解釋這件事。**希望我很快就能結束見習生生活。**他心想。他已經等不及升格為真正的戰士，證明自己對天族徹頭徹尾的忠心。**等族貓看到我和父親不一樣，就不會再把我當怪胎看待了。**

✦✦✦

根掌手忙腳亂地爬起來，甩掉毛皮上的露珠。林中仍飄著絲絲霧氣，空地上的草葉因滴滴露水而低垂。

今天早上真不是跟露躍學戰技的時候！我們馬上就會溼透了。

從根掌與針掌成為見習生至今，已經過了兩天。根掌原本滿心期待在黎明時分和妹妹與兩位導師到空地上開始第一堂戰技課，結果戰技課和他想像中完全不一樣。

「我們再試一次，」露躍喵聲說。「別忘了，被別的貓壓住時，最好的脫身方式就是全身放鬆，讓對手以為你放棄了，然後再全速掙脫對方。懂了嗎？」

根掌點點頭。「懂了。」

露躍飛撲過來，將他撞倒，然後一隻腳爪按著他脖子、另一隻腳踩在他背上，壓制住他。根掌放鬆身體，但就在他準備一躍而起之時，空地另一頭傳來一聲得意的號叫。鳶掌與龜掌也在和他們的導師練習戰鬥，在空中縱躍、扭轉，剛才鳶掌設法撞得龜掌摔倒在地，然後壓在她身上、張嘴對準她的喉嚨。

「很好。」鳶掌的導師鼠尾草鼻誇獎道。

我怎麼可能變得跟他一樣強。根掌想。

「準備好了沒？」露躍的語氣多了絲不耐煩。「你給對手這麼多時間，他早就把你滿身的毛都抓下來了。」

「對不起。」根掌小聲說。

他等了幾拍心跳的時間，然後全力撐起身體，可是他沒能掙脫導師的掌握，反而笨手笨腳地倒回地上。露躍用兩隻腳爪踩住他的尾巴，把他固定在地上，根掌還沒跳起來就被拖回地面。

跟前幾次練習結果一樣。根掌心想。露躍放開他，他抖了抖毛皮。**都是鳶掌害的，要不是他讓我分心，我早就成功了。**

這時針掌飛躍到空中、甩脫蘆葦爪，然後四足落地，尾巴還驕傲地一甩。看到這一幕，根掌的心情更差了。

「今天就先這樣吧。」露躍喵嗚道。根掌聽得出他語音中的倦意。「明天等你有辦法專心學習了，我們再來試一次。你可以先和針掌練一練。」

根掌羞愧到說不出話來，只能默默點頭。

「喂，露躍！」空地另一邊，花心喊道。「你們訓練完了嗎？要不要一起去狩獵？」

「好啊。」露躍看了蘆葦爪一眼，回應道。「我們的訓練結束了。」

根掌羞得毛皮發燙，只能看著四位導師一同離開。針掌走過來，輕輕用鼻頭碰他肩膀。「沒關係，」她低聲說。「我們一起練習，你很快就會了。」

「我應該永遠都學不會吧。」根掌哀怨地說。

「你都等太久了。」龜掌插入話題，和鳶掌一起走到空地這一頭，加入根掌與針掌。「而且你在跳起來之前肌肉不要用力，不然對手就能預測你的行動。」

根掌對她點頭致謝，但還來不及開口，就被鳶掌打斷。

「不然你也可以選一條不同的路去走。」年紀較大的見習生補充道。他眼裡閃爍著惡意的精光。

「你這是什麼意思？」根掌問。他的毛皮發麻、發癢，充滿對鳶掌的敵意。

「說不定你訓練得這麼失敗，是因為你本來就不是當戰士的料，很可能你本來就應該當那種跟死貓說話的貓。就像你父親不是也有他『自己的一套』嗎？」鳶掌語帶笑意地說道。

根掌心頭火起，感覺到肩膀的的毛髮豎起來。他咧起嘴唇，一臉猙獰。「不准這樣對我說話！」

「不然你要怎樣？」鳶掌挑釁道。

根掌踏上前。「不然我就把你的耳朵抓掉！」

「喂！」龜掌硬擠到兩隻公貓之間。「你們想打架，就等著挨罵吧。而且，你也沒有勝算。」她輕蔑地對根掌說。

她的譏嘲剝奪了根掌最後的自制力，他憤怒地尖叫一聲，撲向玳瑁色母貓。他聽見針掌高呼他的名字，卻沒有理會妹妹，而是伸出爪子、伸長前腳，朝龜掌抓去。

他這一爪沒有抓中。龜掌迅速閃開，伸腳往根掌的腳爪勾去，根掌跌倒在地上、呼吸困難。龜掌居高臨下看他，前腳爪按著他脖子與肚子。

根掌發出氣憤的嘶聲，然後他想起露躍示範過的動作，讓自己全身放鬆。然而，他試圖一躍而起時，卻又重重摔回地面，轉身才看見龜掌一臉得意地踩著他的尾巴。

「你怎麼會蠢到想攻擊我們呢，」她喵聲說。「我們年紀比你大，戰技也比你強。還有啊，別因為鳶掌說對了就對我們出氣，你要當怪胎，何不去別地方當呢！」

她退開，讓根掌手忙腳亂地爬起身。即使沒被同族戰士看見，被龜掌制伏的根掌仍感到又羞又怒，毛髮都彷彿著火了。

「我一定會成為強大的戰士。」他堅稱。「我會成為族裡重要的貓！而且我才不是怪胎。」**我跟樹不一樣。**他默默補充道。

兩隻年長見習生交換了個意味深長的眼神。

「好啊，既然你想證明自己的能力，那要不要幫幫我們？」鳶掌提議。

「根掌，不可以！」針掌走到根掌身邊。「露躍不是叫你練習嗎？」她急促地說。「不要和這兩隻笨毛球說話了啦，他們只會想辦法耍你。」

根掌其實也明白妹妹說得對，但他想像自己此時退縮，想像兩名年長見習生的冷嘲熱諷，就顧不上是非對錯了。

「我不用妳照顧。」他罵道。「好啊，鳶掌，你要我做什麼？」

「我們打算遠行到湖邊，」鳶掌答道。「那邊好像有斑願和躁片需要的一些藥草，只要我們弄到一些藥草，就能證明自己做足了當戰士的準備——甚至有機會獲得戰士名喔！你敢跟我們一起去嗎？」

「我當然敢。」根掌回答。

「根掌，別當鼠腦袋。」針掌央求道。「到時候被露躍發現的話，你就完蛋了。」

根掌肚子裡一陣不安，彷彿有條蟲子在裡頭扭動。**露躍已經很受不了我了……還是不要再惹他生氣比較好吧。**但此時，他又看見兩個年長見習生眼中的嘲諷。「我不管，」他對妹妹說。「反正只要妳不打小報告，露躍也不會知道有這回事。」

聽同胞哥哥提到自己背叛他的可能性，針掌一臉受傷。「我不會說，」她喵嗚道。「可是我覺得有蜜蜂鑽進你腦袋裡了。」

她轉身朝營地的方向大步走去。在那一拍心跳的時間，根掌恨不得跟過去，對悶悶不樂的妹妹道歉，但他知道自己不能在鳶掌與龜掌面前退讓。

「好，我們走。」鳶掌下令。

根掌跟著紅棕色公貓往湖泊行進，龜掌則負責殿後。每前進一步，他便感覺空氣變得更加寒冷，身體忍不住顫抖，彷彿被冰爪子深深探入毛髮。

「你是膽小鼠嗎？」龜掌嘲笑道。「要不要躲回暖洋洋的育兒室啊？」

「我才不怕，」根掌邊反駁邊回頭瞪她。「我只是會冷而已。」

「是這樣嗎？」龜掌「喵呼」一聲笑出來。

話雖這麼說，根掌死也不可能對另外兩隻貓承認的是，他們走出樹林、站在朝湖畔傾斜的高堤時，他心中不由得萌生了恐懼。前方是一片灰色的荒荒大湖，湖水被一陣陣寒風吹起波浪，接近湖岸的灰水甚至結成了冰，白冰從滿是石礫的水岸向湖心延伸好幾條尾巴的距離。

「好喔，」根掌喵聲說。「我們開始找藥草吧。」

他矮身趴在地上，躡手躡腳往前爬，望向一棵蔓生的荊棘叢下方，那裡有幾棵還未枯死的綠色植物。這時，他聽見後方的嗤笑聲，停下腳步，扭動身子轉頭，面對另外兩隻見習生。

「你在做什麼啊？」鳶掌問，好笑得尾巴都捲起來了。「我們連這次要找什麼植物都還沒告訴你，你打算找什麼？」

又一波熱燙的羞窘洗遍根掌全身，幾乎驅散了冷風的寒意。「我只是想幫忙而已嘛。」他從荊棘叢爬出來，氣呼呼地抗議道。「如果你們是來笑我的，那就自己去找藥草啊！」

他轉身準備跑回營地，卻被鳶掌擋住。

「怎麼了？」鳶掌問。「你連這點玩笑都開不起嗎？連碰到這點小事都要生氣，你還想當戰士？」

根掌用爪子深深抓入地面，全身上下每一條肌肉都氣得繃緊，恨不得撲向鳶掌、抹去他臉上討厭的冷笑。可是，他知道年長見習生是故意挑釁他。

他應該是看到我剛剛攻擊龜掌，被她修理，還想再看一次好戲。哼，我才不會讓他稱心如意。

根掌抬起頭，心臟緊張又憤怒地在胸中鼓動。他努力擠出全身每一絲尊嚴，小心翼翼地繞過鳶掌，走上回營地的路。面對年紀比較大的貓，他感到柔弱無助，再怎麼想狠狠抓鳶掌的吻鼻，他也知道自己不可能打贏。

而且，要是被露躍知道，我就真的完蛋了！

「這就對了！」龜掌對著他的背影喊。「灰溜溜地逃回育兒室吧！去告訴你母親，有討厭的貓欺負你！」

「你確定你夠聰明、夠勇敢？你確定你有資格當戰士？」鳶掌跟著說。「你不覺得還是去跟看不見的死貓說話，比較適合你嗎？」

根掌身體一熱，前一刻的自制力瞬間燃燒殆盡。他猛然轉身。「你們想知道我有沒有資格當戰士，是不是！」他號叫一聲，露出利爪撲向兩隻年長見習生。

鳶掌與龜掌閃開他，結果根掌衝刺的速度快得停不下來，他直接從兩隻貓身旁飛奔而過，順著斜坡奔向湖泊。他掙扎著想辦法減速、停步，感覺到腳爪踩過岸上的小石子，然後滑上湖冰。他朝未結凍的湖水滑去，儘管努力用爪子抓住冰層，他還是只能眼睜睜看著冰面出現一條條裂痕。冰冷的黑水從腳爪下湧上來，令他身體一縮，一拍心跳過後，他驚恐地尖呼一聲——冰層破裂，他就這麼墜入湖中。

第三章

鬃掌嚐了嚐空氣，跟隨導師玫瑰瓣穿行過矮樹叢。樹林邊際之外，傳來湖浪的沖刷聲，寒風從湖面吹拂而來，吹入她毛髮深處。**如果能找到更多獵物，那該有多好！**她心下想著。**全雷族都餓壞了。**

儘管憂心忡忡，和玫瑰瓣與另外兩位戰士一同巡邏時，鬃掌還是忍不住驕傲地昂首挺胸、高舉尾巴。而且，其中一隻同行的戰士是莖葉呢！莖葉方才似乎嗅到老鼠的氣味，此時蹲伏在氣味所在的樹叢旁，鬃掌忍不住欣賞他滑順的橘白毛髮，以及他傾聽獵物聲響時警覺地豎起的耳朵。

他有沒有注意到我？鬃掌好奇地想。**我昨天獵殺松鼠的時候，他誇我抓得好，但我不希望他只把我當優秀的見習生，我要他欣賞我。**

湖泊方向忽然傳來號叫聲，令鬃掌分神。與此同時，莖葉撲到樹叢下，發出氣憤的嘶聲。「狐狸屎！我差一點就要抓到老鼠，結果牠被那邊的吵鬧聲嚇跑了。」

「出事了！」玫瑰瓣聽著持續不斷的號叫聲，驚呼道。「我們快去！」

「那裡是天族地盤耶。」巡邏隊的第四個成員鷹翼抗議道。話雖如此，四隻貓還是快步跑向湖畔。

玫瑰瓣回頭掃了薑黃色母貓一眼。「無論是什麼部族的貓，只要有難，我們就該幫忙。」她回道。

鬃掌似乎能嗅到從湖邊飄來的天族氣味，不過襲捲周身的刺骨寒風讓她無法確認那是什麼氣味。幾拍心跳過後，她從樹叢中衝出去，發現自己猜對了——離他們稍遠、過了天族疆界的湖灘，有兩隻貓在水邊來回奔跑，驚恐的號叫聲就是他們發出的。

湖中，第三隻貓困在冰冷的水裡，焦急地試圖抓住冰層邊緣，但薄冰一次次在他的腳爪下碎裂，他也在掙扎過程中逐漸遠離水岸。他的頭每次沉到水下，浮上水面之前的時間便會拉長，鬃掌意識到，再過不久，那隻貓就永遠不會再浮上來了。

在本能的驅使下，鬃掌大步跑上前，跑在族貓前頭。她最先抵達湖岸，深吸一口氣，繃緊忍不住要顫抖的四肢。**星族啊，請幫幫我！**她暗暗祈禱。她開口大喊：「你撐著！我馬上來救你！」

後方傳來玫瑰瓣的聲音：「不可以！鬃掌，快回來！」

鬃掌不理導師，而是趴著爬上薄冰，儘量平展四腿、將體重平均分布在冰上。她逼自己無視刺入毛髮的酷寒，逼自己小步小步移動爪子往前進，朝不停掙扎的貓挪去。她感覺到薄冰被自己的體重壓得變形，但冰層勉強承受住她的重量，讓她爬到邊緣，她在天族貓沉到水下時伸長脖子、咬住他後頸。

鬃掌緩緩往後挪，將另一隻貓拖上來。薄冰漸漸在兩隻貓的體重下龜裂，但冰層終於破裂時，鬃掌發現他們已經回到了淺水處，她能夠在水中站直了。她放開另一隻貓的後頸，用肩膀推他一把，幫助腳步蹣跚的他回到岸邊。鬃掌終於放心地呼出一大口氣，跟著爬上岸，癱倒在砂礫上。此時全身顫抖，不只是因為湖水的冰寒。

還好我沒有一起溺死！

「鬚掌，妳是鼠腦袋嗎？」玫瑰瓣走到見習生身邊，語調和寒風同樣冰冷，雙眼宛若琥珀色堅冰。「我叫妳回來，沒聽到嗎？我應該罰妳接下來六個月都幫長老抓壁虱。」說到這裡，她的聲音變得柔和一些，幾乎成了呼嚕聲。「要不是妳這麼英勇，我鐵定會這麼罰妳。」

「我非做不可啊。」導師的讚美，令鬚掌心中暖了起來。她解釋道：「我是我們四個當中最輕的貓，而且我不幫忙的話，他就會死在湖裡。」她轉向剛才救上岸的貓，暖洋洋的心情瞬間轉變為銳利的惱怒。「你這個蠢毛球！」她罵道。「沒事爬到薄冰上做什麼？」

看上去還帶有小貓稚氣的天族貓抬頭看她，眼中洋溢著感激之情。「對不起，」他氣喘吁吁地說。「那是意外。幸好有你們幫忙。」

另外兩隻天族貓也來了，他們低頭看著族貓。鬚掌認得他們，她在上次大集會見過他們一面，兩隻見習生分別是鳶掌與龜掌。

「有一部分是我們的錯。」龜掌坦承。

「嗯，真的很抱歉。」鳶掌邊說邊慚愧地垂頭。

「你們是該覺得抱歉。」玫瑰瓣憤怒的目光轉向兩隻見習生，厲聲斥責。「你們兩個像發癲的狐狸一樣亂跑亂叫，有什麼用？」

最小的見習生點點頭。鬚掌注意到，即使渾身溼透、顫抖不停，他聽到玫瑰瓣的斥責，眼中還是閃過了贊同的光芒。

玫瑰瓣轉頭俯視他，接著說：「那你又是誰？我好像沒在大集會見過你。」

見習生搖搖晃晃地站起來。「我是小根。」他瑟瑟發抖地說道。「呃、不對——是根掌。」

玫瑰瓣歪頭上下打量他。「你是**紫羅蘭光**的小貓？」她問道。「鷹翅的親戚？看你這副模樣——你抖成這樣，毛髮都結冰了，我們得快些帶你回雷族營地，請巫醫幫幫你。」

「不行！」根掌抗議。「我們是天族貓。」

「可是雷族營地離這裡近得多，」玫瑰瓣堅持道。「你們沒道理在這情況下長途跋涉回天族營地。」

「可是——」根掌又開口。

鬃掌耐心用盡了，她低頭將臉湊到根掌面前。「別鼠腦袋了，」她嘶聲說。「你想大老遠跑回自己的營地嗎？還沒回到家，你就在路上凍死了。」

根掌又遲疑片刻，這才點頭同意。

「我跟你們一起過去。」鳶掌喵聲說。「龜掌，妳先回營地，把這邊發生的事告訴大家吧。」

龜掌吞一口口水，一副完全不期待的樣子。「好。」她同意道。「根掌，真的很對不起。」說完，她也不等根掌回應，就直接轉身鑽進樹林。

鬃掌撐著根掌一邊身體，鳶掌幫忙撐起他另一側，由玫瑰瓣領路跨越天族界線，走上回雷族營地的路。年輕見習生似乎因為沒辦法獨力行走而感到羞窘。**這沒什麼好羞愧的，**鬃掌心想。**你剛才差點溺死了，換作是別的貓，也一定需要一些幫助。**

走在三隻見習生前方的莖葉回過頭，看向鬃掌。「妳做得非常好，」他喵嗚道。「妳拯救了根掌，那真的很了不起。」

鬃掌點頭接受。「莖葉，謝謝你。」緊急事態結束後，她本該在湖上感受到的恐懼與不安終於出現了。**接下來好幾個月，我應該作噩夢都會夢到這一天吧！**

她心中這麼想，但還是不想在其他戰士面前顯得軟弱——在莖葉面前，更是不行。「其實也沒什麼大不了的啦。」她補充道。

即使寒風吹得她溼透的毛皮都快結凍了，即使每一步都令她疲憊不堪，莖葉的讚美還是讓她心裡暖洋洋的，她恨不得蹦蹦跳跳地在森林裡奔跑，大聲喊出自己的喜悅。在鬃掌看來，比起其他貓的讚賞，莖葉說的話意義深重得多——甚至比玫瑰瓣的話還要重要。

✦✦✦

鷹翼方才提前跑回營地，將狀況報告給雷族的巫醫貓，因此玫瑰瓣的巡邏隊歸來時，赤楊心已經等著他們了。他沒有多問，就匆匆帶根掌進入巫醫窩。

鬃掌跟了過去，從遮擋巫醫窩入口的灌木叢旁探出頭，看見根掌癱躺在苔蘚與蕨葉鋪成的臥鋪裡。赤楊心忙著把根掌的毛髮逆著舔起來，加速血液循環、幫助他的身體暖起來。巫醫窩深處的陰影中，傳出松鴉羽的聲音。

「驚嚇過度就用百里香葉，再給他一顆罌粟籽好了，確保他好好睡一覺。」

確認根掌受到良好的照顧後，鬃掌退了出來，發現胞妹竹掌與胞弟翻掌都跑到了身後，好奇得眼睛發亮。

「發生什麼事了？」竹掌問。「玫瑰瓣說妳救了那隻天族見習生耶！」

一時間，鬃掌用前腳爪在營地的泥土地面磨擦幾下，不好意思把自己的英勇事蹟告訴弟弟妹妹。

翻掌友善地撞她一下。「說嘛！說嘛！」

鬃掌強迫自己冷靜下來，把自己的故事說出來，過程中儘量不誇大其詞或把自己說得太偉大。她一面說，一面看著弟弟妹妹眼睛圓睜。

「哇，妳好勇敢喔！」鬃掌說完後，竹掌驚呼。

「他們應該馬上讓妳成為戰士。」翻掌高聲說。

「這還沒辦法，但妳的確十分英勇。」聽見新來的聲音，鬃掌轉過頭，驚訝得倒抽一口氣。朝他們走來的貓，是棘星。

「鬃掌，妳表現得非常好。」他接著說。

鬃掌恭敬地對族長低下頭。「棘星，謝謝誇獎。」

「妳還有體力的話，我還想給你一份任務。」棘星接著說。「我要派一支巡邏隊去天族，把根掌的情況告知葉星，讓她知道我們在照顧根掌，等他身體好起來了就會送他回家。我想請妳和他們一起去天族一趟。」

鬃掌轉頭看見玫瑰瓣與莖葉並肩站在距離她幾條尾巴長處，全身、全心的疲倦瞬間一掃而空，她感覺自己能馬不停蹄地繞著湖泊連跑三圈。**我要參加出使別族的任務了——而且是和莖葉一起執行任務。**

「好！」她回答。「棘星，我很樂意！」

✦✦✦

鬃掌與兩隻戰士從雷族營地出發，穿行森林朝天族地盤前進時，風似乎比先前更強了，有時陣風甚至強得他們幾乎站不住腳。

「我受夠了。」營地到疆界的路快要走到一半時，玫瑰瓣嘀咕。「我們找地方暫歇一下。」

「我還可以繼續走。」鬃掌抗議。她擔心導師是為了她，所以提議休息。

莖葉輕輕用尾巴末梢擦過她耳朵。「妳不必時時刻刻當全族最勇敢的貓喔。」他喵聲開玩笑。

莖葉說話的同時，玫瑰瓣的耳朵轉向陡坡底部一棵冬青叢。「那下面應該可以遮風，我們走吧。」

停下來休息一會，應該沒關係吧。鬃掌心想。她跟隨著導師從樹枝下方鑽進去，躲入樹叢下方溫暖的落葉層。**不用吹冷風，感覺滿好的。**

她蹲在冬青叢下，看著枯葉被寒風捲走，身旁就是莖葉。這應該是鬃掌此生最快樂的時刻了吧，即使是捲來陣陣雪花、吹得他們毛皮沾上點點白斑的冷風，也無法吹熄她心中的愉快。

「每一次禿葉季都這麼冷嗎？」她問莖葉。

橘白相間的公貓聳聳肩。「不曉得。」他回答。「我聽一些長老說，這是他們記憶中最冷的一次禿葉季。」

剛才一直凝望樹林的玫瑰瓣站起身。「風變小了。」她喵聲說。「我們該出發了。」

鬃掌與莖葉跟著她離開藏身處，再次面對撲面襲來的寒風。還沒走遠，鬃掌就隱約嗅到獵物的氣味，在兩棵大樹之間瞥見一隻拍著翅膀落地的鵪鴿。

「我該試著抓牠嗎？」她低聲問玫瑰瓣。

導師點點頭。「來看看妳的狩獵技巧吧。」

莖葉舔過嘴巴。「族貓都吃過了，」他喵嗚道。「我們停下來吃點點心，也不會有貓有意見。」

鬃掌蹲伏下來，準備狩獵，開始慢慢逼近鵪鴿，每一步都儘量輕巧地踩在地面，尾巴也緊貼著身側。她從眼角瞥見莖葉的身影，他要繞一大圈，從另一側包抄那隻鵪鴿。

那一瞬間，鬃掌有點不高興——莖葉是不是覺得她會失敗？但片刻過後，她發現莖葉是準備將鳥兒趕往她的方向，這個想法讓她從頭到爪尖都暖洋洋的。

鶺鴒似乎沒發現危險正步步進逼，牠的嘴喙戳入一棵樹下的落葉堆，忙著尋找昆蟲。然而，就在鬃掌停下腳步、搖擺臀部準備撲上去時，獵物突然察覺到危險，發出刺耳的驚聲，拍翅膀往上飛。與此同時，莖葉飛撲上前，鶺鴒轉彎遠離他，鬃掌剛好跳出去用爪子抓住牠。鬃掌落地時，鳥兒的翅膀狂亂地拍打她胸口，她一口咬在牠頭部後方，快速殺死獵物。

「做得好！」玫瑰瓣高呼。

「這是多虧了莖葉。」鬃掌回答。她對信步走來的橘白公貓開心地眨眼。**我們真是好搭檔。**她默默告訴自己。

「妳很有天分，有機會成為優秀的狩獵者。」三隻貓蹲下來共享鶺鴒時，莖葉說道。「妳的天賦顯而易見，尤其今天拯救根掌時又展現了英勇的一面，看來妳總有一天會成為強大的戰士。」

鬃掌一時間找不到合適的回應，但她還是全身充滿了喜悅，一絲寒意都感受不到了。莖葉還年輕，但她知道雷族眾貓已經十分尊敬他，視他為強大又能幹的戰士。**既然他對我的能力有信心，那我一定可以實現夢想。**

「我想成為雷族最強大的戰士之一。」她喵聲告訴莖葉。

「我相信妳能成功。」他呼嚕呼嚕道。

鬃掌腦中閃過一個畫面，在她幻想的未來，她和莖葉並肩走在森林裡，是戰士，也是伴侶。

我們會是全族最厲害的一對……

第四章

一次又一次咳嗽打擊草心的身軀，大咳一陣過後，淺色母虎斑貓終於癱倒在巫醫窩中的臥鋪裡。她癱在蕨葉中，閉上眼睛，身體時不時因咳嗽而震顫。

影掌低頭看著她癱軟的身軀，小心翼翼地從她耳朵嗅到尾巴尖端。「還沒惡化成綠咳症，」檢查完畢後，他向水塘光報告。「但如果天氣繼續冷下去，衍發成綠咳症也不奇怪。比起昨天，她的情況更糟了。」

水塘光的聲音，從巫醫窩深處的陰影傳出。「現在爆發白咳症疫情就糟了，更不用說是綠咳症。」他喵嗚道。「我們貯藏的貓薄荷愈來愈少了，而且在這種星族詛咒的冷天，就算是白咳症也非常危險。」

影掌幾乎沒聽到導師的嘀咕，他的心思不停飄向月池的半月集會，以及戰士祖先們朦朧不清的影像。回來之後，那些對活貓呼喊的悠遠聲音一再出現在他夢中，令他憂心如焚的揣測也繚繞不去。

我們沒辦法聯繫星族，會不會是我的錯？

這隻年輕公貓一直知道自己與眾不同，從他還是小貓、還沒接受水塘光指導之時，他就不時會看見異常鮮明的奇怪幻象，就連巫醫也無法解釋這種現象。通常在產生幻覺時，他還會全身痙攣，而且他看見的貓有時甚至不是影族貓。

這也不算是壞事……但絕對稱得上是怪事。巫醫貓也會幻視，但他的幻視和巫醫又不一樣，他會不會不適合走巫醫這條路？更可怕的問題是……星族會不會因此發怒，拒絕和巫醫溝通？

想到自己可能被星族拒絕了，他就覺得腹中沉重無比。

「影掌！」

導師的聲音突然在耳朵旁邊響起，嚇了影掌一跳。他轉頭，發現水塘光不知何時從陰影走了出來，一臉不耐煩地站在他身旁。

「我剛才說的話，你是不是一個字也沒聽進去？」水塘光氣呼呼地問。

「呃……貓薄荷？」影掌隨便亂猜。

「對，我剛剛說的是，我們必須去兩腳獸地盤採一些回來。」導師告訴他。水塘光遲疑片刻，接著說：「影掌，你平常不會分心，也不會作白日夢，今天是怎麼了？」

「沒——沒什麼！」影掌不敢承認心中的恐懼。過去，水塘光一直對他支持有加，但他至今仍忘不了半月集會結束後，導師沉默、緊繃的模樣。要是水塘光同意他的看法，把他送回見習生窩、叫他改當戰士見習生，那怎麼辦？「我真的沒事。」

水塘光不信地嗤之以鼻，但還是溫和地喵嗚道：「我是你的導師，有什麼煩惱都可以告訴我。」

影掌動了動耳朵，腦筋轉得飛快。「我剛剛想到半月集會的事，想到星族祖先沒有和平常一樣，來跟我們對話。」影掌坦承，但沒把自己最深沉的恐懼告訴水塘光。「這是不是代表，祂們不再像以前那樣照看著我們了？」

水塘光搖了搖頭。「當然不是，星族一定會與我們同在。上次想必是月池出了問題——我從沒看過它結冰，一定是冰層影響了我們和祖先的聯繫。等到天氣回暖，就不會再發生這種事了。」

影掌看著自己的腳爪。如果問題能簡簡單單地消失，那就好了……至少水塘光相當樂觀，這令他安心不少。

外頭的營地，傳來撲步與光躍兩個姊妹愉快的話聲，她們應該是剛從領地邊界巡邏回來。

「我快餓死了！走這麼久，我還以為我們會就這麼走上一輩子呢！」撲步大聲說。

「我也是！」光躍同意道。「不過我們這次把氣味標記得很清楚，天族貓再怎麼大膽，也不敢越過我們的界線。」

影掌嘆息一聲。比起他這隻巫醫見習生，身為戰士的兩個姊妹聽上去自信多了。

「我們目前能做的都做了。」水塘光接著說。「我準備出門遠行，看看有沒有辦法找到貓薄荷。你休息一下，找朋友聊聊天、吃一點新鮮獵物吧。」

「那草心怎麼辦？」影掌瞄了抱病的母貓一眼，問道。

「草心暫時不會有事。」水塘光安慰他。「你去休息吧，順便幫我找一隻老鼠，我回來的時候吃。」他快步離去，消失在營地入口處的荊棘通道裡。

影掌跟隨導師走到谷地底部的水池，停下來舔水。營地裡的水池邊緣也開始結冰了，不知道過多久才會像月池那樣完全結凍？這時，他望見母親——鴿翅——只見她忙著把細枝編入她和虎星同住的窩，細枝和原本構成族長窩的樹枝編織在一起。

「嗨。」影掌跑上前，喵聲說。「我可以幫忙嗎？」

「可以啊。」鴿翅邊回答，邊將幾條細枝推向他。「我們得多下點功夫，才能抵禦寒風。」

「禿葉季什麼時候才會結束啊？」影掌一面用彈性十足的細枝填補縫隙，一面問母親。

「感覺已經過好久好久了。」

「上一次禿葉季，你已經出生了，」鴿翅告訴他。「都不記得了嗎？」

影掌搖了搖頭。「沒記得多少，只隱約記得以前和尖塔望還有其他貓一起離開很大的兩腳獸地盤，當時是什麼天氣我就不記得了。」

「那時候也很冷，但沒有現在這麼嚴重。」鴿翅喵嗚道。「不過，我保證，禿葉季一定會結束的——即使是最嚴酷的禿葉季，也會有結束的一天。接著就會是新葉季，積雪會消失、樹木會再次發芽。然後呢，等我們回過神，就會發現綠葉季已經來了，空氣會變得很溫暖。」

「那之後是落葉季，然後又會是禿葉季了。」影掌咕噥。之前在兩腳獸地盤，季節更迭沒這麼明顯，但他能理解四季的循環。現在他不禁心想：當初虎心和鴿翅選擇離開貓族，那之後他們若沒有反悔，若沒有決定重返大家族，那現在會是什麼樣子呢？**如果真是那樣，我們現在就會安安全全地住在暖洋洋的大窩裡。同樣的事情，我到底還要想幾遍？**

影掌環顧營地，看到清晨出發的巡邏隊已經回來了，大多數族貓都在空地上，不是聚集在新鮮獵物堆旁邊，就是在各自的窩外閒聊。每一隻貓都骨瘦如柴、樣貌憔悴，他知道每一隻貓都餓著肚子，在天氣回暖之前都會是如此。

影掌仍想著自己出生時居住的兩腳獸地盤，以及離開那一大片土地的旅程，想著想著，他忽然注意到，同樣來自兩腳獸地盤的肉桂尾與熾焰不知所蹤。

我好像從昨天就一直沒看到他們。他突然發現。

他轉頭，正要問鴿翅知不知道他們去哪裡了，但還來不及開口，影掌就因一陣憤怒的嘶聲而分心。

他扭頭望去，瞥見爆發石與螺紋皮面對面站立，兩隻貓兒鼻頭對著鼻頭、尾巴來回甩動、毛髮全都豎了起來，雙方都齜牙咧嘴，對著對方發出充滿怒意的嘶聲。一拍心跳過後，爆發石撲向螺紋皮，兩隻貓宛如低吼連連、你抓我打的大毛球，開始在地上翻滾扭打。

「偉大的星族啊！」鴿翅驚呼一聲，忙朝營地另一頭的他們跑去。

影掌跟了上去，看到母親蓄勢待發地站在兩隻打成一團的貓兒旁邊，她抓準時機躍上前，對兩隻貓的耳朵各抓一下。兩隻戰士這才分開，一面抖掉毛皮上的塵土，一面坐起身來。

「這是怎麼回事？」鴿翅厲聲問。

「他在我的臥鋪裡放荊棘刺。」爆發石瞪著螺紋皮，喵聲說。

「我哪有！」螺紋皮反駁道。

鴿翅大嘆一口氣。「星族啊，你們兩個是小貓嗎？」她問道。「要是有多餘的力氣，那就用來幫助影族啊。」

兩隻貓憤怒的眼神轉到鴿翅身上，停留幾拍心跳後，螺紋皮才垂下頭。「對不起。」他咕噥一聲。

「我們不會再犯了。」爆發石對鴿翅保證。

「你們再犯試試看！」鴿翅罵完，轉身走回自己的窩。

影掌跟著母親往回走。在冷天氣的影響下，每隻貓的脾氣都變得好暴躁。打鬥結束後，他想起來自兩腳獸地盤的貓，以及自己心中的不安，於是他轉而朝新鮮獵物堆走去，走向一起分一隻田鼠的兩個姊妹。

「妳們有看到肉桂尾和熾焰嗎？」他問道。

撲步吞下滿口獵物。「連根鬍鬚都沒看到。」她答道。

「我也沒看到。」光躍又補充道：「從昨天就沒看到他們了。」

聽到這裡，影掌比剛才更焦慮了。他環顧四周，發現虎星不知何時出現了，正在族長窩外頭和鴿翅談話。影掌奔了過去。

「那的確令貓擔憂。」聽完影掌的話，虎星同意道。「我沒聽到狐狸或獾遷入我們地盤的消息，但在這種天氣，我們還是小心為上。我會派出搜救隊。」

「我率領巡邏隊去找他們。」鴿翅立刻請纓。

「謝謝妳。」虎星回道。「選幾隻貓一起去，然後先到湖邊和半橋附近找找。去邊界最遠處巡邏的隊伍剛回來，肉桂尾與熾焰不太可能在那裡。」

「我可以跟妳去嗎？」影掌問母親。他滿腦子都是月池與星族貓朦朦朧朧的形影，現在只想展開行動，洗掉腦中的煩惱。

母親搖了搖頭。「天氣太冷了，而且外頭可能有危險。」她對影掌說。「更何況這是戰士的工作，而你是巫醫見習生。你可以請水塘光準備一下，以免失蹤的族貓受傷了，需要他的救治。」

她邁步離去，一揮尾巴喚來螺紋皮與爆發石，叫走站在新鮮獵物堆旁的雪鳥，然後率先穿過荊棘叢通道，走出營地。

影掌煩躁地動了動尾巴，目送他們離開，同時暗暗提醒自己在導師帶著貓薄荷回來時，對他提及此事。他走去加入姊姊，從獵物堆挑了隻烏鶇來吃。

「肉桂尾和熾焰失蹤了，鴿翅剛帶隊出去找他們。」他宣布。

光躍緊張地眨眼。「希望她成功找到他們。天氣這麼冷，肉桂尾和熾焰怎麼會隨便出去遊蕩？」

「虎星說可能是遇到了狐狸或是獾。」影掌悶悶不樂地低聲說。他開始想像飢餓的掠食動物，以及和牠們相遇的危險。

「可是我們的地盤應該沒有狐狸或獾啊。」撲步喵嗚道。她轉頭一舔肩膀。「苜蓿足吩咐過所有巡邏隊，要我們特別注意有沒有掠食動物的蹤跡，不過我們連一絲氣味都沒聞到。」

「那肉桂尾和熾焰怎麼會失蹤？」光躍問。

影掌答不上來。他吃完烏鶇，替水塘光選了隻老鼠，將獵物帶回巫醫窩後順便檢查草心的狀況。母貓似乎進入較安寧的睡眠狀態了，影掌鬆了口氣，留她在巫醫窩休息，自己則回空地等巡邏隊歸來。

才剛回到族貓身邊，荊棘叢通道口就起了騷動。鴿翅出現了，緊接著是肉桂尾與熾焰，巡邏隊其餘成員也跟著回來，最後是叼著幾稈貓薄荷的水塘光。

虎星從窩裡出來，在營地中心迎接歸來的貓。影掌走上前聽他們交談，另外幾隻族貓也聚集過來。

「所以呢？」虎星問道。「發生什麼事了？」

「我的小隊剛好遇到剛越過邊界的他們。」鴿翅的耳朵轉向熾焰與肉桂尾。「他們之前在兩腳獸地盤，剛才是越過邊界回到我們的領地。」

「我看見他們鬼鬼祟祟地在兩腳獸巢穴附近遊蕩，」水塘光滿口藥草地補充。「所以就逼他們隨我回營地了。」

虎星發出憤怒的嘶聲，瞇著眼睛對兩隻誤入歧途的貓怒目而視。「你們去那裡幹什麼？」他喝問。

肉桂尾兩隻前腳在地上磨蹭。「不知道。」她咕噥道。「我們想說那裡可能比較適合狩獵。」

「真的？」虎星尾巴一甩，低吼道。「你以為我會信嗎？」

熾焰深吸一口氣。「我們真的不是故意的。」他開口說。「我們只是在樹林裡走走，想辦法讓身體暖起來，還有在空氣中尋找獵物的氣味——但一直沒找到獵物。結果，我們嗅到另外一絲氣味，那是從兩腳獸地盤飄來的味道……食物的味道……」他的聲音因沮喪而愈來愈小。

「我沒聽錯吧？」虎星問。他語音輕柔，但影掌知道父親氣壞了。「你們進到了兩腳獸地盤，向牠們乞食？」

「沒有！」肉桂尾瞠目結舌，出聲抗議。「我們怎麼會做那種事！可是你也知道，牠們都會把美味的食物丟進垃圾桶，直接丟掉！我們想說可以直接……這和狩獵**差不多**啊。」她說道。

「而且我們好餓，」熾焰補充道。「你應該記得，兩腳獸地盤總是有大量食物，那塊兩腳獸地盤是稍微小了一點，但如果我們放著好端端的食物不吃，不就太笨了嗎？」

「到兩腳獸地盤撿食物，可不是戰士該有的行徑。」虎星告訴他們。他火冒三丈，氣得耳朵往後貼著頭頂，全身毛髮直豎。「你們要是想那麼做，那就去當寵物貓，不然就在兩腳獸地盤當獨行貓，愛撿多少食物都隨你們便！我還以為你們都漸漸學會當強大的戰士了……身為戰士，我們當然該自己狩獵、自己覓食！」

肉桂尾與熾焰交換了個驚慌的眼神。

「我們不想當寵物貓或獨行貓，」熾焰抗議道。「我們很喜歡部族的生活。現在，我們都懂得保護自己了，也有很多誠心待我們、真心幫助我們的族貓。」

「我們不過是太餓了。」肉桂尾出聲接話。

「獵物這麼少，每一隻貓都很餓。」虎星咆哮。「這就是禿葉季的常態。你們要是依賴兩腳獸地盤的食物，就會遺忘狩獵與自給自足的方法，成為軟弱的戰士，我們部族也會跟著變得軟弱。」

「我們真的知錯了，對不起，對不起。」肉桂尾喵聲說，熾焰也連連點頭。

「『對不起』能填飽肚子嗎？」虎星罵道。

副族長苜蓿足方才在一旁傾聽，現在走到虎星身邊。「在如此嚴酷的環境下，貓本來就容易反應極端。」她指出。「而且這還是熾焰與肉桂尾加入貓族後的第一個禿葉季，我們不該太嚴厲地苛責他們。」

虎星緩緩點頭，花一點時間沉思，兩隻誤入歧途的貓則默默等待，不停抓地的爪子與微微顫抖的鬍鬚顯露出緊張不安。

「請不要趕我們走！」幾拍心跳過後，熾焰脫口說出。

「我不會趕你們走。」虎星喵嗚道。「我很想罰你們去挖土覆蓋穢物處，但我也不會這麼做。既然你們今天吃了兩腳獸的食物，那就等到明天才能吃新鮮獵物堆的獵物，而且從今天到下一次大集會這段時間，你們每天黎明都必須參加狩獵巡邏隊。」

「謝謝你！」肉桂尾高呼，眼中閃爍著感激的光芒。

「我們不會再犯了。」熾焰保證。

「你們最好看著點。」虎星回道。「要是再做出如此自私的行為，我就讓你們為當初離開大兩腳獸巢穴後悔。聽懂沒？」

兩隻貓愧疚地點頭，垂頭等虎星大步離開。

餘下的族貓紛紛離開時，影掌發現水塘光看上去有些焦躁。「怎麼了嗎？」他問道。

「我得請虎星多安排狩獵巡邏隊外出，幫草心獵捕更多食物。」水塘光回答。「她必須多吃點東西，才有復元的力氣。」

影掌的父親才剛說到近來獵物稀少的狀況，還說族貓不該自私行事，所以不太可能答應吧。影掌雖然心裡這麼想，還是沒把想法說出來。**反正水塘光去問問看，也沒什麼壞處。**

水塘光仍叼著那幾片珍貴的貓薄荷，幾下縱躍追上了虎星。

影掌很好奇父親會怎麼回應，於是他若無其事地走過去，走到族長窩附近。即使在進入聽力範圍之前，他也能從虎星豎起的毛髮與粗啞的聲音聽出，父親絲毫不贊同水塘光的提議。走近時，他終於聽見父親喵聲說：「無論現在是不是禿葉季，我都不能冒險讓戰士過於頻繁狩獵，如果他們太過操勞，全族的貓都會生病，到時候所有貓都得進巫醫窩陪草心了。那還得了？」

水塘光恭敬地垂頭，影掌看得出導師不服族長的決策，但他沒有繼續爭論。

影掌趁導師發現他偷聽之前，朝自己的窩走去，但經過營地中央的水池時，他瞥見妹妹光躍對他揮尾巴。

「影掌！來跟我們玩吧！」她喊道。

影掌好奇地小跑步過去。撲步和光躍都在，看到他走近，兩個姊妹都一躍而起。

「我們想玩打架遊戲。」撲步喵聲道。「這樣可以讓身體暖起來。」

「妳們以為我鼠腦袋嗎？」影掌問。姊姊的提案太好笑了，他的尾巴都捲了起來。「我又沒受過戰士訓練，只會被妳們扒掉一層皮。」

「哪會，我跟你保證，我們一定會放水。」光躍安慰他。「來嘛！很好玩喔。」

「我來扮入侵營地的獾，」撲步提議。「你們兩個當戰士，想辦法把我趕走。」

「好啊！」光躍用後腿立起來，伸出爪子朝姊姊的鼻吻抓去。「臭獾，還不快滾！」

撲步發出凶惡的咆哮。「我是可怕的大獾，你們等著被我吃掉吧！」

影掌試著投入遊戲，撲上前用頭撞姊姊肩膀。撲步猛然轉身，一隻腳掌朝他打來，被他往旁邊閃過。影掌感到十分得意。**我是不是閃過了戰士的一擊？**

光躍趁撲步分心之時跳過來，撲得姊姊翻身仰躺在地，然後用四腳踢打姊姊腹部。影掌看著撲步使力推妹妹，他自己則從撲步的頭後方溜過來，兩隻前腳爪重重壓在她肩頭上。

「我們把獾困住了。」他對光躍喵嗚道。「接下來怎麼處置牠？」

「把牠推出營地。」光躍回答。她動手推姊姊，把她往營地入口推去。

撲步號叫抗議，腳爪與尾巴亂揮亂動，最後才掙扎著逃出弟弟妹妹的掌握，手忙腳亂地爬起來。「哇，打得好過癮！」她一面高呼，一面抖抖毛皮，想抖掉黏在身上的塵土。「影掌，你做得真好，」她補充道。「完全夠格當戰士了。」

「謝謝，可是我很喜歡當……」影掌喵聲說到一半，聲音突然愈來愈輕，強勁的顫抖竄遍他全身，他從耳朵到尾巴尖端都在劇烈顫抖。前一拍心跳，營地還在眼前，下一拍心跳，它就消失了，影掌再次站在月池畔。

半月高掛空中，彷彿這是再尋常不過的月池集會，但這一次，影掌身邊沒有其他的貓。月池沒有結冰，但他環顧四周，戰士祖先的形影仍然模糊如霧，散發出漸漸淡去的森森寒光。

「別走啊！」影掌高喊。「請告訴我，這到底是怎麼回事！」

沒有貓回應。影掌的鼻子抽了抽，煙味飄進鼻腔，近處燃燒的火焰使毛皮發刺、發癢，但他沒看見火光，也沒聽見火焰的劈啪聲。灰燼從天而降，在他周圍旋繞，灰色塵埃落在他的毛皮。

接著，貓兒憤怒的尖吼聲劃破沉寂，影掌轉身看見雷族族長棘星將另一隻貓按在地上，爪子劃過對方腹部。影掌看不出另一隻貓是誰，但就這時，對方甩開棘星、站了起來。

影掌倒抽一口氣。「虎星！」

父親深棕色的虎斑毛髮十分凌亂，血液自側腹的抓傷處淌下，但他毫不畏懼地一躍而起，再次與棘星戰鬥。他用兩隻前腳爪拍打棘星頭耳。

影掌驚恐地盯著他們，無法理解兩位族長——兩位有親緣關係的族長，卻鬥在一起的理由。然而，他還來不及跳上前勸架，連問他們在做什麼都來不及，畫面就消失了。他發現自己回到了營地，側躺在地上，只能大口大口喘息。

他抬起頭，看見父母焦急地俯視他，光躍與撲步則站在離他一條尾巴距離處，驚恐地瞪大眼睛看他。虎星的毛髮整齊滑順，不見任何傷痕。

「你的癲癇又發作了。」鴿翅喵聲說。她低下頭，擔憂地舔影掌的耳朵。「我還以為你長大之後，這種情況就不會再發生了。」

我也以為是這樣。影掌沮喪地想。**看來我接受了這麼多訓練，還是沒能變正常。**

「你最好回巫醫窩，讓水塘光幫你檢查身體。」虎星補充道。

影掌感覺自己的腿像逐漸融化的冰，他手忙腳亂地撐起身體，沉沉靠著父親的肩膀，移動感覺隨時會癱軟的四腿。他焦急地試圖記下剛才看見的一切，即使那畫面令他心神不寧，腹中漸漸湧上的恐懼告訴他，這也許是非常重要的一次預兆。

第五章

根掌在雷族巫醫窩裡來回踱步，感覺腿腳的僵硬漸漸消失，身體也漸漸暖起來。

「很好。」赤楊心鼓勵道。「再多走動一會兒，加速血液循環。」

不知為何，根掌感覺有點不安，彷彿有一整窩的螞蟻在毛皮裡爬竄。怎麼會有這種感覺？儘管身體還有點冷，他感覺滿舒服的啊，也幾乎要完全復元了。**這應該是好事吧？**

這時，根掌嗅到熟悉的氣味。**鬃掌！**片刻後，灰色母貓從遮擋出入口的荊棘後方溜進來，入內時對赤楊心點頭打招呼。

根掌下意識停下腳步。鬃掌來巫醫窩探望他時，總是坐在他身旁，讓他感到心安。他落水後如此迅速復元，自己因此感到如此不安……難道和鬃掌有關？

我該不會是因為很快就得離開雷族了，所以覺得傷心吧？

暫居雷族營地的這幾天，根掌腦中不停重播自己被鬃掌從冰水中救出的畫面。

她好勇敢喔！

那之後每次見到她，根掌彷彿受到鬃掌的力量與勇氣啟發，感覺自己變得更強壯、更勇敢了。

「你今天感覺怎麼樣？」鬃掌邊問邊走過來，鼻頭輕碰他肩膀。

「感覺好多了，」根掌回答。「這都是多虧了妳。不過禿葉季這麼冷，」他暗暗慚愧地匆忙補充。「我可能還是得多留幾天，請巫醫再幫我治療一陣子，等我確定身體康復、能回天族以後再走。」**再住一兩天，應該沒什麼關係吧？**

「別擔心，」赤楊心微帶笑意地插嘴。「在確認你身體無恙之前，我和松鴉羽是不會叫你走的。」

「等你回家以後，」鬃掌喵聲說。「記得離鳶掌和龜掌遠遠的，絕對不可以再聽他們的餿主意。他們不是你的導師——連真正的戰士都還不是，你沒必要為了讓他們刮目相看，冒這種大險。」

「他們年紀比我大，體型也比我高大。」根掌指出。

「就算是，他們也不過是討厭的跳蚤皮罷了。」鬃掌斷言道。「你如果試著對他們證明自己的能力，就只會捅出更大的亂子，還是專心學習怎麼當戰士就好了。」

聽同樣是見習生的鬃掌說出這番睿智的話，根掌敬佩不已。「妳好聰明喔！」他驚嘆道。

鬃掌聳聳肩。「其實也還好。」她喵嗚說。「但是我可以告訴你，有些貓只想傷害你或嘲弄你，你離他們遠一點就對了。」

根掌開心地眨眼看她，片刻後突然全身一僵。他聽見腳步聲，響亮而熟悉的聲音從營地外頭傳來。**糟糕！**他心想。

他從荊棘叢後方探出頭，看見父親——樹——在年輕的雷族戰士梅石陪同下，朝巫醫窩走來。

「這麼勤奮練戰技是為了什麼？」樹一面問，一面用尾巴朝空地中央一指。幾個戰士正在練習戰鬥。「你們預計在這次禿葉季發生戰鬥嗎？狩獵練習不是更實用嗎？」

梅石試著插嘴，但樹自顧自地說了下去：「要不是戰士們成天練習戰技，湖泊附近的貓族也不會如此頻繁爭鬥。你們好好想一想。」

「那是你父親，對不對？」鬚掌站在根掌身旁往外望，問道。

「對，就是他。」根掌回答。他翻了個白眼，對鬚掌表示他不同意樹的觀點，但他也知道自己表現得有點失敗。

唉，天族啊，樹這樣說話的時候真讓我丟臉。

樹雖然和貓族同住好幾個月了——從根掌誕生前就加入了貓族，但仍舊與其他貓兒格格不入。更糟的是，在根掌看來，樹似乎安於現狀，沒有要融入貓族的意思。

如果樹不是我父親，我也不會在乎他的想法，我只是不希望其他貓認為我以後會變得和他一樣而已。

✦✦✦

「你還好嗎？」樹問道。

根掌走在父親身旁，兩隻貓一同穿行樹林，朝天族領地前行。腳掌下凍傷的草地相當粗糙，空氣冷到他能看見自己吐出的氣息形成螺旋狀小雲。

「我沒事。」根掌回答。既然沒機會繼續留在雷族了，他就不必再隱藏自己已然復元的事實。「赤楊心很用心幫我治療，現在雖然是禿葉季，我還是感覺很溫暖、很舒服。」

「那你當初怎麼會掉進湖裡？」樹一面問，一面低頭看兒子。

「你不知道嗎？」根掌訝異地問。「我以為鳶掌和龜掌早就把我耍蠢的事情告訴全族了。」

樹搖了搖頭。「他們只對葉星說，你們三個在找藥草的時候你摔進了湖裡，細節就沒說出來了，但我相信事情沒這麼簡單。」

根掌回想自己踏破冰層、落水前發生的種種，再次感受到刺刺癢癢的羞愧。「鳶掌和龜掌笑我，」他對父親坦承。「他們說我是怪胎，說我不可能成為合格的戰士，我氣昏了頭……我朝鳶掌衝過去，他閃過我，結果我停不住腳，就掉進水裡了。那時候我氣壞了，都沒發現自己離湖那麼近。」

樹沉默了幾拍心跳的時間，根掌不敢直視他，不敢面對他眼中的失望。**我為什麼要在意他的想法？**他為自己這份難過感到氣憤。**樹愛怎麼想就怎麼想，我才不管呢！**

「所以，你應該做自己。」最終，樹喵聲說。「無論你樂不樂意承認這件事，你和天族其他年輕貓兒的世系背景都不相同。你要知道，戰士之路並非唯一一條道路，你現在有了看清此事的機會，應該感激才對。生命中最重要的事，並不是打鬥，也不是成為其他貓眼中的強者。有時候，誰最高大、誰最勇敢，並不是重點。」

根掌很想反駁，很想用條理分明的話語證明樹錯了，卻找不到合適的言詞。他擔心自己會一時熱血上湧，把自己對父親的不滿一股腦說出來。

既然你不認同貓族的作法，那為什麼要留下來？為什麼你和其他貓格格不入，卻還是在族裡待了這麼久，待了好幾個月？你為什麼完全沒有要融入群體的意思，連試也不試一下？

父親現在沒有排解紛爭的工作，所以根掌怎麼也想不明白，樹為什麼偏偏不融入貓族的日常生活呢？他為什麼非要與眾不同？為什麼總是特立獨行？

他叫我做自己，他卻遵照自己不認同的規則生活，這也叫做自己？應該「做自己」的貓不是我，而是他吧？

沉重的罪惡感鬱積在根掌胸腔。

我知道這是不對的想法，但有時候，我真希望他不是我父親。

✦✦✦

根掌一覺醒來，發現自己獨自睡在見習生窩裡，不過旁邊妹妹的臥鋪仍帶有淡淡的暖意。禿葉季寒風般的驚嚇刺穿了他，他手忙腳亂地爬出岩縫，甚至沒停下來打哈欠、伸懶腰。他望見營地另一頭的導師，蹦蹦跳跳跑過去。

「我遲到了嗎？」看見露躍寬闊灰臉上的煩躁，他氣喘吁吁地問。「對不起。」

「你沒遲到，」露躍雖這麼回答，尾巴尖端仍來回抽動。「但是，你在雷族這段期間，我們錯失了不少訓練機會。」

「嗯，我會努力重新學習的。」根掌恭敬地垂頭，喵聲說。

露躍只用一聲低哼回應。他的耳朵轉向高岩，鳶掌和龜掌在那裡，兩隻貓都垂頭站在葉星與鷹翅面前。根掌離他們太遠，聽不見葉星說的話，但從她冷冰冰的神情與直豎的毛髮看來，那應該不是什麼好聽的話。

「你陷入險境有一部分是他們的錯，因此他們必須遭受懲罰。」露躍解釋。「葉星說，她會等你回來了，再決定該如何處置他們。」

「那怎麼公平。」根掌抗議道。「我也有錯啊。」

露躍聳聳肩。「他們年紀比你大，應該比你更懂事才對。話雖這麼說，」他補充道。「根掌，你也讓我相當失望，我還以為你夠聰明，不會做這種傻事。你從一開始就不該隨他們離開營地的。」

「對不起。」根掌小聲說。

「這件事就別再提了。」露躍喵嗚道。「那麼，我們開始訓練吧。」

✦✦✦

根掌本以為自己回家後，就能將湖邊那起意外拋到腦後，然而他和露躍結束戰技訓練、回到營地時，他還是對自己不滿意。他感到身體遲緩，四肢與尾巴的動作也不如露躍預期的那樣自然。

也許我該在雷族多待一陣子的。

想到自己還沒恢復狀況，樹就來接他回家，根掌便氣得肉墊發麻。然後，他懷疑自己太渴望和鬃掌待在一塊，甚至寧可受傷……想到這裡，他的怒火被羞愧澆熄了。

你這個鼠腦袋！

根掌鑽進兩塊巨岩之間的細縫，進入天族營地時，最先看到的貓就是龜掌與鳶掌。兩隻貓筆直朝他走來，他停下腳步，爪子下意識伸了出來。

「嗨。」他喵嗚道，儘量不表現出自己的侷促不安。

鳶掌簡慢地對他點頭。

緊接著，是一段尷尬的沉默。根掌想遠離兩個年長的見習生，但總不能二話不說、掉頭就走吧？他清了清突然乾燥無比的喉嚨，問道：「他們後來怎麼懲罰你們？希望不是太可怕的懲罰。」

鳶掌忿忿地發出噓聲，別過頭，彷彿氣得說不出話來了。最後，是龜掌回答了根掌的問題。

「我的腳爪冷到沒感覺了！葉星罰我們去穢物處抓土，把土抓鬆，確保每一隻貓都能在鬆軟的土裡方便。噁心死了！」

「真的很抱歉，」根掌喵聲說。「我不是——」

「只有蠢貓才會像你那樣掉進湖裡。」鳶掌打斷他說。「但你畢竟是所有貓族最怪的貓的兒子，你這麼鼠腦袋也不奇怪。」他對龜掌一扭頭。「走吧，我們狩獵去。」

根掌目送兩隻貓大步穿過岩縫，自己默默走向新鮮獵物堆，毛皮因憤怒與羞愧而發燙。針掌在新鮮獵物堆前大口吃烏鶇，她吃到一半停下來，抬頭看著根掌走近。

「怎麼了嗎？」她問道。

「沒什麼！」根掌嘶吼一聲，從獵物堆抓出一隻鼩鼱。

針掌吃了一驚，耳朵豎直。「是有誰在你的新鮮獵物上製造穢物了嗎？脾氣這麼大幹嘛？」她問。「反正你不要拿我出氣。」

「對不起。」根掌有氣無力地癱在地上。「我不想再談這件事了。」

「說嘛……」針掌挪到哥哥身旁，蹭了蹭他的臉頰。「告訴我啊，我聽你說。」

根掌在地上磨蹭前腳。「我只是……」他不情願地開口，然後快快地說：「我只是……我只是希望其他貓能更認真看待我而已。我們父親不是戰士，也不是巫醫貓，就只是個會跟死貓說話的怪胎——」

「還是五個貓族的調解者。」針掌提醒他。「這點很重要。」

「可是最近又沒什麼事情可以調解，」根掌接著說。「而且五貓族以前也沒有調解者啊。樹就是不融入正常的貓族生活，其他見習生也不把我們當真正的天族貓看待。」

「你這個想法就**真的**很鼠腦袋了。」妹妹喵聲說。「他們怎麼會不把我們當天族貓看待？」

「我其實多少能理解他們的想法。」根掌說。「樹在調解紛爭的時候必須保持中立，所以有時候調解結果對天族不利。」他頓了頓，甩了甩尾巴，接著說：「這真的很討厭耶！如果其他貓不把我們父親當真正的族貓，就表示我得加倍努力，他們才會相信我對天族忠誠。我之前就是因為這件事火大，所以攻擊鳶掌和龜掌。」

針掌的鬍鬚抽動一下。「我和你是同一個父親生出來的。」她冷淡地指出。「但是我叫其他見習生少管閒事，他們就不會來煩我了。他們會一直欺負你，是因為你讓他們看出你很在意這件事。」

「我也知道，可是——」

「你要儘量不為族貓的想法煩惱。」針掌打斷他說道。「只要你堅持自己的原則，就能證明他們都錯了。」她舔一舔根掌的耳朵，語氣又變得溫暖、親切。「我相信你做得到。」

根掌深深嘆一口氣。「說得也是。」

但即使在承認針掌所言有理的同時，他也明白，假如兩名年長見習生繼續嘲諷他，他很有可能再次失控。

我也沒辦法啊。我知道樹有點奇怪，我就是不想和他一樣特立獨行。無論如何，我會證明自己屬於天族，還會成為徹頭徹尾的強大戰士！

第六章

鬃掌在石穴入口旁等待，等導師從戰士窩出來。她感覺彷彿有一整窩蜜蜂在腹中橫衝直撞，她滿懷期待，激動到幾乎無法穩穩站在地上，幾乎要開始顫抖了。

玫瑰瓣還沒出來，鬃掌的弟弟妹妹——翻掌與竹掌——便離開了聚集在新鮮獵物堆旁的貓群，從營地另一頭朝她跑來。

「是真的嗎？」竹掌邊問，邊在鬃掌面前緊急停步。「妳真的會在今天接受戰士檢定嗎？」

鬃掌的毛皮微微刺痛，罪惡感彷彿抓過毛皮的一爪。弟弟妹妹都一臉欽佩地注視著她，她卻不得不承認，她的特殊待遇並不公平——他們三姊弟是在同一天成為見習生的，她本以為他們也會在同一天接受檢定。

「是真的。」她喵聲說。「我那天救了天族的見習生，玫瑰瓣對我的表現十分讚賞，所以特別說服棘星准許她幫我檢定。我現在就在等她。」

「太棒了！」翻掌高呼。「我已經等不及參加妳正式升格當戰士的儀式了。不知道棘星會幫妳取什麼戰士名呢？」

「等等——我還沒過關啊。」鬃掌指出。

「但是妳一定會成功。」竹掌安慰道。「妳這麼會狩獵，怎麼可能失敗？」

鬃掌眨眼看著妹妹與弟弟，為他們的信心感激不已。但儘管如此，她還是希望他們別這麼大聲說話，讓整個營地裡的貓都聽見。**他們害我開始緊張了。**

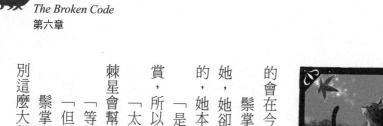

「若我們也能在今天接受檢定，那該有多好。」竹掌咕噥。她扭頭舔自己肩膀。鬃掌想安慰妹妹，她開口說：「再過不久，你們就——」話還沒說完，就有貓從營地另一頭呼喚。鬃掌轉頭看見母親藤池站在戰士窩外，玫瑰瓣則站在她身後。

「鬃掌，過來吧。」藤池喵嗚道。「是時候了。」

鬃掌體內湧生興奮之情，她再看弟弟妹妹最後一眼，飛躍到營地另一頭。**沒關係的。**她心想。**我晚點再安慰他們……等我成為戰士以後。**

✦✦✦

寒風深深探入鬃掌的毛髮，她蹲在一棵橡樹的樹根之間，豎起耳朵傾聽任何屬於獵物的聲響。她知道自己不能用肢體行動取暖，因為只有保持靜止，獵物才不會發現附近有貓。她只聽得到上方樹枝發出的吱嘎聲，以及悄然拂過枯葉的風聲。

附近不見玫瑰瓣的蹤影，但鬃掌知道導師在後方某處觀察她，評估她的能力，留意她的每一個腳步、注意她鬍鬚輕彈的每一瞬間。

要是沒有獵物怎麼辦？鬃掌心想。**如果什麼都抓不到，我不就沒辦法通過檢定了嗎？**她壓下一聲煩躁的咆哮。**好吧，反正我要想辦法抓到東西。就算在最嚴酷的禿葉季，優秀的戰士還是有辦法找到獵物……不是嗎？**

一連串的想法掠過腦海，使鬃掌的興奮悄悄散去，宛若綠葉季灑落乾燥地面的雨水。她開始覺得提前檢定沒什麼好處，若是在新葉季，事情就好辦多了，她沒理由失敗。從當上見習生至今，她就一直幻想自己帶著多到拖不動的獵物回到營地。

這下，我的幻想不可能成真了。

然後，她這才想到自己抓到的獵物多寡也許不是唯一的評估要點，也許她表現得積極主動，導師也會看在眼裡。既然獵物不來找她，她就自己去找獵物吧。**而且，我已經不想再蹲在這棵樹下了，再蹲下去，我就要變成冰貓了！**

鬃掌儘量保持安靜，腳掌悄聲無息地踩過地面，躡手躡腳前進。她的目光左右游移，她也張嘴嚐嚐空氣的味道，結果差點被冰爪般湧入喉頭的冷空氣弄得作嘔。空氣中沒有獵物的氣味，連一隻老鼠也沒有，只有大片大片從無葉的樹枝間飄落的雪花。

鬃掌繼續搜索，她擠到低矮的樹枝下，看看有沒有獵物躲在下方，也在雪堆旁停下腳步，看看白雪下是否藏著小動物的巢穴。她甚至爬到了一棵樹的樹洞內，看看樹幹的縫隙裡頭有沒有松鼠或貓頭鷹的蹤跡。但是她再怎麼找，仍然一無所獲。

這段期間，寒風不停吹打在鬃掌身上，腳爪冷到已經麻木了。最後，就在她準備放棄時，一陣風捎來了田鼠的氣味。

鬃掌終於鬆了口氣，在那幾拍心跳的時間，她幾乎忘了身體有多冷。然而，她追蹤氣味繞過荊棘叢、穿過一片林中空地之後，赫然發現自己來到了區分風族與雷族領地的小溪，而田鼠的氣味——氣味近得鬃掌幾乎能嚐到鮮美多汁的田鼠肉了——是從小溪對岸飄來的。

「狐狸屎！」她低聲咒罵。

鬃掌站在溪岸，凝望風族領地。她幾乎能肯定，田鼠就躲在一棵延伸到冰冷溪面的山楂叢下方。

她猶豫不決，腳掌都癢了起來。鬃掌迅速左右查看，沒看見玫瑰瓣的蹤影，風族那一邊也不見動靜。她嗅到兩族邊界標記混融的氣味，但沒有新鮮的風族氣味。小溪結冰了，她可以在兩拍心跳的時間內縱身躍到對岸，抓住田鼠，然後在被其他貓發現之前回到自家地盤。

但即使在飢餓與檢定所致的焦慮催促下，鬃掌還是遲疑了。盜獵別族的獵物可是違反戰士守則，是重罪，而且即使她成功在不被發現的情況下將獵物抓回來，風族那一邊還是會留下她的氣味。假若風族巡邏隊嗅到她的氣味，雷族與風族便會發生衝突，在如此嚴寒的禿葉季，那會是沒有任何一隻貓樂見的情況。

與此同時，鬃掌也擔心自己爪子空空地回到營地，就無法通過檢定了。**玫瑰瓣會不會判定我不合格？她會不會叫我重新當一次見習生？**

鬃掌站在溪岸，糾結了很久很久，試圖拿定主意。最終，她腦中浮現一個明確的念頭：她不能以違反戰士守則的方式，通過戰士檢定。那是不光彩的行為，也是對玫瑰瓣的侮辱——導師在訓練她的過程中，哪一次教她違反規則了？

最後，鬃掌深深嘆息，轉身離去。她離開邊界的小溪時，玫瑰瓣從蕨叢後方走出來，靜靜站在那裡等她。

星族啊！原來她從剛才就一直看著我！

鬃掌儘量安靜地快步前行，在玫瑰瓣身旁停了下來。

「做得好。」玫瑰瓣喵嗚道。「妳雖然很失望，也放棄了獵物，但妳還是明智地保持安靜，以免附近出現獵物。這表示妳有優秀的直覺——雷族正需要有妳這種直覺的戰士。」

導師說話的同時，鬃掌心中萌生了希望。**說不定事情沒有我想的那麼糟！**

「除此之外，」玫瑰瓣接著說。「妳沒有向誘惑屈服，即使挨餓、即使這是妳的戰士檢定，妳也沒有越過邊界。妳展現了自己的誠實，以及對戰士守則的重視。」

鬃掌開心地發出呼嚕呼嚕聲。「所以我過關了嗎？」

她看著玫瑰瓣，導師則靜靜站在原地，若有所思地眨眼，令鬃掌期待得肉墊發麻。然後，玫瑰瓣抱憾地搖了搖頭。「抱歉，妳沒有過關。鬃掌，妳沒有做錯事，但這次我沒觀察到妳狩獵與捕捉獵物，所以沒辦法讓妳通過。再過不久，等空氣暖一些、獵物出來了，我們再試一次。」

鬃掌腹中好像有東西結成了硬塊，那東西比寒風還要冰冷。儘管如此，她還是逼自己恭敬地低頭。「我明白了。」她勉強擠出字句。

玫瑰瓣伸長脖子，輕輕用鼻頭碰見習生的耳朵。「我們回營地吧，」她喵嗚道。「妳從新鮮獵物堆找一隻獵物來吃。」

鬃掌跟著她走，邊走邊努力高高抬頭，努力不表現出失望。**我這輩子第一次失敗**

——而且還不是我自己的問題！她等等遇到弟弟妹妹，該對他們說什麼才好？他們一直鼓勵她，還深信她會以戰士的身分回歸……鬃掌深陷在思緒中，沒注意到前方的動靜，一直到莖葉跳過來、尾巴輕碰她肩膀，她才回過神。

「我們的新任戰士，妳感覺如何？」他問道。

鬃掌本以為自己的心情已經跌到了谷底，但聽到橘白相間的公貓友善地問候她，她感覺心臟要爆炸了。她找不到回應的言語。

「鬃掌沒有通過檢定。」玫瑰瓣告訴莖葉。「她做得非常好，只是今天剛好沒有獵物。」

「運氣真差。」莖葉同情地對鬃掌眨眼。「別難過，都是這些星族詛咒的雪害的。等天氣暖和起來，妳一定能輕鬆過關。」

莖葉這麼親切地鼓勵她，鬃掌幾乎無法直視他，更不用說是和他說話了。**這下，我們得等好長一段時間才能成為伴侶、成為全族最強的一對戰士。應該有很多母貓想和他在一起吧。**

鬃掌穿過荊棘叢通道進入石谷的瞬間，就聽見翻掌用尖叫聲歡迎她。翻掌與竹掌從營地另一頭衝刺過來找她，還沒來到她面前就趕緊停下腳步，也許是從鬃掌的臉色看出情況不太對。

「發生什麼事了？」竹掌擔心地圓睜著眼睛問。

鬃掌目送玫瑰瓣走過營地，前去將檢定結果告訴棘星。「我失敗了。」她回答。她無法對上弟弟妹妹的視線。「我找了好久好久，就是沒有獵物。」

「沒關係的。」翻掌緊貼著鬃掌身側，低聲說。「妳盡力了。」

「對啊。」竹掌跟著說著。「妳在我們心目中還是合格的戰士——而且是最強戰士喔！」

鬃掌依然為今日的發展感到氣餒，但弟弟妹妹的安慰令她十分感激。**今天原本會是最棒、最快樂的一天，**她心想。**結果卻成了一場災難。**

第七章

風將雲朵吹過夜空，上弦月只能從雲縫灑下忽明忽暗的光芒。水塘光與影掌縮在一起，一步步逆風前行，儘量保存毛皮中每一絲溫暖。面對撲面襲來的強風，影掌瞇起眼睛，鼻腔中滿是即將降雪的氣味。

希望這次，我們能成功和星族共同入夢。他憂心忡忡地想。**如果成功了，就表示他們不和我們溝通不是因為我。**

自從上一次去月池參加半月集會，影族的生活變得比先前更艱辛了——獵物總是不夠吃，族貓也因挨餓與寒冷而頻頻生病，每一隻貓的神經都繃到了最緊。影掌知道，族貓之間發生爭鬥，不過是遲早的問題。

我們需要星族的指引，就算只能聽他們保證這場可怕的禿葉季很快就會結束也好。

水塘光與影掌踉踉蹌蹌地走下螺旋小徑時，其他巫醫貓已經在月池畔等他們了，每隻貓都縮在一起取暖。

「你們好。」蛾翅喵聲說。她優雅地點頭致意。「抱歉，外頭太冷，我們就先進來了。影族那邊的狩獵狀況還好嗎？」

「一點也不好。」水塘光哀怨地回答。「我們領地的每一隻老鼠、每一隻田鼠，現在應該都躲在洞穴裡嘲笑我們。」

「雷族的情況也差不多。」赤楊心同意道。松鴉羽只甩了一下尾巴，沒有發言。

「你們至少有樹林可以遮風擋雪。」隼翔指出。「高地上風很強，貓甚至有可能被捲走。上次雲雀翅被吹得重心不穩、摔進峽谷，我還得幫她把脫臼的肩膀接回去。」

「湖泊結冰了，我們河族無法捕魚。」柳光跟著說道。「我都快忘記魚吃起來是什麼味道了！」

影掌看向天族的斑願與躁片，只見他們露出有些不好意思的表情。「我知道我們天族沒有各位這麼辛苦。」斑願坦承。「我們的營地受到山谷庇護，所以雖然獵物很少，我們也顯然沒過得和其他貓族那麼艱辛。」她清了清喉嚨。「我們當然很希望能幫助你們。」

水塘光嗤之以鼻。「天族最受山谷庇護的地區，過去屬於我們影族。」他沉聲說。他的聲音雖低，卻還是大聲到被天族巫醫聽見了，兩隻天族貓默默低頭盯著自己的腳爪。「要不是把那塊地給了你們，我們現在也不會這麼慘。」

巫醫們也許還想繼續抱怨，但松鴉羽用那雙失明的藍眼瞪了所有貓一眼，讓他們就此閉嘴。「你們說完了沒，」他厲聲說。「我們差不多可以聯繫星族了吧？我們來這地方，不就是為了和祂們聯絡嗎？」

巫醫們焦慮地低聲交談，接著每隻貓開始走向月池邊緣。**星族啊，請不要拋棄我們。**影掌拚命祈禱。**我們真的很需要祢們！**

他剛才一直沒有看月池，此時定睛一看，他忍不住震驚又畏怯地倒抽一口氣。流往水池的小溪結凍了，陰晴不定的月光，灑落在冰柱形成的小瀑布上，冰晶閃閃發亮。水池表面也完全結冰了。

「以前絕對沒發生過這種事。」蛾翅不開心地眨眼看著厚實的冰層，喵聲說。「即使是在焰尾死去那次可怕的禿葉季，月池也沒有完全結冰。」

影掌和其他巫醫貓一起伸長脖子，低頭用鼻尖觸碰冰面。寒冷如同荊棘，刺透了他的身軀，他閉上眼睛，但再次睜眼時，他仍然蹲在湖邊冰冷的黑暗中。影掌沒有進入溫暖的星族地盤，也完全不見星族戰士試圖聯絡他們的跡象。他抬頭左顧右盼，就連上次集會朦朦朧朧的形影也沒看見，連星族貓幽遠的聲音也沒聽見。

「啊，星族，祢們在哪裡？」斑願高呼。她用顫抖著的聲音，道出影掌無聲的祈願。「請來到我們身邊——我們需要祢們啊！」

蛾翅退離月池，坐在地上，前腳爪整齊地交疊，琥珀色眼眸閃爍著亮光。「不要緊，」她和聲安慰斑願。「我們還具備常識，不需要星族的指引。我們能挺過這次難關的。」

松鴉羽對她皺眉。「妳不擔心也是正常。」他不高興地嘀咕。

「你這是什麼意思？」蛾翅瞪大眼睛問。

「意思是，反正妳從一開始就不相信星族的存在，能不能聯絡祂們對妳沒差。」松鴉羽嘶聲說。

其他巫醫貓驚訝地倒抽一口氣，影掌愣愣盯著這隻雷族巫醫貓。他聽水塘光說過，河族的蛾翅不相信星族的存在，但他從沒聽其他貓在半月集會上提起此事。

「我們其他貓都知道這件事有多麼重要，也明白我們此時孤立無援。」松鴉羽激動得語音顫抖，失明的眼眸閃過憤怒與恐懼的亮光。

蛾翅動了動腳爪，先是低頭看地面，再抬頭看松鴉羽。「這你就不懂了，」她語調平穩地喵聲說。「大戰役過後，我花了些時間梳理當時發生的種種，以及發生在暗尾與我方陣亡的貓身上的事……現在，我不再否認星族的存在。」

「什麼？」隼翔問道。他左右擺尾，轉頭面對蛾翅。

「妳是說真的？」松鴉羽問。

影掌不安地挪了挪腳爪。水塘光對他說過，由於蛾翅缺乏信仰，她和其他巫醫貓有時會發生摩擦。

蛾翅抬頭挺胸。「請聽我說完。」她說。「我相信星族確實存在，但我無法肯定祂們對我們抱持好意，也無法肯定祂們的『指引』對我們有幫助。」

「妳怎麼能說這種話？」赤楊心問。「天族回歸時，祂們給了建議——」

「結果，祂們的建議造就了暗尾的暴政。」蛾翅插嘴道。「那些事件，害死了多少隻貓？」

松鴉羽氣呼呼地說：「若不是有星族的警告，還會有多少隻貓喪命？」

蛾翅搖了搖頭。「這不是重點，」她平靜地喵嗚道。「也不是我們能回答的問題。總之，每隻貓都有信仰的自由，我只是認為我們沒必要驚慌罷了。」

影掌無法同意此話，而從其他巫醫貓互相交換的擔憂眼神看來，他們也都同樣侷促不安。

我們該擔心的，不只是天氣冷、獵物少的問題。他心想。**真正的問題是，星族為什麼不來見我們？祂們讓我看見了預兆，所以問題不是出在我身上……會不會是五個貓族惹祂們生氣了？**

「所以意思是說，月池就只是一層冰塊？」影掌發問。「它不再是特別的地方了嗎？」

柳光伸出尾巴，輕碰他肩膀。「這不是永久的變化。」她保證道。「在禿葉季，河族領地附近的河湖經常會結冰，但只要天氣回暖，冰層就會融化了。」

「但通常只有水池邊緣會結冰，」蛾翅指出。「我從沒看過整個池子結凍的情形，也從沒經歷過這麼冷的禿葉季。」

赤楊心哀傷地搖頭。「我有種糟糕的預感，」他喵聲說。「我們似乎處於超出記憶與經驗的情境，過去無法幫助我們面對現今了。唉，我不懂，以前松鼠飛暫居星族狩獵地盤時，祂們告訴她，我們應該和祂們走得更近。問題是，星族不和我們溝通，我們該如何和祂們走得更近？」

沉重的沉默降下，影掌望向一張張憂心忡忡的臉，體內萌生了一絲恐懼。他發現，這些巫醫貓——他最景仰、最尊敬的巫醫貓們——都不明白他們為何突然和星族失聯了。**而且，我看到的預兆也稱不上「正常」**。他羞愧地想。**會不會是我有問題……會不會是我害他們無法透過月池，聯繫其他巫醫？**

「我們再試一次好了。」幾拍心跳過後，隼翔提議。他很顯然窮盡了畢生之力，努力用樂觀的語氣說話。

「那最好有用啦。」松鴉羽低聲嘀咕，但其他貓沒有反對。最後，就連松鴉羽也低下頭，再次用鼻尖觸碰覆蓋水池的冰層。

然而，松鴉羽說對了，星光組成的貓並沒有出現。月池彷彿不曾存在神奇力量……星族彷彿不曾存在過。

「其實，星族也不是每一次都會出現在我們面前嘛。」每隻貓都退離水池時，隼翔喵聲說。

松鴉羽失明的眼眸怒瞪著風族巫醫貓，鬍鬚微微顫動。「可以不要這麼鼠腦袋嗎。」他低吼。「我們全都知道事情不對勁，我們全都感覺到了。」

影掌用力嚥了口口水。他偷瞄水塘光一眼，希望導師能想辦法反駁松鴉羽可怕的宣言，水塘光卻默默盯著自己的腳爪，其他巫醫貓也無言以對。

最後，是隼翔打破了沉默。「我們乾脆結束這次集會吧。」他喵嗚道。「反正今晚很明顯不會有任何進展，也許下次就能成功了——到下一次集會，天氣應該已經好轉了吧。」

每隻貓都小聲同意了。在影掌看來，他們似乎都恨不得趕緊離開月池——這裡曾是戰士祖靈賜予他們智慧與指引的地方，現在卻只剩寒冷與死寂。

其他巫醫都朝各自的營地出發後，水塘光與影掌靜靜走在湖邊，越過邊境進入影族地盤。影掌感覺到烏雲般的擔憂籠罩著他全身，他猜導師也感受到同樣的壓力。本就寒冷的空氣變得更加冷冽，刺入骨髓，風勢則變小了，一層厚厚的雲遮覆天空，擋住月光與星光。

這一定不是什麼好兆頭。影掌心想。

天又開始降雪了，雪愈下愈大，直到覆滿他們的毛髮，害他們不慎踩入藏在雪下的坑洞，走得跌跌撞撞的。距離影族營地仍有一段路程時，天上響起隆隆雷聲，撕裂寂靜的黑夜。影掌害怕得趴倒在地，就連水塘光也全身一縮。

「怎麼可能邊下雪邊打雷？」影掌聽著聲音淡去，開口發問。

「有時候會。」水塘光一面回答，一面不安地抬頭望天。「但老實說，這的確有種不祥的感覺……」

影掌全身一抖，他自己也感覺事態不妙，但比起此時陰森的感覺，更令他憂心的，是造成這種現象的原因。

如果是我害的，那怎麼辦？

✦
✦
✦

影掌猛然坐起身，抖掉身上的青苔與蕨葉。他此時在巫醫窩裡屬於自己的臥鋪，幾乎能肯定剛才有貓呼喊他的名字……但水塘光彎曲的背脊半埋在臥鋪的墊草之下，導師輕柔的鼾聲陣陣傳來，草心也熟睡在她的臥鋪裡。

「有誰在嗎？」影掌輕聲呼喚。

沒有貓回應。影掌開始感到腦中壓力漸增，像是癲癇即將發作的感覺，他眨著眼睛深吸幾口氣，試圖讓不適的感覺自然消失、試圖保持清醒。

壓力逐漸成形，化為一句急迫的命令：**你必須回月池去。**

影掌全身一縮。腦中的聲音一清二楚，彷彿草心醒了過來，在對他說話……不過影掌知道，那不是活貓的聲音。「為什麼？」他悄聲問，但也不指望對方回答。

他是不是該叫醒水塘光，把這件事情告訴他？然而，想法出現在腦中的瞬間，他就突然有了一種堅定的念頭——近似命令的念頭——告訴他：別這麼做。

這是你必須獨自完成的旅程。

影掌心中燃起希望的火花。**我知道那是星族的聲音。既然星族來聯絡我，就表示問題不是出在我身上。**也許他還是能當個正常的巫醫貓——能看見星族幻象、利用預兆引導所有貓族的巫醫貓。他鼓起勇氣，站了起來。

走出巫醫窩之時，影掌就望見石翅，只見他蹲在營地入口處看門。雪變小了，雲層也漸漸散去，公貓淺色的毛皮在星光下微微閃耀。

「如果往那裡走，我絕對會被他看見。」影掌喃喃自語。

於是，他扭著身體爬進穢物處的地道，離開地道、進入開闊的地表後，他壓低身體往前爬，腹部毛髮輕輕擦過積雪，直到遠離營地之後才直起身來。接著，他大步走入森林，朝丘陵地與結冰的月池邁進。

✦✦✦

影掌走下通往月池谷地的螺旋小徑，累得腳步蹣跚。從影族地盤來此的路程似乎花了他兩倍時間，應該快到黎明時分了。

從不久前來月池到現在，又有新鮮落雪積在結冰的池面，他用一隻前腳撥開積雪，清出一塊空間供自己低頭、用鼻尖觸碰冰面。到現在，影掌仍然不曉得自己被呼喚至此的理由。

是星族想聯繫我嗎？那祂們為什麼不現身？

他再次直起身，環顧四周，卻沒有任何事物擾亂深夜霜凍的寂靜。影掌不由自主地顫抖，頭部感到異常沉重，彷彿塞滿了東西。不祥的預感流遍他全身，他此生第一次感到如此疲憊、如此寒冷。

也許我不該來這裡的。他難受地想。**但我剛才確信這是正確的選擇。**

上方又傳來一陣低沉的雷聲，打斷影掌的思緒。他縮了縮身子、抬起頭，卻只能看見漫天飛舞的雪花。

開什麼玩笑，我怎麼可能成為正常的巫醫貓？我就只會在癲癇發作的時候看到奇怪的預兆，害大家覺得不自在而已。在這種天氣中，我真的有辦法獨自回營嗎？我一定是蜜蜂鑽進腦袋裡了，才會三更半夜來這裡。

他仰頭望天之時，雲間閃過一道白光，火熱的光束直落在月池表面。光芒太過耀眼，在那幾拍心跳的時間，影掌眼前一片空白。終於恢復視力時，他左顧右盼，在夜空中看見隱隱閃過的光芒，遠方傳來雷電的劈啪聲。隆隆雷聲再次滾過，聲響不斷加強、不斷加強，彷彿全世界都將一分為二。

在天雷恐怖的攻勢下，影掌驚駭不已地蹲伏在地上。「這到底是什麼意思？」他高聲呼號。

唯一的答案，是又一次閃過的雷光，這次比先前更加明亮、離他更近了。萬物瞬間化為黑暗，他驚恐地嗚咽最後一聲，陷入柔和的黑暗，那之後就什麼都不知道了。

✦✦✦

影掌重新恢復意識，頭部陣陣發疼，感覺全身每一條肌肉、每一根毛髮都疼痛不已，他掙扎著坐起身的同時，世界在眼前震盪、模糊。

我被雷劈中了嗎？他茫然心想。

儘管無法相信這件事，他環顧四周，卻發現積雪融化了，露出下方焦黑的泥土。他的毛皮多了一些刺刺的硬塊，他試著用腳爪碰了碰其中一塊，肉墊被自己豎起的毛刺了一下。

影掌緩緩恢復狀態，注意到腦中一道聲響。他無法分辨聲音的來源，不見毛髮披戴星光的貓走近，也不見戰士祖先站在陽光明媚的空地等他。四下只有那道聲音，那道從剛才就一直重複同一句話的聲音。

貓族之中存在黑暗力量，必須將之驅逐。

痛楚與疲倦被驚慌吞噬，影掌連忙退離月池，搖搖晃晃地爬上小徑，鑽過圍守谷地的那排樹叢，滑下山丘另一側岩石滿布的斜坡，像是要逃離那不祥之音似地邊跳邊往山下摔。

然而，他再怎麼努力也無法逃脫，聲音不斷在腦中重複同樣的字句：**貓族之中存在黑暗力量，必須將之驅逐。貓族之中存在黑暗力量……**

第八章

冬青叢下的地面幾乎沒有積雪，但根掌和露躍一起縮在樹枝下，還是感到又溼又難受。導師在考他，要他記誦戰士守則，可是根掌一直想不起來。

我這麼冷、這麼餓，哪還有心思去背戰士守則！

儘管如此，根掌也不得不承認，天族將營地設在這座能遮風的山谷裡，已經非常幸運了。在雷族營地休養時，他親眼見證了雷族貓艱辛的生活。

「那根據戰士守則，你在抓到獵物之後，該怎麼做？」露躍提問。

聽到導師的話，根掌只想一口咬在肥滋滋的老鼠身上，他的口水都快滴出來了。

「把牠吃掉。」他回答。

露躍嘆了口氣。「我們該感謝星族給予牠生命，」他喵嗚道。「然後把獵物帶回新鮮獵物堆，先讓貓族溫飽，自己才能吃。」他不耐煩地抽動尾巴尖端。「根掌，這是連小貓都懂的常識！專心一點。」

「我懂啊。」根掌咕噥道。他也對自己感到不耐煩。「可是我好餓——肚子還覺得喉嚨被誰扯破了似地，這樣真的很難專心。」

「我知道。」露躍有些同情地說。「我們等等去獵食，但你先告訴我，等你成為戰士，你的第一份義務會是什麼？」

「我應該守夜——」根掌說到一半，又分心了。他看見斑願與躁片走出高岩基部的族長窩，隨他們鑽出岩縫的是族長葉星，以及副族長鷹翅。他們朝營地另一頭的巫醫窩走去，四隻貓湊在一起交談，然後在離根掌與導師所在的冬青叢數條尾巴距離處停下腳步。

「……但無法聯繫星族，我們兩個還是很擔心。」根掌聽到的第一句話，是緊張兮兮的躁片說出來的。

根掌震驚得瞠目結舌，一聲「什麼——」才剛出口，就被露躍用尾巴摀住嘴。斑願點了點頭。「過去在峽谷裡，從沒發生過這種事。即使在星族沒送來幻象或預兆的時候，我們也總是能感覺到祂們的存在。這裡就不一樣了。」她哀傷地說完。

「我一直在想，會不會是因為我們離開峽谷、來到了這裡，導致和祖先的連結減弱了？」躁片接著說。「我們會不會是做了錯誤的選擇？」

葉星沉重地嘆息。「我和鷹翅，以及全族的貓，都做了我們認為最必要的選擇。我不相信戰士祖先們會永遠棄我們不顧。」

「那這時候如果有貓死了，會發生什麼事？」躁片瞪大眼睛，語音流露驚懼。「死去的貓還會加入星族嗎？那現在我們和星族似乎失去了連結，假如這時候有族長死去呢？死了的族長還有辦法起死回生嗎？新任族長還有辦法得到九條命嗎？」

「我不認為各族族長有死亡的危險。」鷹翅指出。「畢竟族長都沒有生病，各族之間也沒有戰爭。」

「沒錯。躁片，你別這麼操心。」葉星俐落地喵聲說。「我們現在只須面對一場危機，那就是這次禿葉季。」

「但這也夠糟糕了。」斑願低聲說，聲音輕到根掌幾乎聽不見。

「你們不是要帶我去看你們貯存的藥草嗎？」葉星一面說，一面邁步離開。「如果你們覺得有找到更多藥草的希望，我們就派巡邏隊去找。你們認為哪些貓最擅長找藥草？」

四隻貓繼續前行，根掌不知斑願是否回應了，總之他沒聽見巫醫貓的回覆。他和露躍交換了個驚愕的眼神。「星族不見了？」他驚呼。他幾乎不敢相信自己方才聽見的對話。「那我們該怎麼辦才好？」

「不要讓自己緊張到尾巴打結。」露躍回答。「無論出了什麼問題，我們都能相信葉星、鷹翅與巫醫的能力，他們一定能帶領我們克服困難。」

即使話說得胸有成竹，露躍仍露出憂心忡忡、魂不守舍的神態，根掌猜導師也不相信自己說的話。**他想安慰我，但其實他就跟我一樣焦急。**

「可是我們——」根掌開口說。

「我們已經在這棵樹叢下閒晃夠久了。」露躍故作輕鬆地打斷他。「是時候出去狩獵，為新鮮獵物堆貢獻一份心力了。」他站起身，領著根掌走到空地上。

即使在積極地一躍而起、跟隨導師離開之時，根掌也深知，他短期內不可能忘記剛才偷聽到的對話。

✦✦✦

夜裡又降了一層雪，新積雪中幾乎毫無痕跡，只有巡邏隊留下的足印。根掌偶爾瞥見鳥爪抓過的細痕，卻沒看見老鼠、兔子或松鼠的腳印，也絲毫聞不到獵物的氣味。

「牠們應該都冷得躲在洞裡了。」他失望地喵嗚道。

「我們只能繼續努力。」導師回應道。「走，我們去湖邊吧。」

朝湖泊的方向行進時，露躍忽然閃身竄入一些矮樹叢，那裡低垂的蕨葉護住了地面，因此積雪不多。片刻後，他叼著一隻鼩鼱鑽了出來。

「抓得好！」根掌高呼。

「不，這隻太瘦了。」露躍喵聲說。他將獵物放在無雪處的邊緣，抓了些土壤覆蓋牠，準備晚點再把牠挖出來帶走。「但有總比沒有好。星族，謝謝祢們賜給我們獵物。」他嘆息著補充道。

根掌不禁好奇，星族真的能聽到他的祈禱嗎？就算聽得到，祂們真的在乎狩獵者有沒有感謝祂們嗎？他心裡雖然疑惑，卻還是知道有些話不能講出來。他跟著露躍繼續前行，但自己捕捉到獵物的希望正迅速消失。

接近湖畔時，樹木漸疏，較開闊的空間沒什麼地方給獵物躲藏。根掌腳痠了，每前進一步都得費好一番功夫。

露躍硬要在外面拚命尋找不存在的獵物，是還要找多久？

然後，就在根掌繞過一些榛木叢之時，湖泊映入眼簾，他望見一隻大烏鴉。他不禁瞪大眼睛——烏鴉站在湖畔斜坡頂，正在地面啄食。

太好了！

根掌立刻壓低身體，進入狩獵者的蹲伏姿勢。他從餘光瞥見露躍揚起尾巴，彷彿要阻止他，結果導師卻後退一步，將獵物交給了見習生。根掌吞了口口水，這才意識到此時此刻的重要性。

我必須成功獵殺牠，幫族貓弄到食物！

根掌一步、一步躡手躡腳地前進。烏鴉背對著他，在山毛櫸樹下的枯葉堆中啄食，邊啄邊慢慢遠離根掌。風從烏鴉的方向吹來，表示烏鴉沒機會嗅到根掌的氣味。根掌緩緩逼近，心跳得飛快。

這隻鳥好大、好可怕——可是如果能抓到牠、把牠帶回天族，那就太好了！

根掌終於停下腳步，和獵物之間只剩不到一條尾巴的距離。他擺了擺臀部，然後猛力一跳，「砰」地一聲落到烏鴉背上。烏鴉掙扎了幾拍心跳的時間，翅膀在根掌的頭旁邊形成漆黑暴風，腳上的利爪狂亂抓弄，根掌用力一口咬在牠後頸，牠突然癱倒在地上，動也不動。河面吹來的微風撥動牠的羽毛，根掌低頭盯著烏鴉，幾乎不敢相信自己竟然成功了。

露躍蹦蹦跳跳地跑來，眼中閃爍著亮光。「哇，做得太好了！」他高呼。「根掌，你表現得非常好。你有挑戰這隻大鳥的勇氣，就表示你有狩獵的天分。」

儘管寒風陣陣颳來，根掌聽到導師的誇讚，還是從耳朵到尾巴尖端都暖了起來。「我還以為牠一定會飛走。」他承認道。說完，他認真地補充一句：「星族，謝謝祢們賜給我這隻獵物。」

「我們趕緊回營地吧。」露躍喵聲說。「你有辦法自己把那隻叼回去嗎？」

「我沒問題的。」根掌得意地回答。等等他帶著這麼壯觀的獵物回去堆在新鮮獵物堆上，族貓們會怎麼說呢？**這下，鳶掌和龜掌就沒辦法再嘲笑我了！**

露躍帶頭回到剛才掩埋鼩鼱的地點，把獵物挖出來之後朝天族營地前進。根掌跟著導師走，大烏鴉被他拖在四條腿之間，獵物的重量害他腳步有點不穩。

快回到營地時，根掌瞥見父親坐在一棵荊棘叢旁的雪地上，只見樹全身靜止不動，雪花飄落他的背，幾乎覆蓋了他的黃色毛皮。根掌只求導師別發現樹，但露躍也在此時停了下來。

「你父親在做什麼？」他問根掌。

根掌原本為自己狩獵成功而沾沾自喜，現在那份得意卻被羞慚吞噬，他感覺毛髮像著火一樣燙。「不知道。」他咕噥道。「應該就是坐著，沒做什麼吧。」

露躍一臉困惑。「這個……呃……可能是因為他不是在貓族長大的關係吧。」他喵聲說，顯然是經過了一番努力，才找到最不會冒犯到樹或根掌的說法。「他想必有自己的一套行事風格。不過我要是他，就不會想坐在外面積雪。」

根掌猜想，導師看著樹，心裡也許在想：這隻言行舉止都和其他貓不一樣、有時還在排解糾紛時幫助其他貓族的怪貓，真的對天族忠誠嗎？

樹為什麼非要這麼奇怪不可？根掌默默地問。他真希望自己能像針掌那樣，輕鬆忽略父親的怪異之處。

他羞恥到了極點，正努力思索該對露躍說些什麼，突然瞥見雪地上的動靜。一隻田鼠朝樹跑去，樹慵懶地伸出一隻腳爪，重重拍在小動物身上。

露躍似乎覺得這很好笑，尾巴也隨著笑意捲起。「喔，他在狩獵啊！」他高聲說。他走向樹，點頭打招呼：「好酷的招數！能教教我嗎？」

根掌必須承認，導師說得沒錯，父親的狩獵方式確實很酷。儘管如此，他還是希望樹能用正常的戰士狩獵方法捕捉獵物。

樹眨眼看露躍。「當然可以。」他回答，喉頭發出友善的呼嚕聲。「這不難，你心中想著『樹叢』即可。」

露躍一臉迷惑。「想著『樹叢』？」

「對，想像你的腿變成樹枝，爪子變成細枝。」樹解釋道。

「然後耳朵變成樹葉，對吧？」露躍喵聲說。他幽默地瞟了根掌一眼，根掌拖著烏鴉踉踉蹌蹌走來。

「沒錯，就是這樣。」樹告訴露躍。「接著，你保持靜止不動，獵物就會自己上門了。」他撿起田鼠，將牠放上身旁一小堆獵物。根掌一看，發現樹已經抓到一隻老鼠和一隻鼩鼱了。

片刻後，樹看見根掌拖著的大烏鴉，問道：「根掌，那是你抓的嗎？」根掌心中又湧生了喜悅與驕傲。

露躍代替見習生回答，寬闊的灰色臉上帶有讚許的表情。「那是他自己抓到的呢，他以後必定會成為傑出的狩獵者。」

根掌抬頭看父親，在他臉上看見同樣讚許的光芒。「太好了。」樹喵嗚道。「根掌，做得好。」

「我們趕快回營地吧。」根掌仍沉浸在父親與導師的讚美中時，露躍接著說。「太陽快要下山了。」

根掌首次注意到，樹木的影子正逐漸拉長，重重藍影映在雪地上。禿葉季短短的白晝即將結束。

「我跟你們回去。」樹喵聲說。他將捕獲的獵物放到一塊。

露躍低頭叼起鼩鼱。「來，我來幫你。」

回營地的路上，根掌感覺父親不再令自己如此丟臉了，樹獨力捕捉了好幾隻獵物呢！然而轉念一想，若根掌到場時，父親坐在那裡假裝自己是樹叢、快要被風雪凍死了，他對父親的看法應該會和現在大相逕庭。

天族其他的貓都聚集過來，迎接三個狩獵者。根掌他們穿過營地入口，進入空地。

「根掌，這真的是你抓的？」針掌盯著烏鴉凌亂的羽毛，驚呼道。「太厲害了！」

他母親紫羅蘭光沒有發言，不過眼中也盈滿了溫暖的讚美。她陪根掌走到新鮮獵物堆，傾身上前，憐愛地舔他耳朵一下。就連和鷹翅、蘆葦爪站在新鮮獵物堆前的葉星，也讚許地對他一點頭。

「今晚，天族能飽餐一頓了。」她喵聲說。

根掌低下頭，再次感到害羞，但這次是愉快的害羞，因為他成功贏得了族貓的認同與尊敬。他看得出，新鮮獵物堆比前幾天都來得大，今晚不會有族貓挨餓。

「你帶一些獵物去給鹿蕨吧。」露躍指示道。「然後就可以回來吃東西了。」

「是啊，把這隻田鼠帶去給她。」樹補充道。他將自己抓到的獵物推向根掌。「現在雖然是禿葉季，這隻倒是長得很肥嫩。」

根掌樂意地答應了，他叼起田鼠，跑到營地另一頭，將田鼠放在耳聾的長老面前。長老坐在自己的窩外，兩隻前腳爪縮在身下。

「謝謝你。」鹿蕨喵嗚道，舌頭舔過嘴唇。「看起來真美味！」

回新鮮獵物堆的路上，龜掌踏到了根掌面前，根掌停下腳步。「你好厲害，能抓到那麼大隻的獵物。」龜掌喵聲說。她似乎無法直視根掌的眼睛，根掌驚訝地發現，她聽上去十分害羞。

「我只是運氣比較好而已。」他回道。

鳶掌站在龜掌後方兩步的位置，根掌做好被他冷嘲熱諷的心理準備，沒想到紅棕色公貓沒有說話，而是尊敬地對根掌一點頭，跟著他與龜掌走回新鮮獵物堆。

此時，大多數族貓都坐下來準備開動了，但沒有貓取用根掌抓的烏鴉。「我們把牠留給你。」樹喵聲說道，尾巴往根掌的獵物一指。「這裡的食物夠每一隻貓飽餐一頓了，你就好好享用獨力抓到的第一隻大獵物吧。」

「你可以和其他貓分享獵物。」露躍補充道。

根掌興奮地點頭。**能為族貓提供食物，感覺真棒！**他用尾巴招呼針掌過來，然後有些遲疑地轉向鳶掌與龜掌。「你們要一起吃嗎？」他儘量壓下緊張，問他們。

「謝謝！」龜掌喵嗚道。她也在烏鴉旁邊蹲了下來。

鳶掌一臉驚訝，但還是點頭感謝根掌，在同伴身旁坐下來，對著烏鴉一口咬下。

「你是在哪裡找到牠的？」他口齒不清地問。

「在湖邊。」根掌回答。他在針掌身邊坐下，撕下獵物身上的一塊肉。「離雷族邊界不遠的地方。」

龜掌點點頭。「那個地點不錯。」她同意道。

針掌嚥下滿口食物。「露躍一定很高興吧？」她喵聲說。

「對啊，」根掌答道。「我原本還以為他除了對我失望以外，不會有其他的想法了。」

「大部分的導師都這樣，」龜掌告訴他。「我剛當上花心的見習生時，她也沒給我好臉色看。我還以為自己永遠不可能成功呢！」

年長見習生友善的態度，令根掌身體發暖，情況似乎忽然變了。**說不定他們其實沒那麼壞嘛。**他心想。

「其實啊，」鳶掌開口說。「你掉進冰水那一天，我還滿佩服你的。你那樣為自己出頭，直接來攻擊我，其實很勇敢嘛——蠢是蠢，」他眼中閃爍著笑意，補充道。「但還是很勇敢。」

根掌突然開心了起來，發出「喵呼」一聲輕笑。他今天運氣很好，除了抓到了能填飽族貓肚子的大獵物，好像有機會結交鳶掌與龜掌，就連樹也比平常不讓他丟臉了。根掌首次萌生信念：這次可怕的禿葉季很快就會過去，也許每隻貓都能健康快樂地迎來新葉季。

第九章

鬃掌在雪地中停下腳步、伸展腳爪，試著讓麻木的四腳恢復感覺，同時環顧月光下的樹木，在腦中複習導師的指示。**風向……地面不平……專心……這次我一定能抓到獵物！**

她嚐了嚐空氣，躡手躡腳地前進，每隻腳掌都像落葉一樣輕巧觸地，尾巴也緊貼著側腹。她豎直耳朵，設法捕捉獵物發出的細微聲響，然而時間慢吞吞過去了，她依然一無所獲。

鬃掌伸縮爪子，忍不住發出煩躁的低吼。「我不懂，我到底是哪裡做錯了！」

導師玫瑰瓣從身後走來，尾巴尖端短暫地搭在鬃掌肩頭。「妳沒有做錯，」她耐心地解釋。「最近沒有一隻貓能順利狩獵。」

「可是從檢定失敗到現在，幾乎已經過半個月了，」鬃掌難過地說。「那之後我連一隻獵物都沒抓到，根本就沒幫到雷族！」

「但這不是妳的錯。」玫瑰瓣安慰她。「我跟妳保證，妳的每一個動作都做對了，只是今年禿葉季特別嚴酷，妳的運氣又特別差而已。」

鬃掌深深嘆一口氣。「那我只能再接再厲了。」

「不，今天就到此為止吧。」玫瑰瓣說。「時間不早了，我們回營去。」

鬃掌張嘴想抗議，這才發現導師說得沒錯，夕陽的紅光已然消逝，星光在覆滿白雪的地面閃耀，只有樹木與樹叢下方染上一塊塊濃稠的黑暗。在明日來臨之前，她別想繼續狩獵了。鬃掌不情願地點點頭，低垂著頭與尾巴，跟隨玫瑰瓣回到石谷。

鬚掌穿過荊棘叢通道、進入空地時，瞥見竹掌與翻掌蹦蹦跳跳地從營地另一頭跑來找她。

「我跟妳說，我跟妳說！」翻掌興奮得氣喘吁吁，在鬚掌面前停下腳步號叫道。「竹掌抓到兩隻老鼠了！兩隻喔！」

「我只是運氣好而已。」竹掌喵聲說。她試著掩藏自豪，卻相當失敗，眼中閃耀著驕傲的光輝。「翻掌也是，他差一點就要抓到田鼠了。」

「我太鼠腦袋了。」翻掌承認。「我撲上去的時候動作沒做好，但後來田鼠被冬青叢捉住了。」

「好棒喔。」鬚掌應道。她很想為竹掌感到歡欣，但痛苦的感覺沉甸甸地鬱積在腹中。**外頭當然有獵物了。**她心想。**為什麼竹掌抓得到，我卻一直失敗？**

她走到營地深處，竹掌與翻掌緊跟在後。鬚掌望見棘星與副族長松鼠飛，兩隻貓湊在一起，和雷族的兩隻巫醫貓認真交談。鬚掌好奇地悄悄走近，偷聽他們的對話。

「每一族都遇到了相同的問題嗎？」棘星問道。他琥珀色的眼眸目光暗沉，充滿擔憂。「沒有任何貓聯絡得上星族？」

「沒錯。」松鴉羽答道。「我們過去兩次半月集會都沒和星族見面，而且就我所知，祂們沒有傳送夢境或預兆給任何一隻貓。」

「如果長時間和祖先失聯，那絕對會是場災難。」赤楊心補充道。「要是我們誤入歧途怎麼辦？要是我們毀了自己的宿命怎麼辦？」

鬆掌樂得為竹掌狩獵成功之外的事情煩惱。「嗯？」她咕噥一聲，尾巴若無其事地一甩，又轉頭面對弟弟妹妹。「雷族不該花心思擔心能不能和天上的死貓說話，而是該擔心地上的獵物太少才對。」

聽到姊姊大膽的發言，竹掌與翻掌呼嚕呼嚕笑了起來，但片刻後，他們的笑聲戛然而止，兩隻貓瞪大眼睛盯著鬆掌身後的某個東西。

「怎麼了？」她問道。

一道和禿葉季寒風同樣冰冷的聲音，劃過她剛說出口的問句。「妳是蠢毛球嗎？」

鬆掌猛然旋身，發現松鴉羽不能視物的藍眼睛怒瞪著她，赤楊心、松鼠飛與棘星則站在他身旁。鬆掌全身一縮，倒退一步。她本以為那句話只會被弟弟妹妹聽見的。**除了松鴉羽以外，被誰聽見都好，結果偏偏是他！他是全森林最可怕的貓耶！還有棘星……我竟然在族長面前說傻話！**「我……呃……我不是那個意——」她開口說。

「妳就和還未睜開眼睛的小貓一樣，一無所知。」松鴉羽嘶吼道。「星族能團結五族之力，如果祂們摒棄我們，那我們就不過是五群惡棍貓。妳顯然年紀太小、腦子太笨，無法理解這件事的意義，但只要是年紀大一些又有智慧的貓就會明白，我們面對的所有問題當中，最嚴重的問題就是和星族失聯。」

鬆掌往旁邊偷瞄，發現有更多族貓聚了過來，每隻貓都憂心忡忡地注視著她。她恨不得讓身體縮小，變成一隻小蟲子，然後找根小樹枝躲起來。

「真的很對不起——」

「妳說聲『對不起』，就能填飽我們的肚子了嗎？」松鴉羽罵道。「我要是妳的導師，就會罰妳接下來六個月禁足在營地裡，讓妳下功夫學習怎麼幫長老抓壁虱！」

他說話的同時，棘星踏上前，尾巴輕輕擦過松鴉羽體側。「冷靜點。」他喵嗚道。「假使每次有見習生說傻話，我們都予以重罰，那怎麼會有時間做其他的事？我相信鬃掌不是有意的。」他一面說，一面用那雙炯炯有神的琥珀色眼眸凝視鬃掌。

「對……對，我真的沒那個意思。」鬃掌結結巴巴地說。「我只是……我沒有想清楚，就把話講出來了。」

「這誰都知道。」松鴉羽後退一步說。

「我們也非常抱歉。」翻掌跟著說。竹掌連連點頭。

棘星點頭接受他們的道歉。「話雖如此，」他接著說。「你們三個顯然還不夠認識星族，你們最好隨我們赴今晚的大集會，也許就有機會學習新知了。」

族長發話的同時，鬃掌感覺腹中一陣翻攪，那是種奇怪又複雜的情緒——被族長責罵，她當然又羞又愧，但被選為陪同族貓參加大集會的貓，她還是感到興奮不已。

「此話當真？」松鴉羽嫌惡地抽了抽鬍鬚。「這不就像在獎勵他們嗎！」他大步朝巫醫窩走去。

「松鴉羽說得有道理。」棘星喵聲說，目光掃過鬃掌與弟弟妹妹。「你們今晚得乖乖守規矩。」

「我們會的！」鬃掌激動地保證，弟弟妹妹也跟著大力點頭。

✦✦✦

滿月下，凍結的湖泊閃爍著銀光，鬃掌、竹掌與翻掌跟隨族長走在水畔，朝大集會所在的小島前行。天不再降雪，但冷空氣彷彿巨大的爪子，緊抓著鬃掌的身體，還自下而上打在她的肉球上。她從沒見過森林如此寂寥的樣貌，天上閃爍的星辰顯得遙遠而無情。她首次感到好奇：星族戰士為什麼不再和巫醫們聯絡了？

是不是我們犯了什麼錯，惹祂們生氣了？

然而，鬃掌與其他雷族貓一同來到樹橋前，準備過橋去往小島時，她心中的恐懼消退了。風族眾貓已經踩著樹幹前行，其他貓族交互混雜的氣味從樹橋另一端的樹叢中飄過來。

我今晚會和哪些貓見面呢？說不定會見到根掌。她默默又對自己說：**希望他都沒事了——也希望那個傻毛球腦子夠靈光，不去理會天族其他的見習生。**

過樹橋的感覺很奇怪。鬃掌以前也參加過大集會，習慣了湖水吸扯樹幹的拉力，習慣了隨時可能重心不穩、落入湖中的感覺。今晚，湖面結了冰，鬃掌猜眾貓不必走樹橋，其實也能踏著冰層爬上小島。

到樹橋另一端，鬃掌一躍而下，跑到岸上，然後鑽過樹叢進入舉行大集會的空地。雷族是最後到場的一群，大橡樹周圍已經滿是各族貓兒。棘星與松鼠飛走向大橡樹，松鼠飛在樹根上站定位，棘星則跳上樹枝，在離河族族長霧星不遠處找到位子。松鴉羽與赤楊心前去加入其他巫醫貓。

鬃掌環顧四周，看見族貓們開始和其他族的貓交談。她對之前在大集會上認識的幾隻年輕風族貓揮揮尾巴，但朝他們走去的路上，一隻嬌小的黃色公貓從貓群中衝出來，跳到她面前，鬃掌差點被撞飛。

「鬃掌，嗨！」他喵嗚道。

「根掌！」鬃掌高呼。「你最近過得怎麼樣？」

「我很好。」根掌告訴她。「都是多虧了妳！妳救了我一命，我會銘記終生的。那之後，他們有幫妳取戰士名字嗎？抱歉，我是不是不該叫妳鬃掌了？」

鬃掌忍不住皺眉，雖然根掌不知道她戰士檢定失敗，但這句話還是令她心中刺痛。**我可不打算告訴他。**「沒關係，我現在還是鬃掌。」她對根掌說。

「我前幾天去狩獵，結果很成功！」根掌顯然沒注意到鬃掌的感受，繼續開心地聊天。「我自己抓到了一隻大烏鴉喔！我們四隻貓分著吃，結果還吃不完呢。」

鬃掌努力逼自己打起精神回應。「太好了。」

「我好喜歡狩獵喔！」根掌雙眼閃閃發亮、興奮無比地說道。「鬃掌，妳喜歡狩獵嗎？」

「如果有獵物給我抓，我當然也會喜歡。」鬃掌不耐煩地說。**我當然喜歡狩獵了，我以後不就是要當戰士嗎？哪來這麼鼠腦袋的問題！**

根掌似乎不以她簡慢的語氣為忤。「如果你們雷族的獵物不夠，我可以帶一些來給妳。」他提議。

鬃掌的不耐，瞬間以憤怒這最純粹的形式爆發。她昂起頭，湊到根掌面前嘶聲說：「雷族貓自己會狩獵，不用你插手！」

根掌嚇得往後一縮，圓睜的眼眸透出懊惱。「對——對不起。」他期期艾艾地說。「我沒有要批評你們的意思。」

看見年輕見習生苦惱的模樣，鬃掌頓時慚愧不已。正在思考該如何道歉時，虎星的聲音從大橡樹枝椏間傳出。

「所有貓族成員，大集會即將開始！」

鬃掌仰望那隻壯碩的虎斑公貓，只見他站立在樹枝上。再次轉頭時，鬃掌發現根掌從她身旁消失了，她瞥見小見習生鑽入天族貓群，其中包括上次同樣去到了湖邊的兩隻見習生。

不是我的錯。她告訴自己，但無論怎麼想，她就是無法抹消心中的罪惡感。**是他不應該，誰叫他說這麼鼠腦袋的話。還有，他竟然還和那兩團沒用的毛球混在一起！**

空地上，交談聲漸漸淡去，眾貓靜下來準備聽族長發言。大家擠到有樹叢遮擋的地方，樹叢下的地面幾乎沒有積雪。

「影族依舊強健，」虎星宣布。「但我必須承認，我們迫不及待想看到禿葉季結束的日子了。」

「河族也如此希望。」霧星同意道。她站起身，抖了抖灰藍色毛皮。「我們營地臨近的湖泊與溪流都結凍了，從上次嚐到魚肉至今，感覺已經過了好幾個月。」

「風族也遇到了困境。」兔星跟著說。「我們的地盤太少遮蔽物，所有的獵物都逃走了。」

「但是，當初我們重新調整邊界，讓天族入住之時，你們部族並沒有讓出土地。」虎星語帶不滿地指出。「如果你們現在對此感到不滿——」

「你還在抱怨邊界的事？」大橡樹的根部，風族副族長鴉羽打斷他，尾巴還不耐煩地抽動。「我們不是已經為了你們調整好邊界了嗎！」

「你明明知道我們如此選擇的理由。」霧星補充道，那雙薄冰般的藍眸瞪著虎星。「除非你說服兩腳獸把河族和影族之間的兩腳獸地盤遷走，或是讓牠們把我們和風族領地之間的馬場搬走，不然我們也幫不了你。」

虎星很明顯打算忿忿不平地反駁，但此時棘星起身，踏了上前。「吃下肚的獵物，已經回不來了。」他平靜地指出。「而且，在天氣轉涼之前，各族也沒有因新邊界發生任何紛爭——天氣寒冷才是重點，也是我們眼下該想辦法解決的問題。」

虎星惱火地一聳肩膀，霧星則一點頭，表示認同雷族族長的話語。鬃掌感到十分驕傲，能有如此睿智、懂得避免糾紛的族長，真是她的榮耀。

「我不知道該怎麼辦才好。」片刻的沉默後，兔星接續道。「這是我們所有貓記憶中最嚴酷的一次禿葉季，過去即使天氣寒冷，也不曾持續這麼久。」

「此外，過去即使巫醫沒收到星族傳遞的訊息，狀況也不曾持續這麼久。」和其他巫醫貓坐在一塊的松鴉羽朗聲說。他的語音透出一絲不祥，比起獵物短缺的消息，這更令鬃掌全身發寒。

松鴉羽話音落下，鬃掌看見許多年紀較大的貓交換擔憂的眼神，她更清楚意識到事態的嚴重性。

我在營地說的那些話，實在是太鼠腦袋了！

「但這應該是因為天氣太冷、月池結凍了吧？」霧星喵嗚道。「我相信我們只要耐心等待天氣回暖，一切又會恢復正常。」

葉星面色緊繃地動了動耳朵。「我們也如此希望。」

鬃掌看得出松鴉羽想反駁，但他還沒出聲，兔星又繼續發言了。

「也許是時候分享些好消息了。」他提議。「我們風族有了兩隻新見習生：木掌與蘋果掌。」

空地上，貓叫聲不絕於耳，參與集會的貓紛紛喊出新見習生的名字。鬃掌加入其他貓，看著兩隻年輕見習生羞澀地低下頭，他們父母——風皮與石楠尾則驕傲地注視著自家孩子。

「我們河族也有好消息。」喧鬧聲靜下來之後，霧星宣布道。「捲羽產了三隻健康的小貓。」

鬃掌再次加入眾貓的恭賀，但她隱約看見，霧星臉上蒙著淡淡一層愁雲，一些河族戰士也交換了擔憂的眼神。

天氣這麼冷，獵物又這麼少，母親和育兒室裡的新生小貓應該不好過。鬃掌心想。**我們雷族的火花皮和栗紋應該也很辛苦……但我一直關心自己的問題，都沒注意到其他貓的困境。**罪惡感如尖銳的爪子，刺入她的心，她這才發現自己太自我中心了，滿腦子想著嚴寒的禿葉季如何毀了她當上戰士的機會，都沒關心別的貓。

最終，喧囂聲平息下來，棘星轉向葉星。「天族的狀況如何？」他問道。

葉星起身的動作似乎很不情願，她踏上前，直到樹枝開始在她的重量下微微彎曲。「天族最近也過得很辛苦，」她宣布。「但也許沒有各位這般艱辛。」她說得有些猶豫，鬃掌猜她應該明白，這份消息可能會引起其他貓族的怨恨——尤其是影族。「我們的地盤位處山谷，有山壁為我們遮風擋雪。」天族族長接著說。「我們地盤最高處的岩石旁，有一些位於丘陵地的山洞，假如情勢惡化，我們可以退避到山洞裡。」

鬃掌聽見，下方空地上，一些戰士開始交頭接耳，而虎星肩頭的毛髮也豎了起來，彷彿在和敵手對峙。

「你們還真幸運啊。」他嘀咕。

葉星尾巴一甩，轉向他。「能不能別再為這件事爭吵了？」她喵嗚道。「你別忘了，當初所有貓族——包括影族在內，全都同意了新的地盤分配。」

虎星嗤氣回應，再次在自己的樹枝上坐下。

「是這樣沒錯，」松鴉羽再次發言，從赤楊心身旁站起來。「但這都不重要。要緊的是，我們為何失去了和星族的聯繫？我們怎麼不討論這件事？」

這回，松鴉羽的話語似乎被周圍的貓聽進去了，鬃掌聽見貓群不安地竊竊私語，低語聲愈傳愈廣。

「我們為什麼無法和祂們溝通？」風族的鴉羽高聲問。「還有辦法建立聯繫嗎？」

「這下，還有誰能照看我們？」天族戰士當中，一隻貓跟著說。鬃掌看不見那隻貓，卻能聽出對方語音中的驚懼。

「冷靜點。」河族長老苔皮說。她站起身來，搖了搖尾巴強調自己的話語。「月池不過是結冰罷了！星族聯絡不上我們，想必是因為池水凍結了。各位別擔心，新葉季終會到來的。」

更多貓以號叫聲回應，有些貓同意苔皮的觀點，其他貓則嘶吼著提出異議。鬃掌憂心忡忡地看著他們豎起的毛髮，以及伸出爪子的腳爪。

他們不可能打起來吧——這可是大集會耶！

但還沒有貓出手，便有貓朗聲喊出兩個字，聲音迴響在空地上。「夠了！」

每隻貓都抬頭望向大橡樹。方才大喊的是虎星，他又站了起來，威嚴的目光掃過空地。

「松鴉羽說得不完全正確。」聚集於此的貓群再次安靜時，他喵聲說。「還有一隻貓能和星族溝通。」

松鴉羽面露怒色，但他還來不及發言，水塘光便輕輕撞了撞一隻年輕貓兒。年輕貓兒從眾巫醫當中踏上前，鬃掌認得他，那是影族巫醫見習生：影掌。**他是我的血親……**沒錯，影掌的母親鴿翅——是我母親藤池的姊姊。影掌沒有說話，而是站在原地，眨著眼睛仰望自家族長。

「影掌，」虎星朗聲宣布。「收到了來自星族的訊息。」

第十章

影掌注視著聚集在空地上的戰士們，戰士們也全都盯著他，彷彿無法相信虎星告訴他們的事實。他腹中有東西糾結成一團，像是一條蛇蜷縮在體內，試圖從內部啃咬他。那次遭雷擊過後，他在月池畔一灘泥水中醒轉，便感覺自己有什麼地方不太對勁，至於究竟是哪裡不對勁，他也說不上來。

「說吧。」虎星鼓勵他。「把你對我和水塘光說過的事情，告訴所有貓族。」

影掌緊張地吞一口口水，開始敘說他在巫醫窩中醒來，以及被召喚至月池的經過。「然後，我到月池的時候，」他接著說。「突然閃過一道明亮的光，我聽到一個聲音。我好像被雷劈中了。」

「被雷劈了？」貓群中，一隻貓重複道。「刺蝟都會飛了！」

「你確定那不是作夢？」河族副族長蘆葦鬚問道。他語帶同情，但影掌感覺對方完全不相信他的說詞。「我見識過雷擊的威力，」黑色公貓接著說道。「不久前，一道雷差點毀了我們的營地。如果你當真被雷劈中，就不可能站在這裡說故事了。」

影掌知道蘆葦鬚說得有道理。「我也不曉得自己為什麼還好好的。」他回道。隨著每一拍心跳過去，他感到愈來愈不自在。「我只能實話實說，把當時發生的事情告訴各位。」

「所以，你聽到一個聲音。」風族戰士夜雲喵聲說。「那個聲音說什麼？」

影掌張口欲答，結果河族的錦葵鼻大聲打斷他，語氣相當不屑。「在我看來，這太荒謬了。為什麼只有一隻影族的貓——而且還是見習生，收到星族的消息？」他的視線掃過眾貓。「都沒有別的貓覺得這很可疑嗎？各貓族過去聽信影族的話，惹上了多少麻煩，大家應該都還記得吧？」

聽見河族戰士冷酷的言語，貓群傳出幾句小聲的抗議，但影掌發現，絕大多數的貓都以充滿敵意的目光注視著他，即使是其他巫醫貓，也都不安地頻頻偷瞄他。

影掌聽一些族貓說過，其他貓族不信任影族，但時至今日，他才明白這句話的意思。他環視空地，只看見毛髮直豎的毛皮，以及狐疑地瞇起的眼眸。

他們真心覺得我們是壞貓嗎？

虎星似乎感覺到他的侷促不安，從大橡樹上跳下來站到他身旁，讓他暗暗鬆一口氣。「也許請各位族長和影掌私下談話較為妥當。」他說。

聽他的語氣，比起提議，這更像是命令。還好沒有貓提出異議，但影掌看見松鴉羽低聲嘀咕幾句，尾巴尖端也來回抽動。

虎星用尾巴攬著影掌的肩膀，帶他到空地一旁，並點頭示意水塘光過來。其他族長紛紛從樹上跳下，走了過來，剩餘的貓兒則焦慮地三三兩兩聚在一起，滿腹疑慮地交頭接耳。

「好。」影掌、水塘光與諸位族長在一棵接骨木叢的樹枝下坐定位之後，虎星開口。「影掌，把聲音的事情說給大家聽。」

「被雷劈中之後，我躺在那裡等身體恢復，就聽到那個聲音對我說話。」影掌解釋道。即使眼前各位都是族長，相較於剛才對所有貓族致詞，現在對一小群貓說故事，他還是感到輕鬆得多。「那個聲音說：『貓族之中存在黑暗力量，必須將之驅逐。』」他用顫抖的聲音，重複那句不祥的言語。「那之後，我還在夢中聽到同一句話。」

族長們交換了若有所思的眼神。「這是你認得的聲音嗎？」棘星問。

影掌搖搖頭。「不是，我從沒聽過這個聲音。」

「你確定那不是作夢嗎？」霧星的藍眼睛流露同情。

「我敢肯定，那不是夢。」影掌堅稱。

「但是，錦葵鼻說得有道裡。」兔星插嘴說。「星族怎麼會只對影族傳達訊息？」

影掌也不知該如何回答這個問題。族長們沒有公然對他表露敵意，令他十分感激，但他也看得出他們都憂心忡忡、心存疑慮，不確定該不該相信他。

「影掌從以前就很特別。」虎星替他說話，耳朵因煩躁而微微抽動。「即使是在小時候，他也看過不少預兆。」

諸位族長你看看我、我看看你。影掌掙扎著壓下挫折感，他猜其他貓都只當虎星是個疼愛孩子的父親，想在別族面前誇耀自家小貓。

「是的，而且我過去看見預兆的時候，總是會癲癇發作，」影掌解釋道。「但這次沒有。」

「那我必須懷疑，你這次沒有癲癇發作，會不會代表預兆也不是真的？」葉星喵聲說道。

「不，預兆是真的。」虎星堅定地說。「我們必須仔細聽從這段訊息。別忘了，他以前預知到自己會差點在淹水時溺死，我們如果當時肯聽他的話，也許根本就不會遭遇洪災。」

棘星轉向水塘光。影掌的導師坐在一旁，默默聽眾貓議論。「你怎麼想？」棘星問道。「影掌看見的，是真正的預兆嗎？」

水塘光遲疑數拍心跳的時間，面對導師臉上的猶疑，影掌感覺自己心中空了一塊。

「我當然相信影掌，」水塘光終於開口回答。「他以前也見過非常重要的預兆。但是，我無法肯定那些是星族給我們的訊息——我們都見過預兆，但這次似乎不太一樣。星族會引導他獨自前往月池嗎？星族會降下雷電劈他嗎？」他朝見習生投了個抱歉的眼神。「影掌，我不是不相信你，而是不確定該如何看待這份消息。」

各族族長再次交換了眼神。

「我必須和副手與河族巫醫貓討論此事。」霧星喵聲說。

其他族長也低聲表示同感。

「那你們別討論太久。」虎星警告道。「在採取行動之前，所有貓族都該齊心協力解讀這份訊息。」

棘星對影掌一點頭。「謝謝你將這件事情告訴我們。」他喵嗚道。「在大集會上起立發言，是只有勇敢的貓才辦得到的事。」

說話的同時，他親切地輕撞影掌。被棘星觸碰時，一種詭異的感覺竄遍影掌全身，似是有爪子從體內撓抓他，扭轉他的腹部，還像禿葉季寒風一樣，令他背脊發涼。他呼吸一滯，抬頭看著棘星。

剛剛的感覺……很不對勁。

第十一章

「好，今天我們要教你們新的戰鬥招式。」露躍宣布。「我和蘆葦爪會先示範一次。蘆葦爪，準備好了嗎？」

「你出招吧。」母虎斑貓應道。

大集會至今過了兩次日出，森林仍籠罩在刺骨寒冷下，但至少沒再下雪了。根掌與針掌在一塊有遮蔭的坑地受訓，地上除了薄薄一層白雪之外，還可以看見下層的枯葉。

「仔細看好了。」露躍告訴兩名見習生。「我會攻擊蘆葦爪，我比她高大、比她重，但她會示範怎麼打敗我。」

根掌蹲伏在妹妹身旁，興奮地等導師示範新招式。他全身精力充沛，像是突然脫離冰霜封鎖的小溪。「等輪到我們對打，」他小聲對針掌說。「看我怎麼打扁妳！」

針掌發出「喵呼」一聲輕笑。「你試試看啊！」

露躍用後腿直立起來，往蘆葦爪身上壓去。蘆葦爪趴倒在地上，驚恐萬分似地瞪大眼睛看他，但露躍還沒來得及落到她身上，她就壓低身形、縱身前躍，一掌拍得露躍後腳不穩。

露躍跌在一旁，「砰」一聲倒地，根掌見狀興奮地號叫一聲。然而，蘆葦爪還沒收手，她像出擊的蛇一樣迅捷，旋身跳到露躍身上，一隻腳爪按著對方喉嚨、一隻腳爪壓著他尾巴根部，控制住露躍。

「好酷喔！」針掌驚嘆道。

蘆葦爪後退一步，讓露躍爬起來。露躍在原地站立片刻，一面粗重地喘息，一面抖落毛皮上的爛葉。「就是這招。」他喵嗚道。「在戰鬥中，你們也許沒機會完成第二部分，但面對用後腿站起來攻擊你們的動物，這是很好的反擊招數——能讓對手以為你怕了，效果就更好。」

針掌一躍而起，興奮得跳上跳下。「我也要試！根掌，快點攻擊我。」她蹲在地上，對哥哥眨眼。「啊！強壯的大貓，拜託不要傷害我！」

「妳這顆毛球！」根掌好笑地喵聲說。

他學露躍用後腿直立起來，伸長前腳準備撲到妹妹身上。針掌猛衝上前，根掌雖然知道她接下來的打算，還是無法靈巧地單用兩隻後腿閃避。他摔倒在地，肺裡的空氣都被擠了出來。根掌試圖滾到一旁，躲開針掌的第二次攻擊，卻被她撲到身上，用四隻腳爪按在地上。

戰鬥還沒結束。根掌暗想。

他回想幾乎一個月前的第一次訓練，讓自己全身癱軟。針掌抬頭問：「蘆葦爪，我剛剛的動作還可以嗎？」就在此時，根掌猛地一躍而起，甩脫針掌，這回輪到他用一隻腳爪壓住妹妹的脖頸。

「老鼠屎！」針掌嘶聲罵道。

根掌退開，讓針掌爬起來。他看到蘆葦爪好笑地捲起尾巴，露躍眼中也閃爍著溫暖的笑意。

「你們兩個都表現得很好。」蘆葦爪喵嗚道。「那我們再試一次，這次輪到針掌進攻。」

✦✦✦

這天的訓練結束後，四隻貓一同朝天族營地走去。根掌落後幾步，心思飄到鬃掌身上……每次想到那隻雷族見習生，他就又一次為她的強大感嘆不已。鬃掌是他的救命恩貓，她什麼都擅長，明明還沒當上戰士，雷族每一隻貓卻都喜歡她並信賴她。在雷族營地生活的那幾天，根掌在她身上看見好多值得欣賞的特質。

如果能讓她看到我剛才漂亮的戰技，那該有多好！

然後，根掌想起上回在大集會和鬃掌見面的情景，那時她顯得十分冷淡，而且其他貓族的處境都好糟糕。根掌在大集會上注意到，其他部族的貓看上去瘦弱許多，氣色比天族貓差很多，畢竟天族擁有遮蔽效果最佳的地盤，占了優勢。

他們沒有獵物可以抓，而且聽他們的說法，好像情況愈來愈嚴重了。我好想幫幫他們喔。

「喂，根掌！」

針掌的呼聲讓他回過神來，他這才發現自己落後太多，都看不見其他三隻貓了。他大步跑上前，在妹妹與兩位導師抵達營地入口前追上他們。

樹正要出營，經過時，他對兩位導師點頭致意。他本來沒有要說話的意思，但見到他，露躍停下腳步，喵聲說：「我們剛訓練完回來，根掌和針掌表現得非常好。」

「是啊，他們都很努力學習。」蘆葦爪附和道。「而且他們總是樂觀開朗，即使我們命令他們把弄髒的墊草清掉，他們也毫無怨言！」

樹嚴肅正經地聽完，根掌看不出父親對導師的讚美作何感想。「謝謝兩位將此事告訴我。」他低聲回應。

兩位導師繼續往營地走，樹卻用尾巴示意兩個孩子留下。「別太聽話，」他勸道。「你們也該有自己的主見。」

「我知道。」針掌立刻回答。「別擔心，這不成問題。」

根掌無法和妹妹一樣，輕易接受父親的建議。**樹為什麼非要跟其他族貓不一樣？**他邊想邊努力隱藏自己的不滿。**他就不知道融入貓族有多重要嗎？**

和樹道別、進入營地後，根掌的心思又飄回鬃掌身上，以及他在雷族度過的短暫時光。當時全雷族都親切地照顧他，勇敢的鬃掌還拯救了險些溺水的他。**她那個樣子才叫「部族貓」！樹真應該向她學學。**根掌不希望她挨餓，但也能理解鬃掌拒絕接受他幫助的理由。**她有自己的尊嚴——所以我才這麼尊敬她。可是，我還是好想幫她的忙。**

根掌瞄了天族的新鮮獵物堆一眼，雖然食物堆還沒滿，但已經足以填飽每隻族貓的肚子了。相較於他在大集會見到的其他貓兒，營裡的天族貓看上去健康太多了。**我們真的非常幸運。**他心裡盤算。**我真想幫幫其他貓族……尤其是雷族……尤其是**

鬃掌。

然後，一個想法悄悄地溜進根掌腦海。他望見站在高岩旁的葉星與鷹翅，於是走了上前。

「根掌，你好啊。」他走進時，葉星喵聲打招呼。

鷹翅親切地對他點頭。「你最近的訓練順利嗎？」他問道。

「還算順利。」根掌回答。他感到十分驕傲，一部分因為天族副族長是自己的血親，一部分因為自己有好消息想和族長與副族長分享。「我和針掌今天學了新的戰技。」

「太好了。」鷹翅呼嚕呼嚕道。

「那個，我有一個想法……」根掌開口說。此時站在族長與副族長面前，他開始懷疑自己剛才覺得無比高明的想法了。

「那就說吧。」尷尬的沉默持續幾拍心跳之後，鷹翅喵聲說。

根掌深吸一口氣。「我記得之前落水的時候，雷族好心照顧我，雖然他們自己的新鮮獵物很少，他們還是大方地把獵物分給我。」

「是啊，他們的確很慷慨大方。」葉星同意道。她注視著根掌，眼睛微微瞇起。

「所以，我覺得……為了感謝他們好心幫忙，我可以把一隻獵物帶去給鬃掌——一隻就好，我會自己去抓。」他說。

葉星不讚許地抽了抽鬍鬚，鷹翅則疑惑地瞄了族長一眼。

「根掌……」葉星開口說。

「我會用自己的空閒時間抓獵物，不會占用巡邏的時間。」根掌匆匆補充。「鬃掌真的好勇敢，我自己的族貓沒辦法救我，她卻願意幫我……我一直覺得我沒好好感謝她。」他最後說：「雷族對我那麼好，我都沒報答他們。」

根掌默默等族長下定論，心臟撲通撲通狂跳。葉星沉默了半晌，最終轉向副手。「鷹翅，你怎麼看？」她問道。

鷹翅闔上黃色眼眸，深思良久，然後才睜開眼睛。「各族之間素來不共享獵物，」他回道。「更何況我們是剛來到湖邊不久的部族，還是謹慎為上，小心別越界。」

葉星點了點頭。「你說得沒錯，但雷族確實幫了我們的族貓，我不希望他們把我們當忘恩負義的貓。」

「這點的確說得有理。」鷹翅喵嗚道。

見葉星仍猶豫不決，根掌的爪子用力抓入地面。最終，族長一點頭。「根掌，我批准你的提案，」她對他說。「不過——」

「太棒了！」根掌高呼一聲，甚至興奮地微微一跳。「謝謝妳！」然後，他發現自己打斷了族長的話。「對不起。」他咕噥著垂下頭。

「不過，」葉星重複道。「你必須照自己說的那樣，利用自己的空閒時間抓獵物，而且還必須取得導師的許可。」

「而且只能送他們一小隻獵物。」鷹翅補充道。「如果你又抓到大烏鴉，那不能給雷族，要留給我們！」

「我明白。」根掌連連點頭，喵嗚道。

「此外，」葉星接著說。「在帶獵物去給雷族之前，先確認我們自己的新鮮獵物堆食物夠多。」

「是——是，我會注意的。」根掌身上每一根毛髮都不耐煩地顫動，他等不及展開行動了。然而，鷹翅舉起一隻腳爪，阻止他跑開。

「別忘了，所有部族貓都相當自負，」他警告根掌。「如果你想帶獵物去給鬃掌，一定要先說清楚：這是你的謝禮，你是在為先前的事報答她。」

根掌感激地點頭。「我會的。」他答應道。「謝謝——謝謝你們！」

「那你去吧。」葉星喵嗚道。

根掌早已蠢蠢欲動，族長的話才剛出口，他就二話不說衝到營地另一邊，請露躍批准他的計畫。

✦✦✦

根掌往雷族邊界出發時，已經是下午了。他叼著一隻小田鼠，誘人的氣味與味道盈滿他的嘴，他每走一步，就必須耗費更多意志力抵抗誘惑。根掌恨不得停下來，自己把整隻田鼠吃個精光。

鬃掌看到我這麼貼心，應該會很高興吧。他告訴自己。

露躍與陽光皮走在他身旁。導師雖准許他送禮給雷族，卻還是堅持要同行，也請年輕的薑黃色母貓伴隨他們出行。根掌再怎麼抗議，露躍都不聽。

「你要是以為我會讓見習生獨自造訪對立貓族的領地，那就真的太鼠腦袋了。」露躍喵聲說。

現在，根掌只希望自己有機會和鬃掌私下聊幾句，他想對她說一些話，但絕對不是在導師面前說。

「我覺得這樣很怪。」接近雷族邊界時，陽光皮開口說。「近期獵物已經夠少了，我們居然要白白送給別族。」

露躍聳聳肩。「葉星都同意了，而且見習生能考慮到自己肚子以外的事情，也是難能可貴。」

可是我現在考慮到的，就是自己的肚子。根掌懊惱地想。**再不趕快去到雷族地盤，我就要忍不住把獵物吃掉了！**

雷族標記邊界的濃重氣味，蓋過了根掌口中那隻田鼠的氣味，無聲地警告他：他正接近天族與雷族領地的交界處。

「我們在這裡等著，」露躍喵聲說。「再過不久，雷族巡邏隊應該就會過來了。」

根掌將獵物放在身旁，在一簇蕨類的遮蔽下坐下來。他望向雷族地盤，只見少了山谷遮蔽的地帶，厚重積雪覆蓋了地面，沉沉壓在樹枝上。他才坐沒多久，腳爪與屁股都冷得像冰塊，只好起身來回踱步，徒勞無功地試圖取暖。

幸好沒過多久，他就聽見雷族那一邊傳來的窸窣聲，三隻雷族戰士鑽出接骨木叢。根掌不認識他們，他前幾晚初次參加大集會，沒在集會上見到這些貓。

為首的，是隻奶油黃色的麒麟尾公貓，他大步走到邊界，直接湊到露躍面前。「你們來這裡幹什麼？」他不友善地問。

「你好啊，莓鼻。」露躍回道。「我們來這裡，是為了——」

一隻玳瑁與白色相間的母貓跳到莓鼻身旁，朝根掌的田鼠一嗅，打斷了露躍的話。「你看！」她高呼一聲，鬍鬚憤慨地抖動。「獵物！你們是不是來雷族地盤狩獵？」

露躍翻了個白眼。「罌粟霜，妳腦袋裡裝的該不會是蜜蜂吧？」他問道。「還是妳把我們當鼠腦袋了？考慮到各族的近況，這麼多貓挨餓受寒、情勢如此危急，妳當真以為會有戰士大膽到為了獵物挑起紛爭？」

「我們懷疑你們，是理所當然的事。」罌粟霜氣沖沖地說。「尤其是——」

「不是的，真的不是那樣。」根掌熱切地打斷她。「這是我在天族地盤抓到的田鼠，我想把牠送給鬃掌，感謝她上次把我從湖裡救上來。」

莓鼻與罌粟霜交換了個不讚許的眼神。

「鬃掌會自己抓獵物，不需要你的施捨。」罌粟霜喵聲說，語音冰寒如覆蓋湖面的冰層。

莓鼻抖了抖奶油色毛皮，很明顯認為自己受到了侮辱。「我可不認為這是你們說的謝禮。」他嗤之以鼻。「天族只是來炫耀的吧？你們覺得自己獵物太多，多到可以拿去送別族了。」

雷族巡邏隊的第三個成員——一隻年紀較大的公虎斑貓踏上前一步。「讓他們過來吧。」他喵嗚道，琥珀色眼眸閃爍著笑意。「我們怎麼能阻攔見習生做好事呢？」

「真是的，樺落，你怎麼老是自以為是。」莓鼻不屑地吸了吸鼻子說。他頓了頓，銳利的目光掃過三隻天族貓。「好啦，你們來就是了。」他不耐煩地說。「跟我們來。你們要是敢越軌，我們就用你們天族貓的毛來鋪臥鋪。」

露躍率先越過界線，根掌與陽光皮也跟了上去，他們形成緊密的小團體，深入雷族領地。莓鼻走在前頭，樺落殿後，罌粟霜則不時走在隊伍左側或右側。

天族巡邏隊鑽過荊棘叢通道、進入雷族營地的瞬間，根掌便興奮地東張西望，尋找鬃掌的蹤影，卻徒勞無功。沮喪的感覺從耳朵傳到尾巴尖端。**她不會是出去巡邏了吧？**見到其他雷族貓發現了他們，漸漸朝這邊聚集過來，還頻頻交換好奇的眼神，根掌緊張得毛皮發癢。他這才發現，當初自己身體虛弱、需要幫助時，雷族貓對他態度友善，但這次的狀況可能和過去不同。現在，他開始慶幸露躍堅持陪他前來，還帶上了陽光皮。

「罌粟霜，去找鬃掌。」莓鼻命令道。「我去向棘星報告。」

他跑到營地另一頭，動手爬上營地邊牆旁一堆亂石，根掌知道雷族族長窩就位在上方的岩架上。與此同時，罌粟霜朝見習生窩走去，把頭探進蕨叢中。片刻後，鬃掌出來了，罌粟霜領著她回到天族貓等待的位置。

看到淺灰色母貓走近，興奮之情湧上根掌心頭。他再次想到鬃掌在大集會上憤怒的模樣，那時她以為根掌認為她沒辦法自己覓食。**我得小心講話。**

鬃掌在根掌面前停下來。「所以呢？」她問道。

根掌把田鼠放在她腳邊。「鬃掌，」他開口說。「我帶這隻田鼠來給妳，是為了感謝妳在我溺水的時候拯救我。妳那時好英勇、好熱心——我在你們雷族營地休養的時候，雷族的各位也對我很好。我想用這隻獵物，報答你們的善意。」

根掌說完才發現自己的發言太過正式，簡直像在大集會上致詞。**我本來想表現得很友善的，結果完全失敗了！**

更糟的是，他發現鬃掌一臉困擾，她不肯對上根掌的視線，還一直舔自己胸前的毛髮。「不必這樣，」她喵聲說。「你的好意我心領了，可是我不能——」

她說到一半，突然住口。圍在他們身旁的雷族貓發出小小的聲音，她環顧四周，發現族貓都飢腸轆轆地盯著那隻田鼠，每一隻貓好像都恨不得把牠抓起來吃掉。

「根掌，謝謝你。」她改口說。「我會自己為自己覓食，但我們雷族長老很樂意共享這隻田鼠，我代他們感謝你。你抓了隻好田鼠呢。」

根掌內心再次充滿了懊悔，他本希望鬃掌能自己把田鼠吃掉的，不過看樣子，她的自尊心不允許她這麼做。根掌點頭致意。「鬃掌，謝謝妳。」他喵嗚道。「我永遠不會忘記妳對我的大恩。」

他不曉得鬃掌是否打算回應他，因為就在此時，棘星從貓群中擠過來，緊跟著是莓鼻。「你們好。」他喵聲對天族貓說。「歡迎來到我們的營地。根掌，你帶獵物來給鬃掌，還真是貼心。」

他琥珀色的眼眸溫暖而友善，但不知為何，根掌回望雷族族長的眼睛，卻不寒而慄。他眨眼，再眨眼，感覺似乎有黑影籠罩著棘星，但此時空地上沒有陰影啊。根掌迅速掃視附近其他貓兒，但似乎沒有貓注意到異狀。

「我——我很樂意這麼做。」他結結巴巴地回應雷族族長，同時恭敬地垂頭。他的每一拍心跳都好沉重，感覺空地上每隻貓都聽得見。

棘星是不是哪裡不對勁？根掌暗想。**還是，問題出在我身上？**

露躍正式和棘星道別時，根掌轉向鬃掌。「能再和妳見面，真是太好了。」他喵聲說，前腳爪笨拙地在地上蹭來蹭去。「說不定我們下次大集會還能見到面。」

「說不定。」鬃掌冷淡地回應。那之後，她默默站在原地，看著根掌與族貓最後和雷族告別，然後目送他們離去。

雷族允許天族巡邏隊自行穿過雷族領地。根掌難過地跟在露躍與陽光皮身後，即使達成了此行的目的，他還是覺得有哪裡錯了。

「真是浪費時間與獵物。」陽光皮評論道，恰好和根掌想法一致。

除了沮喪之外，根掌還忘不了籠罩著棘星的奇怪黑影，他到現在還不確定那是不是自己的錯覺。**棘星是全森林最高尚的貓之一，他怎麼可能有問題呢……他應該不會有問**

題吧？

「那個，你們有沒有覺得棘星怪怪的？」根掌問兩隻族貓。

陽光皮搖了搖頭。露躍回頭一望，問道：「『怪怪的』是什麼意思？」

「我也不知道……他身上好像有……有影子。」

露躍呼出一口氣。「沒有。我完全不曉得你在說什麼。」

好吧，根掌心想。**那可能是我眼花了。**

這時，他想到父親很瞭解各種怪事，也許樹會願意聽兒子說話，並且指點他。**我們一回營地，我就去問問他！**

然而，接近天族營地入口時，根掌聽見一陣低語，聲音從一棵松樹低垂的樹枝下傳來。露躍與陽光皮也聽見了。

根掌與族貓們悄悄走近，望見樹舒舒服服地趴在松樹下的一層松針上，似乎在熱絡地自言自語。根掌猜他在和死貓交談——畢竟樹能看見不在星族的死貓，並和他們溝通。但是，儘管明白此事，他也必須承認，樹此時看上去、聽上去都十分詭異。

露躍與陽光皮交換了個眼神，陽光皮的鬍鬚好笑地抖了抖，兩隻戰士一言不發地轉身，繼續前行。

根掌的尾巴垂了下來。**這下，我怎麼能把今天看到的事情告訴他！**他相信父親確實擁有超然的力量，但他可不想擁有同樣的能力。**我只想當個好戰士……我只想當個優秀又正常的戰士。**

根掌加快腳步，跟上導師。「我們明天可以多學一些戰技嗎？」他問道。

「那當然。」露躍呼嚕呼嚕道。「你這麼積極學習，真的很不錯。」

導師的讚賞，稍微弭平了根掌心中的失望。**我會專心訓練，**他心想。**我要當正常的戰士，誰敢說我辦不到，我就讓他們後悔莫及！**

第十二章

鬃掌站在那裡，看著根掌與另外兩隻天族貓離開營地，從耳朵到爪尖都羞得發燙。

根掌為什麼非要一直在我面前炫耀不可？她不解地思索。**他為什麼要帶獵物來給我？**根掌該不會以為她沒有自己捕食的能力吧？該不會每一隻貓都知道她最近抓不到獵物？也許，她檢定失敗的消息已經傳遍所有貓族，每隻貓都當她是失敗的戰士，是沒有其他貓幫助就無法過活的戰士。

她煩躁又困擾地低吼一聲，叼起田鼠走向長老窩。

雲尾與亮心昏昏欲睡地蜷縮在一起，灰紋與蕨毛則一同窩在鋪了青苔的臥鋪內，低聲交談。鬃掌走近，將田鼠放到他們面前時，四隻長老都抬起頭來。

「這是給我們的嗎？」蕨毛問。「哇，鬃掌，妳抓了隻好獵物啊。」

「是給你們的沒錯，但不是我抓的。」鬃掌不想將田鼠真正的來歷告訴四位長老，但她也不想撒謊。

「無論如何，謝謝妳帶食物過來。」灰紋喵聲說。他伸長脖子，深深嗅了嗅那隻田鼠。

「不客氣。」鬃掌邊說邊退出長老窩。**他們最好早點把那個該死的東西吃掉，這樣我就不用再為牠煩惱了。**「請慢用。」

鬃掌留四位長老慢慢吃田鼠，自己則回到空地上找玫瑰瓣。她沒看見導師的身影，但還沒走幾步路，莖葉便跑了過來，陪在她身邊前行。

鬚掌感覺自己心跳加速，身上每一根毛髮都因莖葉貼近而發熱。她想到剛才天族巡邏隊來訪，莖葉也在圍觀的貓群當中。不知道他對那件事有什麼看法？

「看來妳有愛慕者了。」莖葉喵聲說。「根掌喜歡妳多久了？」

鬚掌愕然止步，震驚地盯著莖葉。「根掌哪有喜歡我！」她勉強擠出一句話。

莖葉目露揶揄，但眼神依舊溫和。「妳想想看——有多少貓會特地跑到別族，把好東西送給另一隻貓？」

糟糕！鬚掌盯著莖葉心想。**也許他說對了，也許根掌真的對我有意思！**

「他喜歡我又怎樣。」她儘量保持語氣平穩淡漠，回應道。「他不過是隻鼠腦袋見習生。」

「他再怎麼鼠腦袋，眼光還是不錯。」莖葉呼嚕呼嚕說。「畢竟他選了妳這隻優秀的貓。」

鬚掌眨了眨眼，幾乎不敢相信莖葉說的話。「喔……呃……多謝誇獎。」她結結巴巴地說。

莖葉只友善地一點頭回應，邁步跑向新鮮獵物堆，加入正在共食一隻獵物的點毛與煤心。

鬚掌看著他的背影，感覺自己的腳爪飄在離地面好幾條尾巴處。**這是莖葉第一次這樣誇我！他一定是想回應我對他的感情！**

根掌來訪所致的羞赧一掃而空，鬚掌反而開始感激那隻年輕貓兒了，是他讓莖葉發現自己對我有感情啊！鬚掌再次想像自己與莖葉結為伴侶，並肩為雷族狩獵與戰鬥。現在，阻撓他們實現夢想的障礙物，就只剩一個。

我必須通過檢定。

✦✦✦

隔日一早，鬚掌走出見習生窩，黎明的陽光才剛滲入天空，天上仍殘存幾顆閃爍的星星。竹掌與翻掌仍蜷縮在各自的臥鋪裡，鬍鬚隨鼾聲顫動，鬚掌卻感到精神抖擻。

就是今天了！

戰士窩外，松鼠飛在安排黎明的巡邏隊。鬚掌弓起背部，長長伸了個懶腰，看著嫩枝杈與錢鼠鬚分別率領兩支隊伍出發，玫瑰瓣並不在其中。見導師不必巡邏，鬚掌暗自竊喜。

巡邏隊離開後，鬚掌匆匆跑往戰士窩，從樹叢外圍的樹枝間鑽了進去。玫瑰瓣的身軀深埋在蕨葉鋪成的臥鋪裡，鬚掌只看見紅棕色蕨葉間，導師彎曲的奶油色背部。這一瞬間，鬚掌有點緊張，她理論上根本不該進戰士窩，更不該將導師吵醒，但她還是在決心的驅使下動了起來。她輕手輕腳地走向導師，經過刺爪的臥鋪時，小心不把他吵醒。

鬚掌伸出一隻腳爪戳戳導師，玫瑰瓣低哼一聲。「什——有獾嗎？」她咕噥。

「不是的，玫瑰瓣。是我。」鬃掌回答。「我可以今天接受檢定嗎？」

玫瑰瓣立刻醒了過來，她坐起身，甩掉黏在毛皮上的青苔。「妳確定？」她問道。「妳不必擔心有貓因上次檢定的事小看妳，而且這次的狩獵條件沒有比上次好喔。」

「我確定。」鬃掌胸有成竹地回答。「我準備好了，沒問題的。」**通過檢定以後，我就可以跟莖葉在一起了。**

玫瑰瓣遲疑片刻，然後點點頭。「好吧，那我去通知棘星。」

鬃掌走回自己的窩，等導師向族長報告。她的弟弟妹妹剛睡醒，邊打哈欠邊顫抖著走到空氣較冷的戶外。

「我又要接受檢定了。」鬃掌一面宣布，一面簡單地替自己理毛。

弟弟妹妹聽了，立刻興奮起來。「哇！」翻掌高呼。「祝妳好運！」

「祝好運！」竹掌跟著說。「妳這次一定能成功！」

「謝謝你們。」鬃掌應道。**換作是別的貓，可能會嫉妒我，不過翻掌和竹掌這麼支持我，真是太好了！**

玫瑰瓣還沒回來，鬃掌就發現自己再次接受檢定的消息在營地裡傳了開來，父母——蕨歌與藤池，相偕走過來祝福她，甚至連松鼠飛與棘星都來了。

鬃掌謝過眾貓，隨導師走出營地，心中卻開始緊張，彷彿最初的信心開始從腳底肉墊散去。如果她這次不成功，全族都會知道她失敗第二次了，那該有多糟？也許莖葉會就此相信，是星族希望她永遠別當上戰士。

那太可怕了……這麼一來，他就不可能當我的伴侶了。

到了樹林裡，玫瑰瓣轉向她。「開始吧。」導師喵聲說，然後點頭離開，繞過荊棘叢消失了。鬚掌知道導師會躲在附近觀察她。

清晨陽光漸漸亮起來，但天上布滿雲朵，光束無法照下來。鬚掌保持靜止，一面環顧凍結的森林，一面努力思索。**這次，我會離風族邊界遠遠的。**她告訴自己。昨天才有別族的貓帶獵物來送她，害她大大出糗，這次，她不抓到獵物就絕不回營。

鬚掌想到，附近不遠處有座淺谷，那裡生了不少茂密的樹叢，獵物也許會躲在有樹叢遮蔽的地方。她警覺地豎起耳朵，雙眼掃過樹林中每一處，四足朝那個方向前行。周遭的樹林雪白而靜謐，只聽得到她腳爪踏破最上層硬雪的聲響，偶爾還有樹枝被積雪壓得吱嘎作響。鬚掌呼出的氣息形成雲霧，吸進肺裡的空氣像在撕扯她胸腔，空氣中沒有半絲獵物的氣味。

鬚掌終於來到谷地邊緣，淺谷宛如翻倒的樹葉，鋪展在她面前。谷底是叢生的灌木與蕨類，偶有深綠色冬青叢或棕色蕨葉突出白色積雪。然後，鬚掌首次嗅到老鼠的細微氣味。

好！

她小心翼翼地踩著地面，因為她記得老鼠在聽見或看見她之前，會先感受到腳步的震動。鬚掌滑入山谷，從樹叢外圍的樹枝間鑽進去，上方灑落昏暗的微光，土地上蓋著一層枯葉。

鬃掌讓尾巴緊貼身體，壓低身體悄悄前行。老鼠的氣味愈來愈濃，她還沒走遠，就瞥見牠在一棵金雀叢的樹根旁啃東西。

鬃掌每走一步，就預期老鼠會感覺到她的存在、拔腿逃跑，然而老鼠背對著她，正專注啃食種子之類的食物。上方低矮的樹枝妨礙鬃掌進入飛撲前的蹲伏姿勢，於是，她在靠得夠近時猛衝上前，感覺到金雀叢的棘刺刮過背部，兩隻前腳爪困住老鼠。老鼠發出驚恐的尖細叫聲，叫聲在鬃掌咬落牠頸部時中斷。

鬃掌低頭看著獵物，大大鬆了口氣。「星族，謝謝祢們。」她熱誠地喵聲說，心中卻有點好奇，既然星族不在，她感謝祂們還有意義嗎？她抓到的老鼠又瘦又小，但至少她不必空手回營了。**可是，我必須抓到更多獵物。**她心想。**要是玫瑰瓣覺得一隻老鼠還不夠，那怎麼辦？**

然而，鬃掌爬出樹叢、放下老鼠，開始在空氣中尋找新獵物的氣味時，玫瑰瓣從附近一棵樹後走出來。

「很好——妳過關了。」導師喵聲說。「我們可以回營地了。」

鬃掌幾乎不知該如何回應，她想得意地高聲號叫，為成功通過戰士檢定歡慶，但與此同時，她也想捕捉到更能留下深刻印象的獵物，將之帶回營地。她從以前就一直幻想自己滿載而歸的畫面。

「我再找久一點，說不定能找到更多獵物。」她提議。

玫瑰瓣用尾巴尖端輕彈她肩膀。「妳已經證明自己是優秀的狩獵者了。」玫瑰瓣和善地喵嗚道。「能在如此嚴苛的條件下抓到獵物，就表示妳是族內最強大、技術最高超的年輕貓兒之一，我非常樂意對棘星薦舉妳當戰士。」

導師朝營地的方向走去，鬃掌只好叼起老鼠，跟了上去。她很期待接下來的戰士儀式，以及那之後和莖葉的談話——但即使在洋溢喜悅與寬慰的此時，她仍有種揮之不去的感覺，總覺得一隻老鼠還不夠，她應該有能力抓到更好的獵物的。

希望玫瑰瓣讓我通過，不是因為她可憐我。

鬃掌鑽過通往雷族營地的荊棘叢通道，感覺到每隻貓都轉過來看她，每隻貓都好奇地豎起耳朵。然後，她聽見弟弟翻掌興奮的號叫聲。

「太好了！她抓到老鼠了！」

鬃掌的族貓立刻聚集過來。「恭喜！」藤池呼嚕呼嚕道，蕨歌則將吻鼻貼在她肩頭，眼中充滿溫暖的驕傲。

鬃掌幾乎被眾貓的道賀沖昏了頭，尤其當莖葉走上前，低頭讚許地嗅了嗅她抓的老鼠之時。

「做得好！」他喵聲說。

「我只抓到這隻小老鼠而已。」鬃掌不滿地說。

「妳別忘了，外頭現在幾乎沒有獵物。」莖葉指出。「現在抓到一隻瘦小的老鼠，就等同綠葉季抓到一隻肥松鼠的功勞。」

玫瑰瓣之前也說過類似的話，但不知為何，同樣的話從莖葉口中說出來，讓鬃掌感到開心許多。「謝謝你。」她呼嚕呼嚕道。

這時，玫瑰瓣從族長窩請了棘星出來，鬃掌看見族長在離她幾條尾巴距離處停下腳步，其他族貓則在他身邊圍成不規則的圓。

現在就要開始舉行戰士儀式嗎？鬃掌一面想，一面焦急地理毛。

族長仰頭發出威嚴的號叫聲。「所有年紀夠大、能自行狩獵的貓，請在擎天架下參與全族會議！」

四位長老從窩裡出來，走上前一同坐在圓圈的一側。赤楊心經過巫醫窩門口的荊棘枝葉，一拍心跳過後，松鴉羽也跟了過來。栗紋與火花皮和黛西一同坐在育兒室入口處，兩窩小貓則在母親腳邊嬉鬧、扭打。

所有族貓聚集到擎天架下之後，棘星用尾巴示意鬃掌上前，她在玫瑰瓣的伴隨下走向族長。她感覺到全族每一隻貓的視線，於是高高抬起頭，努力忽視肚子裡有一窩老鼠在橫衝直撞的感覺。

「雷族眾貓，」棘星朗聲說。「身為族長，我最重要的工作之一，便是將戰士地位賦予新的貓，而我今天要完成的便是這份任務。玫瑰瓣，妳的見習生——鬃掌——是否已習得戰士的技能，是否明白戰士守則的意義？」

玫瑰瓣對族長點頭。「她已習得技能，也明白了守則的意義。」她答道。「我能驕傲地帶她來到你面前。」

「那麼，我——雷族族長棘星——呼喚我的戰士祖先，請求祂們庇佑這隻見習生。」族長接著說，同時一臉不安地仰望天空。「她……她勤奮地完成訓練，瞭解了你們高尚的戰士守則，我將她推薦給各位，讓她成為獨當一面的戰士。」

「鬃掌，妳是否發誓遵守戰士守則，即使犧牲性命也要全力守護自己的貓族？」

鬃掌提高音量，讓清亮的聲音傳遍整個營地。「我發誓。」

「那麼，憑藉星族的力量，我在此賦予妳戰士名。」棘星頓了頓。「鬃掌，從今以後，妳將被稱為『鬃霜』。相信星族會以妳的技藝與毅力為榮，歡迎妳正式成為雷族的戰士。」

棘星低頭將下巴擱在鬃霜頭頂，她則恭敬地一舔族長肩膀，然後退後一步。族貓們彷彿預先演練過，異口同聲地爆出恭賀的號叫與歡呼。

「鬃霜！鬃霜！」

暖意從鬃霜的耳朵擴散至尾巴尖端，在驕傲與欣喜的洗禮下，她都忘了自己抓到的獵物太小。父母走過來，再次向她道喜，她不停呼嚕呼嚕笑，開心到說不出話來了，弟弟妹妹則興高采烈地在她身旁蹦跳。

「鬃霜，妳好厲害！」竹掌喵聲說。「但是別忘了，接下來就輪到我們囉！」

「沒錯，你們兩個也很快就會當上戰士了。」鬃霜告訴他們。

更多貓擠上前祝賀她，鬃霜一一謝過他們，但她已經不耐煩得腳爪發癢，等不及找機會和莖葉獨處了。最終，族貓們漸漸散去，她才瞥見站在一旁的莖葉。

「鬃霜是個好名字。」她走過去時，莖葉對她說。「恭喜妳這次過關，我真為妳感到開心。」

「謝謝你。」鬃霜深吸一口氣，努力逼自己停止顫抖。**現在不說，是要等到什麼時候說！**「莖葉，」她接著說。「我真的——真的——很喜歡你，也一直覺得我們有一天能成為伴侶。現在我當上了戰士，我們是不是可以開始以不同的方式看待彼此呢？」

莖葉愣愣盯著她，鬃霜驚恐地發現，充斥他雙眼的並不是愛意，而是錯愕。「對不起，」他喵嗚道。「鬃霜，我都不知道妳對我有這種感情。我也很喜歡妳，但我一直把妳視為朋友——很好很好的朋友，幾乎像是妹妹。我從沒對妳有過……那種感情。」

鬃霜愣住了，彷彿被營地旁岩壁上的石頭砸中頭部。儘管如此，她還不打算放棄。「但現在，你知道我對你的想法了……那莖葉，你覺得過一段時間，你有沒有可能對我產生相同的感情？」

莖葉搖了搖頭，眼中充滿苦惱，鬃霜見了一點也開心不起來。「我覺得不會。其實，我……我已經有喜歡的貓了。」他的目光移到營地另一頭，育兒室外頭，點毛正在和火花皮與栗紋的小貓們玩耍。「鬃霜，我真的很抱歉。」

「喔……沒、沒關係。」鬃霜結結巴巴地咕噥道。相較於此時吞沒全身的難堪，過去的小尷尬根本不值一提。「別在意，你把這件事忘了吧。」

她低頭逃到營地另一邊，莖葉沒有跟來。她經過時，幾隻貓停下來向她賀喜，但鬃霜不想聽。她一頭衝進戰士窩，躲進離她最近的臥鋪，將頭藏在腳爪與尾巴下。這本該是她凱旋的時刻，她心中卻充滿哀傷與恥辱，感覺像是有狐狸在撕扯她的腹部。鬃霜只想自己躲起來。

「鬃霜？」她認出父親的聲音。「鬃霜，妳怎麼了？」

她沒有回答蕨歌的問題。**他不會懂的。沒有任何一隻貓能理解我的感受。**

我再也快樂不起來了。

第十三章

影掌顫抖著跟在水塘光身後，步下通往月池的螺旋小徑。他能看見其他貓呼出的每一口氣在他們頭頂形成雲霧，但他也明白，自己感受到的惡寒不僅是風雪造成的。**空氣中存在某種東西，感覺很不對勁。**

他和水塘光是最後抵達月池的兩隻貓，一到場，影掌就立刻發現，其他貓對他懷有戒心。只有赤楊心沒用狐疑的目光瞅他，也只有水塘光站在他身旁，和他一同來到池邊。

影掌不曉得其他巫醫貓對他失去信任，是因為他不祥的言論，還是因為他們認為他在大集會上說謊、捏造了預兆。**或者說，他們覺得影族有什麼密謀？**無論如何，影掌過去從未在半月集會上感到如此不自在過。

影掌幾乎不敢看月池。目光落在池面，看見冰霜已擴散至整個池面，水面覆蓋一層微泛幽光的冰藍色，看上去和岩石一樣堅硬。**絕對沒有貓看過類似的情景吧！**

其他貓也不安地瞄向凍結的池面，似乎沒有貓知道該如何開始會議。最先清了清喉嚨、開口發言的貓，是隼翔。

「雖然霜雪未退，但我們找到少數幾棵開始萌芽的貓薄荷了。」他報告道。「但除非天氣回暖，嫩芽不可能成長茁壯。今後必然會有貓生病，我們仍會面對一段艱困的時期。」

柳光點頭表示贊同。「大多數部族貓都把注意力放在獵物短缺的問題上，」她喵聲說。「但我們巫醫貓不能短視近利，必須把目光放得更長遠。」

其餘巫醫貓紛紛低聲同意。「病貓無法狩獵，所以抓回來的獵物又更少了。」赤楊心接著說。

不自在的沉默再次落下，這回，是松鴉羽提出了影掌知道所有貓都揣在心頭的問題：「有貓接獲星族的消息嗎？」

所有貓一齊搖頭。「我夢到了我們在峽谷的舊家，」斑願喵聲說。「但我相信那只是普通的夢，不是預兆。」

其他貓都沒有什麼要補充的。影掌知道，這時候他們本該走近月池，進入和星族共享的夢境，但他看得出大家都不願意率先行動。

最後，儘管無貓開口，他們還是一起悄悄走近水畔，像是追蹤獵物似地讓腹部緊貼地面。影掌小心翼翼地觀察他們用鼻尖觸碰陰森的藍色冰面，然後自己也依樣畫葫蘆。照做他一直以為自己學得很快，能迅速學習巫醫的種種技能，然而此時，他心中卻萌生了疑慮。**我會不會從一開始就做錯了？**他心裡想道。**星族不和我們見面，是不是因為我做錯了？**

影掌伸長頸項，用鼻頭碰觸冰面。他閉上眼睛，等著戰士祖先的身影浮現在眼前，或等著自己去到星光下的草原，結果卻什麼事情也沒發生。他退開時，天空依舊漆黑、依舊空無一物，不見星族的蹤影。

巫醫們互相交換眼神，每隻貓都驚慌得雙眼圓睜。

「這恐怕不只是結冰的問題。」柳光喵聲說道。「星族從沒如此長時間棄我們不顧過。」

斑願凝重地點頭。「我們必須想辦法。」

「我們得把情況告知族長，」赤楊心喵嗚道。「讓他們明白，我們都感覺到星族背棄了我們。松鴉羽，我知道你從之前就有不祥的預感，我現在漸漸覺得你說對了。我們會不會是無意中觸怒了星族？祂們會不會是因為某件事，不希望我們再親近祂們了？」

其他貓連連驚呼與詫異地低語，松鴉羽失明的眼眸則翻了個白眼。「你終於肯聽我的話了！也等太久了吧！」

赤楊心無視族貓凶巴巴的語氣。「要是我們永遠失去了和星族的聯繫，那該怎麼辦？」他嚴肅地喵聲說。

聽雷族巫醫這麼說，影掌胸口一擰。**要是他們說對了，那怎麼辦？**

緊繃的感覺從胸口擴散至全身，轉化為麻癢感。影掌感覺到，附近有某種存在想和他溝通。他原地轉圈，尋找那個感覺的來源，卻只看見黑暗、結凍的月池，以及月池上方瀑布般的冰柱。

「你在做什麼？」水塘光問他。

影掌抬頭看自己導師。「我不敢肯定，」他回答。「不過我覺得我們該多等一會，感覺這裡有某種力量——有東西想來我們這邊。」

「什麼？」躁片驚呼。

柳光甩了甩尾巴。「『某種力量』是什麼意思？有蜜蜂鑽到你腦袋裡了嗎？」

「荒唐至極。」松鴉羽嗤之以鼻。「我們為什麼要聽這隻影族見習生的話？他所謂的『預兆』，和星族平時聯繫我們的方式完全不同，而且，都沒有貓覺得只有**影族**收到預兆，這件事非常可疑嗎？」

當下，影掌感覺自己被雷族這隻脾氣乖戾的老貓輕蔑的語氣冒犯了，但他也捫心自問：松鴉羽說得是不是有道理？

然後，水塘光開口，嚇了影掌一跳。「影掌雖然只是隻影族貓，」水塘光有些諷刺地喵聲說。「和我一樣，不過是影族貓，但他從小就看過一些十分重要的預兆，預言了我們都親眼目睹的事件。我認為，我們該相信他的直覺。」

水塘光發言的同時，幾片雪花從天飄落，落在眾貓毛髮上。松鴉羽煩躁地一抖毛皮。「下雪了！」他罵道。「嫌月池還不夠冷嗎！」說完，他又轉向水塘光。「假如我們追著這隻蠢貓的幻想跑，最後會去到什麼地方？」他咄咄逼人地問。「我跟你保證，絕不會是什麼好所在。」

「但我們沒有別的線索了。」水塘光平靜地指出。「星族不在我們身邊，無法引導我們。」

水塘光話音甫落，又有更多貓出聲反對。熟悉的壓力漸漸聚積在影掌腦中，他愈來愈沒辦法專心聽其他貓說話，不過他也感覺得出，巫醫們其實不想發生爭執。**他們只是因為和星族斷了聯繫，所以惶惶不安而已。**

最後，斑頗的聲音劃破喧鬧聲。「也許我們不必看見星族，也能接收祂們的訊息。」她提出。

「這是什麼意思？」赤楊心問道。聽他的語氣，他似乎和影掌同樣困惑。

「星族的訊息存在我們周遭，我們看見的一切，都算得上是祂們給我們的訊息。」斑頗解釋道。「你們看看池面擴散的霜形成什麼紋路，邊緣的冰比較厚，水池中心的冰比較薄，這應該表示各族現在都過得很辛苦，但禿葉季就快結束了，一切很快都會恢復正常。」

「說得很有道理。」蛾翅恍然大悟地點頭說。

松鴉羽不屑地吸鼻子。「我們要是這樣思考，就會到處看到各種徵兆，把我們自己想聽的話強加在周遭事物上。」

影掌雖然想相信斑頗的說詞，心中還是傾向松鴉羽的說法。他聽見隼翔激動地反駁，可是他已經沒辦法專心聽了，腦中的壓力已經大到忍無可忍，身體的麻癢也愈來愈嚴重。影掌迫使自己仰頭望天，天上依舊一片漆黑、不見星光，然而，他闔上眼瞬時，一系列明亮的畫面開始閃過腦海：一隻又一隻貓清清楚楚地出現在他眼前，彷彿此時此刻站在他面前。

就在嫩枝杈與獅焰的影像閃過之時，影掌腦中迴響起一道聲音。「貓族已遺忘守則，」那個聲音悄聲說。「守則一再遭破壞，而因為違規者的存在，每一族都須付出代價，遭受苦難。」

一幅幅畫面持續閃過影掌腦中，閃得比剛才還快。他看見鴉羽、松鼠飛、蛾翅、樹、松鴉羽……每閃過一張臉，影掌胸腔就繃得更緊，愈來愈難呼吸，直到一幅畫面完全奪走他的呼吸。

鴿翅？

母親的面容在影掌腦中放大，但他怎麼也想不明白，他為什麼會看見這幅畫面？**她怎麼會是違規者——不可能吧？**

畫面來得快，去得也快，影掌這才感覺到水塘光在戳他側腹。「影掌，你有沒有在聽？」導師問道。

影掌抖了抖毛皮，盡快恢復狀況，以免其他巫醫貓發現他剛看見預兆。他甚至連預兆的意思都不明白。

既然星族不和經驗豐富的巫醫聯繫，那為什麼要給我預兆？

更何況，他剛才看見的貓當中，就包含此時站在面前的幾隻貓。影掌怕自己將方才的所見所聞說出來，那些貓會以為他在指控他們。**他們已經把我當蠢毛球看待了，我要是指控他們，說他們是違規者，那他們會怎麼說我？這對我們絕對沒有幫助！**

「嗯，我——我有在聽。」他期期艾艾地說。「你們覺得怎麼做比較好，我就依你們的意見做。」

赤楊心聽了溫和地點頭，松鴉羽則只低哼一聲，但是水塘光瞇起雙眼，凝視著影掌許久。他似乎看得出影掌沒道出完整的事實，不過他沒有出言挑明見習生。

其他巫醫貓也沒讓影掌安心，他看見他們交換不自在的眼神，彷彿知道事情不對勁。

「你來這裡，是為了見習。」躁片指出。「結果呢，你卻像是知曉我們不知道的事似的，抬頭盯著天空。你是不是藏了什麼祕密？」

「我沒有。」影掌抗議道，但他感覺到松鴉羽對他怒目而視，他無法直視那雙不能視物的淺色瞳眸。松鴉羽雖然失明了，卻還是能看見其他貓看不見的事物。

儘管如此，影掌還是不準備將剛才發生的事情告訴其他巫醫，畢竟他還沒釐清預兆的意思。他閉緊了嘴，轉頭避開松鴉羽的目光。

「我認為，我們現在應該先遵循斑願的建議。」蛾翅喵嗚道，快速轉移話題。「我們不能催星族重新建立連結，也該保持警醒，注意祂們給我們的任何徵兆。此外，我也認為我們不該再對族長提及此事，以免引起各族恐慌。我們必須集中精神，齊心協力度過這段艱困的時期。」

斑願與柳光呼嚕呼嚕地表示贊同，松鴉羽與隼翔卻不悅地低哼。

「那如果他們問起這件事呢？」隼翔提出。「妳要我對兔星說謊？」

蛾翅甩了甩尾巴。「即使誠實回答，你也不必把事情說得像緊急關頭。就告訴他們，星族沒提到確切的事情，也沒說到對我們特別有幫助的事，就和平時差不多。」

隼翔嘶聲說：「妳會這麼說，一點也不奇怪。」

「依我看，」松鴉羽提高音量，喵聲說。「這**就是**緊急關頭，我們應該幫助各族接受沒有星族的生活……我也不曉得那會是什麼樣的生活。」

其他巫醫貓都驚恐地倒抽一口氣，震驚地瞪大眼睛，似是未曾考慮過松鴉羽所說的恐怖未來。

「沒有貓問你的意見好嗎。」柳光刻薄地回嘴。「你也放棄得太快了。」

「星族不太可能永遠拋棄我們吧。」斑願堅決主張。

「沒錯，」即使憂慮得毛髮直豎，隼翔仍出聲同意。「一旦冰雪消融，一切都將恢復正常。」

松鴉羽沒有回應，失明的眼眸卻瞪著他，無聲地挑戰他。其他巫醫貓的反對聲音漸漸化為沉默，一想到沒有星族的生活，他們就不安地靜了下來。會議沒有正式結束，不過巫醫們開始緩緩爬上螺旋小徑，每隻貓都消沉地垂著頭部與尾巴。離開谷地後，他們分道揚鑣，只簡單道別一聲便朝各自的領地走去。

影掌與水塘光在不安的沉默中，一同步行回影族地盤。影掌感覺導師願意聆聽他的說法，但沒有發問，而影掌也不想對導師說什麼。

穿過荊棘叢，回到影族營地時，水塘光率先走向巫醫窩，影掌卻停下腳步。

「我想找虎星談話。」他喵聲說。

水塘光轉頭注視著他，面露反對之色。「我們不是一致同意保持低調，別引起恐慌嗎？」他警告見習生。「你想對族長說什麼？」

「跟這個無關。」影掌回答。「我只是想見見父親而已。」

水塘光遲疑片刻，然後簡短地一點頭。「別忘了蛾翅說的話，注意自己的言詞。」他喵聲說完，邁開腳步繼續朝巫醫窩行進。

影掌走至營地另一邊，來到松樹低垂的樹枝下的族長窩前。虎星就在窩裡，和鴿翅一起蜷縮在蕨葉與松針鋪成的臥鋪中。在那一瞬間，影掌不願叫醒他們，但是他鼓起勇氣踏上前，伸出一隻前腳搖了搖父親肩膀。

虎星抬起頭，睡眼惺忪地眨眼。「影掌？怎麼了嗎？」他壓低聲音，以免吵醒熟睡的鴿翅。「你不是和其他巫醫一起參加半月集會去了嗎？」

「我剛回來。」影掌頓了頓，不願繼續說下去。**但是我非說不可。**他心想。**這些話如果不能對父親說，那還能對誰說？**

虎星挪動身子，在臥鋪中空出一點空間，讓影掌窩在他身旁。「好吧，你說吧。」他喵嗚道，邊說邊和藹地舔過兒子耳朵。

「我在月池的時候，看到了預兆。」影掌猶豫不決地開口說。「我看到很多不同貓兒的臉，還聽到一個聲音說他們是違規者。那個聲音說道，因為這些貓違規，導致所有貓族都必須受難。還有——我看到的最後一隻貓是……」他的聲音愈來愈低，目光掃向母親。

影掌說完時，感覺腹中不停翻攪，他硬是從鴿翅身上移開視線，抬頭看父親。虎星注視著虛空，彷彿震驚得說不出話來了。

「是真的嗎？」一小段時間後，影掌問道。「她真的是違規者嗎？」

虎星轉頭凝視沉睡的鴿翅。「某方面來說，她是。」他回答。「但若說你母親是違規者，那我也是。此外，我不認為所有違規者都心存邪惡，有時候，貓會為了正當的理由違背戰士守則。」

「那你們的理由是什麼？」影掌怯怯地喵聲問。他擔心自己提出涉及私事的問題，會惹父親生氣。

虎星依舊心情平和，溫暖的眼眸注視著兒子。「你也知道，我和你母親來自不同的貓族，所以原本不該成為伴侶的。鴿翅的妹妹藤池——從一開始就反對我們在一起，但我和你母親都明白，我們不會再對別的貓產生這種感情了。」

「所以你們才會去到那個大兩腳獸地盤，把我們生下來嗎？」影掌問道。

虎星點點頭。「後來我們帶著你和你的兩個姊妹回來，讓每隻貓看見我們是如此相愛。好吧，有些貓花了很長一段時間才終於接受。真正違反戰士守則，是因為鴿翅為了我離開雷族，來影族和我住在一起。」

影掌思索了幾拍心跳的時間。「當時，星族都沒有傳訊息給巫醫，要他們阻止你們嗎？」他開口問道。

「完全沒有。」父親嘆息一聲說。「直到現在，我們才得知此事。如果我們真犯了滔天大罪，那星族何不在當時出言訓誡我們？」

「我也不知道。」影掌回答。他明明是見習生，卻像正式的巫醫貓似地輔佐身為族長的父親，感覺真奇怪。「我才剛開始學這些，還沒完全理解星族的作風。」

虎星若有所思地眨眼。「你有把這件事告訴水塘光嗎？」他問道。「或是其他的貓？」

「沒有。」

「很好。」虎星又對沉眠的鴿翅投了個充滿愛意與關懷的眼神。「若預兆有可能讓鴿翅陷入危險，那你就必須保密。」

影掌不確定該作何感想。這似乎違反了他對巫醫職責的認知，而且他若不將預兆的事告訴任何貓，各族有可能因違規者連帶受罰。

但是，星族如果把鴿翅當邪惡的貓，那他們就錯了。他告訴自己。**還是我誤會祂們的意思了？**

「影掌？」父親溫和地問道。

影掌深深嘆一口氣。「我不會告訴其他貓的。」他保證。

他不情願地撐起身體，離開虎星的窩，恭敬地點頭後朝巫醫窩走去。然而此時此刻，入睡應該和聯繫星族同樣困難。

他腦中沉重的感覺又回來了，隱隱約約的沉重感宛若警告。影掌甩不脫不祥的預感，總感覺壞事即將降臨。

好想知道那會是什麼樣的壞事喔。

根掌擠到岩石之間，等著露躍跟上來，兩隻貓一同離開天族營地，進入森林。天空撥雲見日，禿葉季清冷的陽光灑落，樹木在雪地留下長長的藍影。太陽開始西沉，陽光漸漸轉紅。

「我一定是鼠腦袋了，才會同意陪你胡鬧。」露躍跟在見習生身後，不悅地嘀咕。「我們今天已經狩獵過了，現在去也抓不到獵物。」

「可能抓得到啊。」根掌回嘴。「說不定天黑以後，會有更多獵物出來。」

「刺蝟都會飛了。」露躍反駁道。

根掌成功說服導師陪同他再次出營狩獵，所以心情不錯。他想帶更多獵物回來，把新鮮獵物堆堆得高高的，到時族貓們也許能原諒他把田鼠送給別族的蠢事。

自從帶烏鴉回來以後，他和鳶掌與龜掌的關係變好了，但偶爾還是會瞥見他們隔著逐漸縮小的新鮮獵物堆，一臉怨恨地瞟他。應該是因為他將食物帶去給雷族，才會招致怨恨吧？

我都不知道他們在想什麼，有時候他們對我不錯，有時候又會像以前一樣欺負我。等我們都當上戰士了，關係還會和現在一樣嗎？

更糟的是，根掌不得不承認，他們的想法有道理。獵物短缺的情況已經持續了太久，即使相較於其他貓族，天族的狀況已經好多了，族裡每一隻貓都還是飢腸轆轆。族貓們看見田鼠被帶離天族地盤、送去給別族，心情應該好不起來吧。根掌不禁好奇，族貓們真的相信他想報答雷族的恩情嗎？還是每隻貓都知道他不過是隻害相思的鼠腦袋？

想到之前去雷族那一趟，根掌又羞得全身發燙。**我在鬃掌面前把臉丟光了——而且還傻呼呼地以為能留下好印象**。他想起鬃掌冰冷、客套的態度，以及她將禮物轉送給長老的事，心中又是一痛。

我不能再這樣念著別族的母貓了。他下定決心。他知道自己必須集中精神，想辦法補償自己的貓族，而最好的補償方法就是多抓一些獵物。問題是，露躍說得沒錯——他們不見得能抓到獵物。天族地盤的獵物多過其他族，但當初為了抓那隻送給鬃掌的田鼠，他也費了好一番功夫。

但如果想讓族貓尊重我，我就必須試試看。

雲朵再次遮覆陽光，紅光淡去，化為一片昏暗。根掌走到雪林深處，一面嚐空氣，一面尋找任何一絲獵物的氣味。如他所料，他只嗅得到寒冷、泥土與枯死的植物，以及巡邏隊早先經過時留下的同族氣味。

「我就說，你這是白費力氣。」一段時間後，露躍喵嗚道。「獵物顯然都冷得躲起來了，我要是獵物，我也會躲起來。我們回營地休息吧，明天再出來試試。」

根掌轉身面對他，心中充滿深深的失望。「讓我在外面多待一陣子，好不好？」他央求道。「拜託嘛。」

露躍遲疑片刻。「你真的想，那就留下來吧，」最後，他嘆息著回答。「但天色全黑之前就要回來。如果你待到太晚，害我要出來找你，我會叫全族的貓都不要抓壁虱，全部留給你抓。」

根掌全身一縮，抓壁虱是每個見習生都討厭的工作。「我不會的！」他答應道。

露躍離開後，根掌走到森林更深處，不時抓抓地面、嗅嗅樹叢下與樹根之間，走著走著，他來到了樹木稀少的地帶。腳下是湖畔堤防，斜坡下方則是凍結的湖泊。根掌再怎麼嘗試，就是沒嗅到獵物的氣味。

正準備放棄狩獵、轉身回營時，他在空氣中嗅到新的氣味。影族？影族貓怎麼會在這附近出沒？

片刻後，他瞥見一個嬌小的身影走在湖畔，深色輪廓與冰霜遍布的湖面形成鮮明對比。根掌跑下斜坡，跑到不速之客面前。

是影掌，在大集會上說了奇怪故事的那隻見習生！

「你來這裡做什麼？」根掌喝問。

影掌吃了一驚，開始為自己辯駁。「我沒有做壞事。」他答道。「我走在湖水三條尾巴長內的地帶，也沒有偷獵物。更何況，」他帶挑戰意味地補充。「我是巫醫，有權穿過他族領地。」

「我又沒說你不能來。」根掌喵嗚道。「我只是想知道你要去哪裡而已。」

說到此，影族見習生露出微微羞愧的神情。「我要去月池。」他回答。

根掌困惑地眨眼看他。「我知道你是巫醫見習生，」他說。「但你還只是見習生耶，不應該自己去月池吧？」

影掌低下頭。「其實……我是偷偷溜出來的。」他承認。「我有去月池的好理由，只是不能告訴我們族裡的貓而已。」

說話的同時，影掌的爪子一下下撓抓湖岸的石礫。根掌看得出影族見習生壓力很大、心情很差，同情心湧上心頭。

「我不是你們族的貓，」他指出。「你可以告訴我。我對你保證，絕對不會把你告訴我的事情說出去。」

影掌凝視根掌許久，然後快速點頭，像是下定決心信任他。「昨晚，我們在月池舉行半月集會。」他說道。「我在那裡看到一些幻象，但其他貓都沒看見，而我也不確定那些預兆是什麼意思。假如我把看到的東西告訴族貓，可能會有貓因此受傷，我父親會大發雷霆，族裡其他貓會把我當怪胎看待。」

根掌看向自己的腳爪，不想讓影掌在他眼中看見真相：他聽鳶掌說過影掌的事，而鳶掌是在大集會上聽影族見習生說的。「可是，如果你不把這件事告訴其他貓，就會有不好的事情發生？」根掌看著影掌，試圖理解情況。

「不知道。我想回月池，看看能不能釐清情況。」

根掌幾乎無法理解影族見習生在說什麼。他不是很瞭解巫醫，但也看得出影掌心裡很苦惱，而在同情影掌的同時，他心中也萌生一種奇怪的安慰。

我還以為只有自己像外貓，只有自己和部族格格不入，沒想到影掌也過得很不自在。這種感覺……還滿好的，至少有另外一隻貓遇到同樣的問題。

此外，得知樹並非唯一能力異於平常、因此被視為怪胎的貓，根掌也暗暗鬆了一口氣。

「我知道我沒辦法真的幫上忙，」他喵聲告訴影掌。「不過，如果這樣能讓你感覺好受一點的話，我可以陪你走一段路。」

影掌感激地眨眼看他。「那就太好了。」

兩隻貓並肩前行。隨著最後的日光消逝，寒冷逐漸加深，冷冽的微風從湖面升起。根掌領先爬上湖邊斜坡，進入有樹木遮蔽的區域。

「和我一起走的時候，你可以不用走在離湖水三條尾巴長以內的地方。」他告訴影掌。

然而，他們在樹林裡還沒走幾隻狐狸身長的距離，根掌就感覺到一陣刺痛從肉球刺上來。他號叫一聲抬起腳爪，看見足底插著一大根棘刺。

「可惡！」他對自己發火，出聲罵道。「這下子，族貓都會覺得我連出來散步也會受傷。」

「不讓他們發現就好了。」影掌指出。「我是巫醫見習生，可以幫你療傷——你都陪我走路了，我當然該報答你的好意。」

「好，那謝謝你。」根掌坐下來，伸出腳掌。

「你先好好舔一舔，把刺拔出來。」影掌指示道。「我去找找附近有沒有酸模葉。」

根掌依言照做。幾乎整根刺都插在肉墊裡，但他還是設法咬住柄部，把它拔了出來。一絲鮮血滴了出來，他將血舔乾淨。

這時，影掌叼著幾片酸模葉回來，開始把葉片咬爛。「敷上這個，等你回營地，腳掌就會感覺好些了。」他一面告訴根掌，一面將藥草敷上肉墊。「不過現在，你還是先用另外三隻腳走路好了。」

「現在就感覺好多了。」根掌說。他感覺葉片清涼的汁液滲入傷口，身體稍微放鬆。「影掌，謝謝你。」**鳶掌說影掌真的很奇怪，但其實還好嘛。**

影掌幫他治療完畢時，禿葉季薄暮已然加深，化為黑夜。「時間不早了。」根掌喵聲說。「我得趕快回營地，不然露躍會把我的皮扒下來鋪臥鋪。」

「沒關係，」影掌告訴他。「我自己走就好。謝謝你陪我。」

「說不定下次大集會，我們還有機會見面。」

「希望有機會再見。」影掌友善地對他點頭，蹦蹦跳跳地跑遠，朝湖岸的方向跑去。

「祝你去到月池，成功達成目的！」根掌對他喊道，然後轉身往營地的方向走去，受傷的腳掌小心翼翼地抬高。回去的路上，他忍不住回想影掌說過的話。

真的會有不好的事發生在所有貓族身上嗎？

他沉浸在這些想法當中，鑽進營地入口的岩縫時，他直直撞上擔任守衛的蘆葦爪。

「你去哪了？」母虎斑貓問道。她深深一吸根掌毛髮的氣味，又問：「身上怎麼有影族的味道？」

根掌全身一僵。他都答應不把影掌告訴他的事說出去了，怎麼能對蘆葦爪承認自己遇到了影掌？

「我想繼續狩獵，在外面多待了一會。」他解釋道。「我有取得露躍的同意。剛剛應該是去到離影族邊界太近的地方了，所以才沾到影族的氣味。」

蘆葦爪瞇起眼睛，狐疑地瞅他一眼。「好喔。」她喵嗚道。「那你現在回窩裡去吧，別忘了，明早你和針掌要把所有弄髒的墊草清出去。」

妳以為我會忘記嗎！

「我馬上去。」根掌答應道。他邁步走去，一路上一直感覺到蘆葦爪的視線緊跟著他穿過營地。幸好她沒有多問話，根掌得以守住新朋友的祕密。

還有，我又可以用四隻腳走路了。他心想。**影掌以後一定會是偉大的巫醫貓！**

他想起年輕見習生臉上的憂慮，暗暗補充：**希望他去到月池以後，能成功找到他要找的東西。**

第十五章

影掌身上每一根毛髮都因恐懼而震顫，他鑽入谷地坡頂的那排樹叢，來到月池上方。上回獨自來此，他遭到了雷擊——還是說，其他巫醫說得對，那不過是他的幻想？

我一定是跳蚤腦，才會冒著再被雷擊的風險過來。他心想。**我也知道不該獨自前來，但除此之外，我還能怎麼辦？**

恐懼歸恐懼，影掌還是想知道那個警告他注意違規者的聲音，究竟是從何而來，更想知道自己為何會看見母親鴿翅的幻象。這次的預兆和先前幾次已經成真的預兆不同，看見這些畫面時，他並沒有癲癇發作，而且比起看見預兆，這更像是在和他認識的貓交談。**難道是真的……？**

為了解析預兆的含意，他必須將它的來源調查清楚，看看那究竟是不是星族給他的訊息。

影掌低頭凝視月池，發現池面的冰層比先前更厚了，烏雲密布的天空也只有少許光線落在湖面。初次隨水塘光來此時，月池的美令他大為驚豔，然而此時，冰池顯得陰森可怖，影掌費盡所有的勇氣才抬腳踏上螺旋小徑，朝水邊走去。他必須在黎明前回營，否則得受導師或族長懲罰，不能浪費時間猶豫了。

影掌在漆黑、寂靜的夜中走近月池，伸出一隻前腳撥去冰面鬆散的積雪，而後閉上眼眸，用鼻尖觸碰冰面。

寒冷擴散至影掌全身，揪住他每一條神經、每一條肌肉，似乎令血液凍結，感覺身體正漸漸結冰。他儘量忍耐，最後還是忍不住坐起身，離開冰冷的月池。星族沒給他任何回應，影掌不確定自己究竟感到遺憾還是寬心。

然而，就在影掌走向小徑、準備放棄回家時，腦中的聲音再次響起：「違規者仍在你們之中……」

影掌愣然止步，爪子滑出來緊抓著堅硬的地面，然後他動也不動地站在原地，彷彿真的化為了冰塊。

「星族，祢們這次一定是說錯了！」他喵聲說。「祢們上次給我看的那些貓，他們都是好貓啊！」

鴿翅的模樣浮現在他腦中：她滑順的灰色毛皮，綠色眼眸閃爍著對他的慈愛，或是對任何威脅她的部族或親族的東西閃爍敵意。

「我母親是所有貓族當中最強大、最英勇的貓之一。」影掌抗議道。

「星族絕不會錯，」那個聲音回應道。「影掌，這點你應該很清楚才對。戰士守則之所以存在於貓族，就是為了給貓遵守。」對方的聲音變得低沉，像是在低吼。**他是公貓。**影掌邊想邊害怕地從耳朵到尾巴尖端都開始發抖。**他是誰？有什麼目的？**

「還是說，你自己也不相信戰士守則？」那個聲音諷刺道。「這還算哪門子的巫醫！」

「我相信戰士守則！」影掌堅稱。激憤的情緒幫助他多少控制住恐懼。「但我也相信自己的母親，既然我知道她是好貓，那說不定其他違規者也可能是好貓啊！」

神祕的聲音沒有回應，隨著時間一分一秒慢吞吞地過去，影掌開始懷疑自己說了糟糕透頂的話，冒犯了這位在其他星族戰士保持緘默之時，仍願意和他對話的祖靈。

我還不是很瞭解星族，祂們也許不喜歡被質問或否定。如果各族和戰士祖先之間，只剩神祕聲音這唯一的連結，結果那個聲音又被影掌氣跑，那……**若是如此，每一隻貓都會鄙視我——而我也沒資格怪他們。**

此時，那個聲音再次響起。「好啊，你來到月池，何必相信在此聽到的訊息呢？」對方的語調如此低沉、如此凶惡，影掌感覺有寒冰滑下背脊，他害怕到全身上下每一根毛髮都直直豎起。「就讓違規者繼續居住在族裡，直到沒有任何一隻貓遵守規定，再看看到時會發生什麼好事。」

對方的警告，撼動了影掌的信念。「那如果那些貓不是故意違規的呢？如果他們改過自新了呢？星族不會太嚴厲地懲罰他們吧？不會吧？怎麼可以！」

「部族貓必須時時刻刻謹守守則，」神祕聲音接著說。「貓族的傳統不能任意付之東流。影掌，不久後，你將看見貓兒無視戰士守則所致的災厄。棘星會一病不起，沒有任何貓能治癒他。」

「棘星！」影掌驚呼。「不！他是好族長，他從沒做錯事啊！」

「當然沒有了。」那個聲音嘲諷道。「雷族的族長是如此完美、如此廣受景仰！無論如何，降至各族的災難，會首先降到他頭上。」

影掌仰望漆黑夜空，只希望自己能看見道出恐怖話語的戰士靈魂的臉。他很想反駁，很想否定對方說的話，卻做不到。那隻貓說的每一個字，他都信了。

「我們就不能想想辦法嗎？」他顫抖著問。

「是啊，是有辦法。」那個聲音回道，諷刺的語調轉而開始安慰他。「仔細聽好了，我會把你該做的事情告訴你……」

影掌點點頭，豎起耳朵聆聽星族戰士的指示，但隨著對方解釋計畫，他心中愈來愈不安了。

聽起來好危險……甚至有點瘋狂。但我又有什麼資格質疑星族？他不過是隻見習生，若以為自己懂的比星族更多，那就太過狂傲了。

儘管如此，想到要回貓族將自己的所見所聞告訴大家，影掌就覺得有點想吐。**水塘光和松鴉羽絕對不可能同意……這違反了巫醫所有的訓練與教誨啊！**他知道，很多年紀較大的巫醫貓都不完全信任他，影掌若帶著這樣的計畫回去，他們只會打從心底相信他瘋了。

就算我成功說服了赤楊心與水塘光……松鴉羽也不可能配合。他覺得我就是隻傻見習生，這全都是我想像出來的。同樣的問題又回來了。**星族為什麼偏偏只把訊息給我這隻貓？其他貓怎麼可能相信我！**

但就在這時，影掌發現一件事：上回在大集會見到棘星，他看上去身強體健，他若是突然抱病，就能證明星族的警告屬實。如此一來，其他巫醫就一定得聽影掌的了。假如棘星不生病，那影掌也許也沒必要多嘴了。

「你夠堅強嗎？」那個聲音問他。「你做好準備，可以執行我的計畫了嗎？」

「我準備好了。」影掌回答。**但在那之前，**他默默告訴自己。**我必須找一隻貓談談。**

「那就去吧。」神祕的聲音令道。「切記——各族的未來須由你承擔。」

影掌皺起眉頭。壓力好大，但他不敢拒絕，那個聲音也沒再多說什麼。他只能乖乖聽從了。

影掌在壓力與恐懼的夾攻下，感到疲憊萬分，他奮力爬上遠離月池的小徑，感覺和初次隨水塘光來此時同樣深受震撼。本以為再次和那個聲音交流能解開他的心結，孰料他這下多了新的煩惱。

回影族地盤的路程頭一次感覺如此漫長，不過影掌腳步蹣跚地回營、溜進巫醫窩時，天空還不見黎明的跡象。水塘光還在睡，發出小小的鼾聲，影掌在自己的臥鋪裡蜷縮起來，沒有吵醒導師。

他立刻墜入夢鄉，但即使在夢中他也無法擺脫煩惱。影掌站在樹林中，低頭看著倒在腳邊的棘星，只見雷族族長緊閉著雙眼，白色雪花落在他深色的虎斑毛皮上。

影掌猛然驚醒。灰濛濛的光灑入巫醫窩，水塘光已經起床出去了。影掌鼓起勇氣走到營地另一邊，在虎星的窩前停下腳步。

還好鴿翅不在窩裡。影掌探頭入內時，虎星醒了，正在梳理自己的毛髮。

「你有什麼困擾嗎？」虎星問道。他抬起頭，用尾巴示意兒子進窩裡。影掌凝重地點點頭。「那就進來告訴我吧。」

影掌走進族長窩，在父親身旁坐下。「虎星，」他嚴肅地喵聲說。「我有事情要跟你討論。」

第十六章

今日最後的邊界巡邏隊剛離開營地，雷族餘下的貓都在戰士窩外閒晃，松鼠飛則忙著將他們組織成狩獵隊。儘管雷族領地仍深陷苦寒，大多數戰士仍然樂觀積極，眼中閃爍著決心。

鬃霜站在離其他貓稍遠的位置，怎麼想也不明白，族貓們怎麼能如此愉快？陽光短暫刺穿了禿葉季厚重的雲層，卻沒有光束刺穿她心中的黑暗。

「喂，鬃霜！」嫩枝杈對她呼喊。「要不要跟我們一起去狩獵？」

若在平時，鬃霜一定會立刻答應，光是收到邀請就開心不已。她從小就一直想成為戰士、為雷族狩獵，然而今天，她怎麼也打不起精神。

她搖搖頭。「不用了，謝謝。我、呃……墊草裡有刺，我得把它挑出來。」

嫩枝杈的鬍鬚彈了彈，她似乎認為這個藉口太沒說服力了，鬃霜也不得不暗暗承認，族貓的想法一點也沒錯。她失魂落魄地轉身，正準備回戰士窩，忽然感覺到誰的牙齒咬住她肩頭毛髮，她轉頭看見過去的導師——玫瑰瓣。玫瑰瓣無視鬃霜的抗議聲，將她拖到戰士窩外側樹枝與石谷壁之間的隱蔽處。

「這是怎麼回事？」鬃霜不明所以地問。

「妳又是怎麼回事？」奶油色母貓反問道。「妳才剛正式當上戰士，實現了長久以來的夢想——至少，我一直以為那是妳的夢想。那我問妳，妳為什麼像獵物被別的貓偷了一樣，整天患得患失地在營地裡晃來晃去？」

鬃霜不想回答，她知道玫瑰瓣只會覺得雷族面對如此多重大問題，她整天痴痴想著莖葉實在是太蠢了。問題是，她的感情現在還太鋒銳、太龐大，她驚恐地發現，自己忍不住對曾經的導師掏心掏肺，把祕密全都說出來了。

「我真的很喜歡莖葉，」她坦白。「我還確信我們命中注定當伴侶，只要等我當上戰士就能在一起了，結果他根本沒這種想法。」想起那次糟糕至極的對話，她難過得語音發顫。「他從頭到尾都只想和點毛當伴侶。我這麼努力，現在卻……感覺自己白費力氣了。」

玫瑰瓣點了點頭，鬃霜訝異地發現，她的眼神十分溫和。「我完全能理解妳的感受。」她喵聲說。「我自己也經歷過同樣的事。」

鬃霜驚奇地豎起尾巴。「妳也有？」她無法想像玫瑰瓣這麼優雅美麗、擁有所有戰士技能的母貓，也曾為她得不到的貓傷心難過。

「那當然，」玫瑰瓣平靜地說。「每隻貓都至少經歷過一次情傷。我知道當妳下定決心做到某件事，或是和某隻貓在一起，結果卻不如願，那一定非常痛苦。」

「那妳是怎麼走出痛苦的？」鬃霜問。

「我把注意力集中在自己能控制的事情上，」玫瑰瓣回答。「像是盡全力成為最優秀的戰士。妳也做得到——只要能用妳受過的訓練幫助雷族，妳就沒有白費力氣。也許有一天，妳能找到合適的伴侶，但妳還年輕，不必著急。現在呢，妳的貓族需要妳。」

鬃霜緩緩點頭。儘管被莖葉拒絕之後，她仍然心痛，她也聽懂了玫瑰瓣說的道理。也許玫瑰瓣說得對，也許鬃霜只須要在族內找到自己該做的事，就能回到常軌。

「謝謝妳，」她低聲說。「我會努力的。」

「很好。」玫瑰瓣滿意地擺了擺尾巴。「那麼，如果妳有精神的話，還有族貓等著妳和他們結伴狩獵呢。加緊腳步去吧，妳還有機會加入他們。」

鬃霜點了點頭，匆匆繞過戰士窩加入正在組隊的戰士們。大部分的狩獵隊已經出發了，但還有一支隊伍聚集在族長身邊。

鬃霜看見莖葉也是這支團隊的一員，她躊躇片刻，差點改變心意，但她想起玫瑰瓣的建議，最後還是抬頭挺胸加入那群貓。

我是戰士。她提醒自己。**我有我的責任**。

莖葉試著對上她的視線，尾巴做了個歡迎的動作，但鬃霜還沒做好面對他的準備。她別過臉，專心看著和松鼠飛並肩站立、正在下達最後指令的棘星。

「我知道最近獵物稀少，」棘星喵嗚道。「但除非你們拿得出成果，否則乾脆別回來了。如果你們是真正的戰士，就會為了讓貓族存活下去而拚命，即使腳爪凍壞了也會努力抓獵物回來。」

聽著聽著，鬃霜漸漸對族長的話語感到不安。他的聲音聽上去比平時粗暴，不像是鬃霜素來景仰、總是心平氣和的領袖。

松鼠飛似乎也有同樣的想法。「你這麼說，是不是有點太嚴厲了？」她低聲對棘星說。「近期環境險惡，族裡每一個戰士都已經窮盡全力了。」

棘星猛然扭頭面對她，眼中閃爍著敵意的光芒。「妳果然會想辦法為他們開脫。」他厲聲說。「畢竟妳從以前就同情弱小的貓。」

松鼠飛愣愣注視著他，彷彿不敢相信棘星會對她說出這番話。鬃霜聽見旁邊一兩隻貓悄悄倒抽一口氣，看見他們交換不自在的眼神。

在場每一隻貓都知道，數月前，松鼠飛與葉池在一次土石流中身受重傷，葉池因此身亡，而松鼠飛也差點送命。她的身體慢慢康復之時，魂魄行走於星族地盤，將她拉回陽世的，有一部分是她對棘星的愛，以及棘星對她的愛。

那他現在怎麼突然對松鼠飛這麼凶？

一拍心跳過後，棘星似乎發現自己說得太過分了。「對不起，也許是我太嚴厲了。」他咕噥道。「在如此艱辛的時期，我身為一族之長，背負著更重大的責任與壓力，沒辦法坐視族貓挨餓。」

「不要緊。」松鼠飛喵聲說，用尾巴尖端輕碰他肩膀。「我們能理解。」

妳也許能理解，鬃霜心想。**但我若是妳，就不一定能原諒他了。**

「我會親自帶隊狩獵。」棘星突然宣布。他二話不說，大步朝營地入口走去。松鼠飛一揮尾巴，召集其餘戰士，跟隨族長走入森林。

「剛才那也太奇怪了吧？」

鬃霜嚇了一跳，這才發現莖葉走在她身旁。在那一瞬間，她為自己剛聽見與看見的事情擔憂不已，就連她愛的貓走在身旁近處，她也幾乎沒反應。鬃霜只雙眼圓睜地點點頭，然後放慢腳步，走在隊伍最後方。

鬃霜明白，此次禿葉季是對所有貓兒的挑戰，每一隻貓都變得比平時更暴躁易怒了。但如果連平常如此溫和沉靜的棘星也受影響，那情況或許比她想的還要糟。

玫瑰瓣說得果然沒錯，她心想。**我必須用盡全力成為優秀的戰士。沒有任何東西比雷族的存亡更重要——我的心也不例外。**

✦✦✦

眾貓穿行白雪覆蓋的森林，每隻貓都豎起耳朵傾聽最細微的聲響，並張嘴嚐嚐空氣中是否有獵物的氣味。不久後，鬃霜的腳爪麻木到沒有感覺了，就連她濃密的灰色毛皮也無法抵擋寒風的利爪。

棘星不時用尾巴示意巡邏狩獵隊止步，眾貓會仰起頭，更加仔細地嗅聞每一絲拂過的微風，但無論他們多麼努力嘗試，就是沒有貓聞到任何獵物的氣味。

一次暫停後，鬃霜繼續前行，發現棘星行走的方式有些古怪。在平時，雷族族長能安靜如風，悄悄穿行森林，現在他卻大力踩下腳爪，踩斷樹枝、踩碎枯葉。

就算外頭有獵物，他這樣吵吵鬧鬧的，獵物早就跑光了。鬃霜心想。

棘星笨拙地繞著一棵樹的殘幹，被一根突出的樹枝絆了一跤，松鼠飛則不安地盯著他。

「棘星，」她邊說邊跳上前。「你還——」

棘星凶神惡煞地轉向她。「星族啊，」他嘶聲說道。「別煩我！我沒事，我不需要——」

話說到一半，他忽然窒息似地高呼一聲。鬃霜驚恐地看著他腿軟地癱倒在地，然後試著起身，前腳爪在雪地中扒抓……最後，他動也不動地倒下。

同行的貓紛紛驚駭地號叫，鬃霜驚慌地倒抽一口氣，衝到棘星身旁。松鼠飛已經開始幫他檢查身體了。

「他有在呼吸，」松鼠飛喵聲說，綠色眼眸害怕地圓睜著。「但我叫不醒他。」

「我們該怎麼辦？」鬃霜問道。

松鼠飛顯然費了好一番功夫，才逼自己鎮定下來。「我們必須帶他回巫醫窩，」她回答。「松鴉羽和赤楊心一定知道該怎麼幫他治療。」

鬃霜無助地環顧四周，一些戰士走到較遠處，他們忙著尋找獵物，還未發現這邊的異狀。還有一些戰士聚集在旁邊，駭然注視著倒地不起的族長。

「那狩獵行動呢？」鬃霜又問。「棘星說了，在我們抓到獵物之前，不准回營地。」

「他現在沒辦法下命令。」松鼠飛指出。「我會留下來，和巡邏隊剩下的貓一起狩獵，等棘星從這個……不知道是什麼狀況恢復過來以後，他會需要一些食物。」她語音微顫地補充道。「能麻煩妳和莖葉帶他回營嗎？」

那一瞬間，鬃霜全身緊繃。從她對莖葉告白的糟糕日子過後，他們就一直沒有獨處——但她拒絕回想那件事。族長現在需要幫助，她必須和莖葉一起幫助他。

松鼠飛召集其他戰士時，莖葉在棘星身旁的雪地蹲下，鬃霜將族長推到他背上。棘星完全不省人事，連被搬動也沒反應。

「嗚……他好重！」莖葉抽一口氣，踉蹌地站起來。「而且他好冷，我感覺好像背了一團雪。」

鬃霜走在一旁，扶穩莖葉背上的棘星，三隻貓緩緩穿過森林。棘星癱軟在莖葉背上，腳爪垂了下來，只有微微移動的鬍鬚讓鬃霜知道他還有呼吸。

三隻貓抵達石谷時，負責守衛的刺爪看了他們一眼，便飛奔到營地另一頭的巫醫窩。片刻後，他從遮擋窩口的荊棘叢後方跑出來，赤楊心緊隨在後。

「發生什麼事了？」赤楊心一面問，一面趕到棘星身邊。

莖葉將棘星扛入巫醫窩，鬃霜則對巫醫說明棘星在狩獵時分心之後倒地不起、再也沒動彈或說話的經過。

「沒道理啊。」赤楊心喃喃自語。

鬃霜的心被恐懼猛刺一下。她本以為將棘星帶到巫醫貓面前之後，他們就知道該如何處理了，沒想到赤楊心和她同樣困惑、同樣擔憂地注視著棘星。是啊——棘星不僅是赤楊心的族長，還是他父親。

在赤楊心的指示下，鬃霜用巫醫窩裡貯藏的青苔與蕨葉，替棘星鋪了個臥鋪。莖葉小心將族長放入臥鋪。

「他的身體好冷。」赤楊心一面伸出腳爪觸摸棘星的額頭，一面喵聲說。「我不懂，他出去狩獵前明明還好端端的，怎麼會突然病倒？」

無論是鬃霜還是莖葉，都答不上來。

「他會不會失去一條命？」鬃霜問道。

赤楊心搖了搖頭。「目前還不會，但如果我們不盡快用正確的方式治療他，他就會喪命。」

赤楊心離開父親身邊，走到窩深處巫醫們存放藥草的空間。鬃霜留在窩裡，好奇地看著赤楊心，只見他在好幾堆藥草之中翻翻找找，卻似乎不曉得自己在找什麼。

她看著赤楊心的同時，巫醫窩前的荊棘叢被撥到一旁，松鴉羽出現了。他停下腳步，嗅了嗅之後問：「棘星也在？發生什麼事了？」

赤楊心走上前，將鬃霜告訴他的一切告知松鴉羽。「棘星急需治療，」他總結道。「但我不確定該怎麼幫他。」

「我來幫他做檢查——」松鴉羽說到一半，突然轉身面對鬃霜，鬃霜實在無法相信他看不見她。

「妳在這裡幹什麼？幹嘛像多出來的獵物一樣，在這邊擋路？」他厲聲問。「現在給我出去。」

「好喔。」鬃霜轉身要走，臨走前聽到松鴉羽問赤楊心是否餵棘星吃藥了。

「沒有，我還沒開始治療。」赤楊心答道。

他說話的同時，鬃霜突然聽見窸窣聲，一道虛弱的聲音喚道：「赤楊心？」

鬃霜迅速轉身，看見棘星掙扎著想坐起來，琥珀色眼眸睜得很大，神情十分激動。

赤楊心跳到他身邊，用肩膀扶起父親。

「赤楊心……我有一些話，非得對你說不可。」棘星的聲音非常虛弱，字與字之間被難受的喘息聲阻隔，光是說話就累得他氣喘吁吁。

「不，你必須休息。」赤楊心喵嗚道。「你在我的窩裡，我們會照顧你的。」

「不行……」棘星尾巴一甩，在那一剎那，鬃霜再次看見素來正向、堅強的他。

「聽我說，我作了個恐怖的夢……」

「讓他說話。」松鴉羽喵聲說。「無論是什麼話，他都必須說出口才能安心。」

「我看見各族互相爭鬥。」棘星接著說，聲音變得稍微有力一些。「四下一片混亂，天空一片漆黑——沒有星辰，只有爪子抓過般細瘦的月亮。後來，就連月光也淡去，我看不見貓群了，只聽見他們可怕的呼號與尖叫，戰鬥一直沒有平息。」

赤楊心壓抑地抽氣，臉上浮現深深的憂慮。「沒有星辰……」他悄聲重複道。

「是真的嗎？」棘星問他。「星族背棄我們了嗎？」

赤楊心抬頭望向松鴉羽，再看向父親。與此同時，鬃霜看見松鴉羽臉色一變，臉上充滿憤怒與慌張。

「赤楊心！」松鴉羽朝較年輕的巫醫貓踏近一步，像要阻止赤楊心發言似地舉起尾巴。

赤楊心微微搖頭。「沉默的時候已經過去了。」他告訴松鴉羽。「沒錯，那是真的。」他如此回答父親的問題。「星族還是沒給我們任何訊息，我們也不知道原因。」

鬃霜感覺腹中一揪，彷彿被別隻貓丟了一顆石頭。**我都不曉得有這回事！**她心想。**都過好幾個月了，還是沒有星族的消息嗎？近來松鴉羽和赤楊心一副壓力很大的樣子，就是因為這件事嗎？**

「巫醫不是一致決定對此事絕口不提嗎！」松鴉羽斥道。「赤楊心，你當時也同意了——」

「你們不能瞞著族長，不說出星族捨棄了我們的事！」棘星打斷他。「這件事太過重大，赤楊心，你誠實說出來才是正確的作法。」他胸口再次劇烈起伏，背部弓起，彷彿在意識邊緣掙扎。他啞聲接續道：「我會記得的。在多數貓不誠實之刻，你選擇了誠實。」

那又是什麼意思？鬃霜好奇地想。松鴉羽一臉錯愕，似乎也沒有聽懂。

「我們必須採取行動，」棘星仍以嘶啞的聲音說話。「但赤楊心，你不必害怕，你對我說出了實情，這是正確的選擇。」

「採取什麼行動？」赤楊心猶豫地問道。「棘星，你打算怎麼做？請告訴我們。」

棘星的身體又抽搐一次，聲音再次減弱。他回道：「把松鼠飛找來……告訴各族族長……你們一定要再和星族建立聯繫！」

赤楊心抬起頭，看見依然站在窩門口的鬃霜。「去找松鼠飛過來。」他重複道。

鬃霜點點頭，但她還來不及動彈，棘星又是一陣抽搐。他從臥鋪裡昂起身軀，四肢腳爪像在攻擊敵人似地扒抓，頭向後仰，大張的嘴似在無聲地哭號。然後，他身體一軟，動也不動地癱倒在青苔與蕨葉之中。

第十七章

一陣風將根掌的毛髮吹得緊貼身體兩側，吹得他眼睛泛淚，但他還是站在原地，俯視聚集在結凍的月池畔的巫醫們。他作夢都沒想過自己會被選為見證者，奉命來此見證巫醫們拚命聯繫星族的經過，而除了根掌之外，在場還有三位族長，以及不少資深戰士。他不可思議地盯著結冰的小溪、瀑洩而下的冰之瀑布，以及垂在岩石下閃耀寒光的冰柱。

巫醫們躁動不安地繞著水池踱步，不時有貓探出腳爪觸碰池面，似是在進行測試。根掌注意到，沒有任何一隻巫醫露出喜色，蛾翅與松鴉羽看上去特別急躁，不住抽動的尾巴與鬍鬚明顯表現出焦躁。

根掌的妹妹針掌站在他身邊，他們身後則是父母——樹與紫羅蘭光。眾貓兒在谷地上方的樹叢中等待，為表示敬意，和月池保持一段距離，其他貓族的代表則在兩旁排成一排。

我知道這是一種榮耀，根掌一面想，一面伸縮爪子，徒勞無功地努力讓腳爪暖起來。**但我真希望他們動作可以快一點！**

「他們在下面做什麼？」他問道。他也不指望其他貓回答。「既然水完全結冰了，他們還能怎麼辦？又不能用爪子把冰抓破，對不對？」

「諸位族長提議用一根粗樹枝，」樹告訴他。「若將樹枝平衡在石頭上，形成槓桿，就能用更大的力道敲擊冰塊。他們希望可以打破冰層，幫助巫醫們聯絡星族。」

根掌試著想像眾貓實行計畫，卻怎麼也想像不出來。**到底是哪個鼠腦袋提出來的！**

「我不懂，戰士來這裡有什麼意義嗎？」針掌一面喵聲說，一面顫抖著讓毛髮蓬鬆起來，希望能以此禦寒。「我們又不准下去池邊，那我們站在上面凍得要死，對他們有什麼幫助？」

「巫醫們請我們來，是因為他們可能會需要幫助。」紫羅蘭光回道。「這也讓星族知道，我們都堅決想重新和祖先建立連結。」

「可是，戰士可以來這裡嗎？」針掌問道。「我還以為只有巫醫貓可以來月池。」

樹與紫羅蘭光交換了個眼神。「躁片也是這麼想的，」樹答道。「但斑願與一些族長的看法……有所不同。」

「他們認為，比起忌憚月池的規定，重新聯絡上星族比較重要。」紫羅蘭光解釋道。

「那如果沒辦法打破冰層，會發生什麼事？」根掌滿心想轉移話題，開口問道。

一道新的聲音，加入他們的對話：「我也不知道。」

根掌轉身，看見鬃掌站在一旁，就在雷族貓群的外圍。這是他們在丟臉的田鼠事件過後首次相遇，根掌不確定該如何和她相處。他感覺到針掌玩味地看著他，但他尾巴一抽，選擇無視妹妹，邁步走到雷族見習生身旁。

此時，他發現鬃掌變得和從前不一樣了，她眼中多了一種哀傷。**希望那不是因為她可憐我。**

「鬃掌，嗨。」他喵嗚道。

鬃掌踏上前一步，站到了根掌身旁。「叫我鬃霜。」她告訴他。「我現在是戰士了。」

「哇，太棒了！」根掌為她感到欣喜，卻又更困惑了。**既然剛當上戰士，那她為什麼愁眉苦臉的？**「恭喜妳。」

「根掌，謝謝你。我想見你，」鬃霜接著說。「是因為我想為之前的事情道歉。你把田鼠帶來送我的時候，我非但不知好歹，還對你非常失禮，真是對不起。」

根掌低下頭。「別在意那件事。」他喵聲說。「我知道那很蠢，我不應該那麼做的。」

「不，你沒有錯。」鬃霜堅持道。「你為我做了件好事，我卻給你臉色看。根掌，請原諒我。」

「我當然願意原諒妳！」根掌答道。喜悅在心中湧起，卻在他看見鬃霜憂傷的神情時，迅速消失。「發生什麼事了嗎？」他問道。「妳好像心情不太好。」

鬃霜低頭盯著自己的腳爪，遲疑片刻。「自從當上戰士，事情就一直不如我願。」她終於開口坦承。

「這是什麼意思？」根掌問。

「這個……這次禿葉季對每隻貓來說都是一場考驗，我覺得自己為部族做得不夠多，所以現在感覺自己太沒用了。」

根掌能理解這種感受，然而，他不認為鬃霜眼中的哀傷能完全歸咎於此。無論她心中有什麼煩惱，現在都沒有要說出口的意思。

「可是，妳是我見過最厲害的貓之一耶。」雖然知道讚美的話可能會讓她不自在，根掌還是忍不住出言反對。**經過上次送田鼠那件蠢事，我對她的感覺還是沒變。**「我有生命危險的時候，我自己的族貓都不敢嘗試救我，妳卻救了我一命。要不是有妳，我現在一定躺在湖底，和月池一樣凍成冰塊了。還有，我休養身體那段時間，妳也每天來探望我。」

鬃霜聳聳肩，看上去有些害羞，但根掌覺得她沒生他的氣。「換作是別的貓，也會這麼做。」她喵聲說。「但那之後，我就什麼也沒做成了。」

「禿葉季還沒過去，其他戰士也都沒辦法啊。」根掌堅定地說。「冷天氣結束以後，我相信妳一定會是讓雷族重新振作起來的戰士之一。」

鬃霜眼睛發亮地抬起頭，令根掌的心在胸中古怪地震顫。在那一瞬間，他似乎在鬃霜眼中看見超越感激的情愫。

「鬃霜——」他開口。

震耳欲聾的爆裂聲從谷底傳來，打斷根掌的話，他轉身往谷底望去。那比他落湖時的冰層碎裂聲響亮得多——巫醫們應該成功打破冰層了吧？然而，回聲淡去後，卻只有徹徹底底的死寂，巫醫們站在水池畔，低頭盯著池面。

「妳知道冰層破碎之後，理論上該發生什麼事嗎？」根掌轉頭問鬃霜。

灰色母貓搖了搖頭。「不曉得。」她回答。「不是只有巫醫貓能和星族交流嗎？說不定已經成功了，我們只是看不見星族貓而已。」

想到隱形的星族貓聚集在月池畔，根掌感覺全身每一根毛髮都豎了起來。「我們這樣看著巫醫，感覺好奇怪喔。」他喃喃說道。

鬃霜沉默片刻，耳朵對著月池。「你聽，」她說。「我聽到巫醫們小聲在說話，這應該不是好兆頭。」

根掌聽見壓抑的喵聲從池畔傳上來，點點頭表示同感。他望向鬃霜身後，想看看其他貓族代表的反應，突然感覺有哪裡不對……他花了幾拍心跳的時間，才找到不對勁的地方。

「怎麼影族沒有派代表來？」他問道。

這次是針掌開口回答：「我偷聽到紫羅蘭光跟樹說話，她說影族的巫醫見習生太奇怪了，所以沒有貓兒邀請他們來。其他貓族都在猜測，問題可能就出在那個見習生身上。」

「妳的意思是說，他們覺得星族不跟我們溝通，是影掌害的？」根掌問道。

「有些貓是這麼覺得沒錯。」針掌回答。

根掌回想當時在暮光微亮的森林中，和影掌進行的對話，那時正想前來月池的巫醫見習生顯得十分擔憂，還提到有機會降臨所有貓族的災厄。在根掌看來，影掌是隻親切善良的貓，也顯然已經學到不少巫醫技能。

他幫我治療受傷的腳爪以後，我的傷很快就痊癒了。這麼厲害的一個治療師，怎麼可能妨礙我們和星族聯絡？

根掌想對鬃霜或針掌提出心中的疑問，可是一旦說出來，其他貓就會知道影掌私自前來月池的祕密。**還有，我原本應該狩獵，卻陪他走了一段路。我怎麼能把這件事告訴其他貓！**

根掌沉浸在關於影掌的想法當中，沒注意到斑願邁步爬上螺旋小徑，朝在上方等候的戰士們走來。他一回神，發現斑願已經來到坡頂，面對其他貓站著。從她疲憊又沮喪的神情看來，他們沒有成功聯絡上星族。

「我們把冰層敲凹了，」斑願宣布道。「但還沒鑿到冰下的水層。也可能是水池完完全全結凍了。」

部族貓們紛紛竊竊私語、驚駭地抽氣，以及交換憂慮的眼神。

「我們可能需要各位幫忙破冰。」斑願補充道。

「不行，我們不同意。」松鴉羽也跟著爬上小徑，此時站在斑願身旁，虎斑毛髮氣憤地直直豎起。「月池是星族引導我們找到的所在，這是特殊的地方，不能讓巫醫以外的貓觸碰它。」

「松鴉羽，我們不是討論過了嗎？」斑願回道。她的毛髮也漸漸豎了起來。「月池之所以特殊，是因為我們能透過它聯繫星族，現在既然無法聯繫祂們、祂們也無法聯繫我們，那我們的職責不就是窮盡所有方法，幫助星族聯絡到我們嗎？」

松鴉羽沒有說話，只發出不悅的嘶聲，別過頭。

與此同時，餘下的巫醫貓也都離開池畔，爬上斜坡加入眾貓。「各位族長怎麼看？」赤楊心問道。「請說說你們的高見。」

葉星、霧星與兔星一齊望向雷族副族長——松鼠飛。早先，她對其他貓表示棘星狩獵時傷了腳爪，因此不克前來。

「妳覺得呢？」葉星問她。「我知道棘星為貓族無法聯繫星族之事憂心，我們會採取這些行動，也是為了他。」

松鼠飛一臉糾結，彷彿不確定該如何回應。「是啊，棘星確實感到擔憂，」她說道。「但是……」她的聲音愈來愈小，目光也垂下去盯著自己的腳爪。

「嗯，我和斑願想法一致。」葉星喵聲說。「在峽谷時，我們的巫醫都能順利聯絡祖先，從沒遇到問題。」

兔星緊張地抽了抽鬍鬚。「是，我也同意。最受冷天氣折騰的是我們風族，我們幾乎不可能狩獵，我族裡每隻貓都飢腸轆轆。我們需要星族的指引，所以必須用盡所有的方法，重新建立連結。」

「霧星，妳怎麼看？」葉星見河族族長沒有說話，開口問道。

霧星搖了搖頭。「我也不確定……」她不情願地回答。「我知道巫醫們對此事意見分歧，我想把決定權交給我們河族的巫醫貓。」

蛾翅與柳光交換了個眼神。「我不確定戰士們幫不幫得上忙，」柳光喵嗚道。「但我和其他貓一樣，非常想再次得到星族的指導。我選擇順從眾意。」

「我也是。」蛾翅跟著說。

每隻貓都轉向松鼠飛，她嘆息一聲，似乎不太想說話。「我必須依棘星的意思投票，」最後，她如此說道。根掌看見她眼中的緊張。「他相信我們迫切需要星族的指引。我們應該讓戰士們幫忙破冰。」

松鼠飛話音落下，巫醫們便讓到一旁，允許戰士們走下螺旋小徑。族長們率先踏上小徑，向下衝至池畔的同時，三條尾巴來回搖擺。根掌看見松鴉羽怒瞪他們，他的毛髮變得非常蓬鬆，骨瘦如柴的公貓頓時顯得像原本兩倍大小。

根掌沒有跟著走，他感覺有混雜了迷惘與絕望的情緒拖著腳爪，不讓他前進。**這樣對嗎？**他自問。

他身後的樹突然停步。「我做不到。」他說道。

周圍眾貓連聲驚呼。「那是什麼意思？」雷族的樺落問道。根掌覺得他的語氣含有敵意。

面對盯著他的雷族貓，樹鎮定地盯了回去。「這樣做，感覺不對。」他簡單地說。「我雖不完全瞭解你們部族貓的信仰，但我知道月池是聖地，也知道巫醫擁有特別的力量。我們不該擅闖聖地。」

根掌只希望地面裂開一條縫，好把他整隻貓吞下去。**拜託別說了，拜託別說了。**他在心中吶喊。**他們已經把你當怪胎了。**

「樹，你現在是戰士了。」風族副族長鴉羽暴躁地喵嗚道。「你的工作不是決定事情對錯，而是服從族長的命令。」

「而且，葉星已經同意了。」樺落補充道。

每一雙眼睛都轉向葉星，此時她和松鼠飛站在螺旋小徑底部，仰望上方的貓爭論。天族族長似乎猶豫不決。

「我不是戰士，」樹糾正道。「而是調解者。我先前也說過，身為調解者，我看到影族未受邀請參加此次行動，感到十分不安。」

葉星眼中閃過厭煩。「那是族長們的決策。」

「但為什麼？」樹問道。「就因為他們的巫醫見習生有些奇怪嗎？有哪隻貓不奇怪的？」

根掌皺起了臉。如果他全心全意許願，能不能就此隱形？

樹與其他貓的爭論，阻礙了戰士們前行，他身後有些貓煩躁地嘀咕，但似乎也有些貓傾向同意。

「也許我們真的不該觸碰月池。」雷族一隻母貓點毛若有所思地喵聲說。「無論是活貓還是死貓……我都不想得罪。」

「巫醫們從以前就說了，月池是神聖的地方。」莖葉同意道。「我們只不過是急著想收到星族的消息而已，真的該改變長久以來的規矩嗎？」

「真是的，少來了。」根掌聽見鬃霜的聲音，心臟一跳。雷族戰士繞過兩隻族貓，繼續走下小徑。「大家都聽到族長的命令了吧，我們必須窮盡所能，想辦法聯絡星族！」

然而，樹、莖葉與點毛依然猶豫不決。樹目光平穩地注視著族長。

葉星煩躁地甩尾巴。「好吧，」她說。「不願意觸碰月池的天族貓，我聽見你們的訴求了，你們可以先回去。」

樹滿意地點頭，轉身爬上螺旋小徑，從一群堅持向下行的河族貓之間擠過去。根掌聽見河族貓不悅的嘀咕聲。

他看向母親，紫羅蘭光則一臉茫然地目送樹離去。最終，她轉向根掌，根掌對她投了個詢問的眼神，但她卻微微搖頭，繼續順著螺旋小徑下行。

「我要跟樹回去。」根掌身後的針掌果斷地說。「我也覺得這樣不太對。」她轉身跟著父親離去。

「雷族的大家，」松鼠飛用緊繃的聲音喊道。「我們需要你們幫忙，因此，身為你們的代理族長，我命令你們協力破冰！」

根掌聽見點毛與莖葉的怨聲，他自己也猶豫得腳爪顫抖。**樹說得有道理嗎？這樣做真的對嗎？**

但這時，他看見鬃霜跟著紫羅蘭光經過，她瞄了根掌一眼，對他俏皮地一眨眼。

根掌想也不想，立刻加入雷族戰士。

我也去。

✦✦✦

「一、二、三！」一小段時間過後，鴉羽高呼。根掌擠在無數隻風、河、雷、天四族戰士之中，用前腳按著一大塊又長又扁的岩石。「推！」

所有貓齊聲低哼，奮力往前推，設法將岩石推到兩根圓木的第一根上頭。赤楊心似乎是在月池洞壁旁找到了這顆岩石，而現在由鴉羽、鷹翅與蘆葦鬚合力組織戰士們將岩石搬到離月池較近的位置。三位副族長負責發號施令，希望岩石滾到三根圓木上之後，戰士們能將它推到月池邊，然後直接推進冰池。在場所有的貓希望岩石夠重——而且翻面後夠尖銳——能夠一舉破開最後一層冰。

根掌的肩膀又痠又痛，即使由無數名戰士一同推動它，岩石依然非常沉重——畢竟，它若不夠重，就無法順利敲破冰層。

鴉羽與另外兩位副族長指揮戰士們就定位。準備下一次推動岩石之時，根掌用後腿直立起來，望向月池。他也不確定自己期望看到什麼——也許是深沉、清澈，雲霧與星光繚繞的水池，受星族力量影響而變得萬分神祕的水池。但就目前而言，月池看上去不過是塊嵌入深色礫灘的灰白色冰塊。巫醫們先前敲破了表面冰層，挖出形狀不規則的一小塊冰，現在那塊冰被推到一旁。池面被巫醫挖出一塊寬寬的三角形凹痕，那下方則是……更多冰塊。

冰層到底有多深啊？根掌好奇地想。從其他戰士的竊竊私語與喃喃自語聽來，許多貓也有同樣的疑問。根掌看不出冰層下有任何水的跡象，這感覺和他當初掉入的湖冰不同，當時他能感覺到冰層在腳下浮動，聽見下方的水聲。

與之相比，月池感覺毫無生命跡象……幾乎可說是死了。根掌絕望地想：**這絕對不是什麼好兆頭。**

他只希望大家能成功讓月池起死回生。

「戰士們，各就各位！」鷹翅喊道。「快成功了！一、二……」

根掌連忙回到他在岩石旁的位子，和其他戰士齊力緩緩將岩石推上圓木。他們肩並肩施力，確保岩石不從圓木上滾下來，然後慢慢將圓木連岩石一起滑往月池邊。

「好，」鷹翅高聲說。「我們先休息一下……等等數到三，我們把它推進水池！」

根掌氣喘如牛，吸了冷空氣的肺像火燒似的。他左顧右盼，對上鬃霜的視線，只見她站在貓群的外圍。鬃霜對他點點頭，發出呼嚕呼嚕聲，根掌也點頭回應，和她共享此時此刻的滿足感。

就算最後失敗，他心想。**我們至少有努力過，說不定星族看了會高興。**

但這時，他看見身在月池另一側的松鴉羽。松鴉羽絕望透頂地低垂眼簾，彷彿失去了唯一的朋友。

前提是，我們碰了月池以後，他們沒有大發雷霆……

根掌感覺心裡好沉重。以前事情有這麼複雜、這麼麻煩嗎？

「好了，各位。」蘆葦鬚喊道。「各就各位！……一……二……」

根掌用前腳按住岩石，全力往前推，身旁所有的戰士也同時出力。他們發出巨大的悶哼，岩石則緩緩挪向前。

「休息！」鷹翅喝令。所有的貓都收手，留岩石尖銳的邊緣懸在池面上方數英寸處。根掌試著伸展肌肉，他知道明早自己會全身痠痛。

幾秒後，蘆葦鬚再次下令：「好，大家就位……一……二……」

他們再度將岩石往前推。根掌兩條前腿都好痛，他開始懷疑能不能成功了。然後，事情發生得太過突然，他甚至驚呼一聲——根掌感覺阻力消失了。岩石滑過池岸，尖銳的部分頂入巫醫們先前挖出的裂縫。幾秒鐘的寂靜過後，岩石尖端碰到冰面，發出巨大的碰撞聲。

「太好了！」風族的風皮歡呼。

「別鼠腦袋了。」鬃霜斥道。「我們還不知道它有沒有撞破冰層……」

聽她這麼一說，所有戰士都踏上前，從水池邊緣往下望。但是，根掌還沒動彈，就先瞥見松鴉羽的臉。

他的表情沒變。

風皮匆匆跑到池邊，往下一看。「撞了一個大凹口，可是下面還有更多冰！」

根掌感覺自己的心在下沉。

「至少有五條尾巴深……」鬃霜盯著月池，補充道。「好多冰……」

鴉羽也往下望。「我們是可以再嘗試一次……」他喵嗚道，然而他語氣疲憊，和根掌一樣疲憊。

鷹翅似乎更悲觀。「我們可以再試無數次，」他同意道。「但我們不知道水層有多深……但是，水池也可能完全結冰了。」

完全結冰了。聽到這句話，一陣戰慄竄遍根掌全身。

儘管辛苦，他還是願意再嘗試一遍……再找一塊岩石，再把它推進月池，再看看能不能敲破冰面。必要的話，他願意再花一整天嘗試，如果有力氣，他甚至可以再試一天一夜。

但再次對上鬃霜的視線時，他不禁心想，不知道鬃霜是不是也感受到了同樣的絕望？倘若星族是刻意離他們而去的，那大家再怎麼努力，也不可能讓星族回來。

那如果星族永遠離開我們了呢？

第十八章

鬃霜站在岩石的陰影下，環顧白雪覆蓋的空地，警覺地尋找獵物的跡象。巡邏狩獵隊長鼠鬚方才和莓鼻一同消失在一棵冬青樹後，但鬃霜還能看見拍齒，他蹲伏在白色雪堆上，金紅色虎斑毛皮格外醒目。

近來營地氣氛緊張，鬃霜實在無法專注。棘星仍舊動也不動地躺在巫醫窩裡，雖然有呼吸，但看似完全感覺不到周遭發生的事。月池破冰計畫給了各族短暫的希望，卻以失敗告終。月池似乎完全結冰了，星族也固執地保持沉默。

這時候如果能抓到好獵物就太好了。鬃霜雖這麼想，但她幾乎放棄抓到獵物的希望了。**至少肚子填飽了，我們所有貓心情都會好一些。**

幾乎在想到此事的同時，鬃霜窺見前方一陣騷動。那裡是一片凹凸不平的淺坡，坡上除了岩石之外，還有一簇簇草叢，之所以發生騷動，是因為有一部分的雪成團滾下了斜坡，一個漆黑的洞穴露了出來。一隻鼻子探出來，接著是一雙耳朵……

是兔子！

鬃霜看得垂涎欲滴，她已經太久沒看到兔子，幾乎不敢相信此時就有一隻站在眼前。兔子從洞穴出來，慢慢往前跳，前腳爪在雪中扒挖，挖出埋在雪下的草與植物。牠似乎完全沒注意到距離自己只有幾隻狐狸身長的危險。

鬃霜的視線掃過空地，看到拍齒也發現兔子了，他豎起耳朵、鬍鬚顫動，目光緊盯著那隻啃著凍壞了的草的動物。

不要亂動！鬃霜想對族貓呼號，但她明白，只有保持靜止、保持安靜，等到獵物去到離巢穴太遠、無法躲回安全處之時再出手，他們才有可能抓到獵物。

她的心重重狂跳，力道大得她胸口發疼，她費盡全力才克制住撲向兔子的衝動。**要是牠跑回洞裡呢？難道我要傻傻地站在這裡，看著牠逃走？**

這時，鬃霜注意到拍齒平貼著地面，開始小心翼翼地往前進，慢慢繞到兔子與巢穴之間。兔子忙著進食，沒注意到他輕巧的動作。**這樣就能困住牠了！**鬃霜高興地想。她已經垂涎三尺了。

拍齒就定位後，鬃霜壓低重心，進入狩獵時的蹲伏姿勢，開始躡手躡腳地逼近獵物，每一次落腳前都先輕踩地面，確認不會出聲。然而，她還沒近到能撲擊兔子，便有一陣風拂過身體。鬃霜全身一僵，只希望風沒有強到將她的氣味帶到獵物面前。

兔子突然直起身、豎起耳朵，鼻子快速抽動。**糟糕！牠知道我在這裡了！**獵物轉身奔向洞穴，強而有力的後腿推著身體大步前躍，但拍齒已經在洞外等牠了。他露出滿口利牙，繃緊肌肉準備飛撲，兔子驚叫一聲猛然停下來，激起一堆雪花。牠掉頭斜向逃跑，遠離等著圍捕牠的鬃霜。

狐狸屎！

拍齒追上去，但兔子跑得更快。鬃霜幾乎陷入絕望時，忽然想起還是見習生時，從玫瑰瓣那裡學到的技巧：**別跑去獵物所在的地方，妳應該去獵物「會去」的地方。**

鬃霜飛奔上前，目標是兔子前方數隻狐狸身長處。一想到可能追丟自己數月來見過最肥美的獵物，她就彷彿被恐懼捅入腹部。**如果兔子轉向，我就完蛋了！**

但兔子繼續朝同一個方向逃跑，於是鬃霜撲到牠身上，狩獵者與獵物在雪地上來回翻滾，腿腳與尾巴互相糾纏。最後，鬃霜設法將腳爪按在兔子喉頭，爪子深深一刺，鮮血湧出，兔子就這麼癱軟了下去。

「星族，謝謝祢們賜予我獵物。」鬃霜一面氣喘吁吁地說，一面踉蹌起身，抖落毛皮上的雪。**但是，星族不願意和我們交流，感謝祂們還有什麼意義嗎？**

「嘿，抓得好！」拍齒蹦蹦跳跳地跑來。「牠挺肥的呢。」

得意之情湧遍鬃霜全身，從成為戰士那糟糕的一日至今，她已經很久沒感到如此欣喜了。「你也有功勞啊。」她告訴族貓。

「對啊，我們真有默契！」拍齒呼嚕呼嚕道。

這句話令鬃霜內心一痛，當初她也希望自己能和莖葉合力捕獵的。即使知道拍齒別無他意，她還是拒絕踏上那條路。

「我們把獵物帶去給鼠鬚和莓鼻看吧。」她喵嗚道。「他們剛剛往這邊走了。」

鬃霜叼著兔子穿過空地，走向兩隻資深戰士剛才繞過的冬青叢，繞過刺刺的枝葉時，她聽見樹叢另一邊的低語聲。她停下腳步，用尾巴示意拍齒暫停。

鬃霜小心翼翼地從樹叢後探出頭，窺見莓鼻與鼠鬚湊在一起交談，根本沒有要狩獵的意思。

「那兩個懶惰的毛球！」拍齒隔著鬃霜肩頭望去，驚呼一聲。「我們把兔子拿去給他們看，讓他們羞愧到抬不起頭。」

鬃霜搖了搖頭。「不，我想聽聽他們在說什麼。既然非得私下討論不可，就一定是很重大的事情。」

鬃霜躡手躡腳地踏上前，最大限度地在不被看見的情況下接近那兩隻貓，拍齒則緊隨在後。

「……病得很重，」鬃霜悄悄靠近時，鼠鬚喵嗚道。「而且病情日益加劇。要是棘星死了，那會發生什麼事？」

莓鼻無助地聳肩。「族長死時會去星族，接受星族智慧的指引，然後開始下一條命，回來繼續領導部族。問題是，如果棘星無法去到星族呢？他會不會就這麼死去，再也不回來了？」

「那雷族又該怎麼辦？」鼠鬚問道。「松鼠飛是個好領袖，但要是她沒辦法和星族見面，沒辦法得到九條命呢？」

「那她就只能在沒有星族的情況下，擔任我們的族長。」莓鼻沉聲說。「既然星族在我們最需要祂們的時刻拋棄我們，那我們就該讓祂們知道，就算沒有祂們，我們也能活得好好的！」

鼠鬚面露猶豫，鬃霜知道他還沒做好不再依賴戰士祖靈的準備。「不知道影族那隻奇怪的巫醫見習生看到的預兆，是不是沒有星族的未來？」他喵嗚道。

莓鼻不屑地嗤之以鼻。「我哪知道。松鴉羽覺得他是鳥腦袋，而且你也知道影族的德性……我們不是無緣無故不邀請他們去月池幫忙的！他們就和一窩狐狸一樣，不值得信賴。」他嘀咕道。

他的聲音愈來愈輕，鬃霜湊得更近，耳朵朝前，試圖傾聽莓鼻壓低的聲音。但就在此時，拍齒打了個噴嚏，兩隻年長戰士一齊抬頭。

鬃霜轉頭怒瞪族貓。「好啊！」她咬牙切齒地嘶聲說。「這下，我們再也沒機會把剩下的話聽完了。」接著，她咬著兔子走上前，將獵物放在鼠鬚腳邊。

「做得好！」莓鼻高呼一聲，盯著獵物猛瞧，舌頭舔過嘴巴。

鼠鬚讚許地對鬃霜點頭。「不愧是玫瑰瓣，教出妳這麼優秀的戰士。」他喵聲說。

「是我們兩個合力抓到的。」鬃霜應道。她的尾巴朝拍齒輕彈，拍齒則一臉高興地低下頭。

鬃霜又得意了起來，隨巡邏隊返回營地那一路上，她全身都暖洋洋的。但與此同時，她忍不住回想資深戰士的對話。

如果棘星失去一條命，不知道會發生什麼事？

✦ ✦ ✦

鬃霜蹲在新鮮獵物堆旁，和母親藤池共享一隻老鼠。雷族大部分的貓都聚集在旁邊，大口享用今早狩獵的成果，鬃霜看見長老們與仍住在育兒室的黛西、栗紋與火花皮圍著兔子大快朵頤，心中汨汨湧出驕傲。

今晚，不會有任何一隻貓餓著肚子回窩。我幫忙照顧我的部族了。

鬃霜還沒得意太久，就因巫醫窩外的騷動分心。她轉頭看見松鼠飛從荊棘叢後跑出來，然後旋身對仍在裡頭的貓說話。

「我不想討論此事！棘星一定會康復。」她的聲音清楚傳遍整片營地。「他之所以到現在都還沒好轉，是因為你們什麼都沒嘗試過！」

赤楊心跟著副族長出窩，全族每一隻貓聽見松鼠飛激動的話語，都靜了下來，但巫醫依然鎮定。回應松鼠飛時，他的聲音很安靜，鬃霜聽不出他說了什麼。

「你和松鴉羽必須挽救族長！」松鼠飛斥道。「我對你們信心十足，所以沒什麼好討論的。」一說罷，她便轉身大步走到營地另一頭的新鮮獵物堆，行走時高高地抬著頭部與尾巴。

赤楊心目送她遠去，鬃霜注意到他身心交瘁的神情——他吻鼻緊繃，尾巴低垂，看上去慘極了。鬃霜可以想見，赤楊心身為巫醫貓，必須為自己父親施救，而且父親的病況毫無起色，而且父親還是全族的族長……赤楊心想必十分痛苦。

鬃霜看向藤池，感激地對上母親安慰的目光。「別擔心。」藤池低聲說。話雖如此，她還是起身走到松鼠飛身旁，坐了下來。

鬃霜將老鼠剩下的肉吃完，正考慮回窩裡休息，突然瞥見荊棘叢通道口有動靜。外出巡邏邊界的冬青叢與翻掌出現了，緊接著，鬃霜認出了隨他們入營的貓，不由得瞠目結舌。

虎星與影掌！

鬃霜全身緊繃。虎星知道其他四族嘗試破開月池冰層的事嗎？他是來罵棘星的嗎？**我們那次根本沒成功，現在還惹虎星發怒了，真是不划算……**

巡邏隊第三個成員百合心最後出現。冬青叢率先穿過營地，來到松鼠飛與正試圖說服她吃烏鶇的藤池面前。

松鼠飛站了起來，面對虎星。虎星在新鮮獵物堆旁停下腳步，影掌則站在他身旁，低頭盯著自己的腳爪，鬃霜看見他的鬍鬚緊張地抽動。

「虎星，你好。」松鼠飛目露警戒，但還是冷淡地點頭打招呼。「你找雷族有事嗎？」

「我有非常重要的話要說。」虎星回答。「我還是私下對棘星說吧，這樣比較恰當。」

「很抱歉，」松鼠飛語調平穩地說。「棘星現在無法和你見面，他……外出狩獵了。你有什麼話想說，就在雷族全體戰士面前說吧。」

那一瞬間，虎星一臉錯愕，遲疑了。鬃霜猜他在揣度松鼠飛臉上的緊張。

「好吧。」最後，他喵嗚道。「我想對你們說的話相當奇怪：我知道你們族長棘星病得很重。」

鬃霜腹部一緊，聽見身邊的族貓驚奇地抽氣。

「你怎麼知道？」獅焰喝問。金色虎斑公貓站起身，繞過新鮮獵物堆，站到松鼠飛身旁，琥珀色眼眸火辣辣地瞪著虎星。「是誰告訴你的？」

面對獅焰充滿敵意的問句，虎星絲毫沒有受到冒犯的表現。「相信各位知道，我兒子影掌是巫醫見習生，」他開口說。「這是他接獲星族的訊息之後，告訴我的。」

「沒有貓收到星族的訊息啊！」灰紋插嘴說。

虎星的視線掃到長老身上，又迅速離開。「我兒子有。還有，更要緊的是，他知道該如何治癒棘星。」

每一隻貓的目光都轉向松鼠飛，她明顯愣住了，在原地靜立片刻，然後才瞥了翻掌一眼。「請把松鴉羽與赤楊心帶過來。」她指示道。

全族靜靜等待的同時，見習生匆匆奔到營地另一頭，消失在巫醫窩入口前的荊棘叢後。鬃霜腦中一片混亂，混亂到身體無法動彈的地步，迅速思索的腦子裡充滿半成形的問句。她該希望影掌真的能治癒棘星身上的怪病嗎？還是該希望這一切全是影族的詭計，他們打算趁雷族虛弱時進攻？**也許虎星已經知道月池的事了，這其實是超級複雜的報復？**

鬃霜等到快受不了時，松鴉羽與赤楊心從窩裡出來，走到新鮮獵物堆前，翻掌也跟著回來。

「這是什麼狀況？」松鴉羽粗啞地厲聲問。

松鼠飛沒有多加解釋，而是轉向影掌。「好，」她說道。「假設棘星真的病了，你會怎麼治療他？」

影掌抬頭看著雷族副族長，在那一瞬間，鬃霜看得出他嚇得不敢開口。虎星輕撞他一下，鼓勵他。

「這、這個……」巫醫見習生結結巴巴地說。「棘星的病就像——就像野火，沒辦法用治療的方式撲滅，只能讓它自己焚盡。」

松鼠飛瞇起綠色眼眸，低頭瞅著他。「這又是什麼意思？」她問道。

「他有個奇特的想法——」虎星說到一半，沒有說完，而是揮揮尾巴示意兒子說下去。

影掌鼓起勇氣，再次出聲。鬃霜看著這隻年輕貓兒，感受到一絲敬意——他不過是見習生，要對敵對貓族下指示、說話時面對敵族狐疑的怒視，想必費了不少勇氣。

「你們應該帶棘星去沼澤高地上寒冷的地方，」影掌對雷族巫醫貓說，說著說著，他的聲音變得自信了些。「愈冷愈好，而且要是風很強的地方。幫他在雪地上築窩，讓他在那裡睡一晚。在他病癒之前，病況會先變得嚴重，但是等棘星醒過來以後，他又會和以前一樣強壯、一樣健康了。」

影掌說完，緊接著是一陣漫長而驚愕的沉默。最後，松鼠飛搖了搖頭，轉向虎星。

「你在開玩笑吧？」她厲聲問。「你當真以為我會允許任何一隻貓把我生病的伴侶——我們是假設他真的病了——拖到沼澤高地上，讓他活活凍死？」

「他搞不好還真這麼以為。」松鴉羽一面低吼，一面不友善地轉向影族族長。「影掌，水塘光都是怎麼教你的？你不知道這種提議可能會害死棘星嗎？我們面對的問題已經夠多了，族長一死，雷族只會大衰。這就是虎星的目的吧！」他尾巴一甩，總結道。

「胡扯。」虎星回道。他短暫闔眼，爪子埋入地面，鬃霜看得出他費了好一番功夫才克制住脾氣。「我來此，是為表達善意，以及傳達我兒子看見的預兆。我若想害你們，根本不必大費周章前來。」

「我不曉得影掌的預兆是哪裡來的，」松鴉羽回罵道。「但我們巫醫貓就算撞裂了月池表面的冰，也還是無法聯繫祖先。由此可見，那些指示不可能是星族給的！」

虎星瞇起雙眼。「你這是什麼意思？」他問松鴉羽。「是誰撞裂了月池表面的冰？怎麼會有貓對神聖的月池這麼做？」

影族族長語畢，隨之而來的是漫長的死寂。鬃霜似乎在松鴉羽眼中瞥見深深的懊悔，周圍的貓也紛紛交換不自在的眼神。她知道，松鴉羽不是故意對虎星洩露情報，將四族沒邀影族參與行動之事告訴他的。

最後，松鼠飛抬起頭，彷彿鼓起勇氣面對討厭的工作。「那是必要的行動……」她喵嗚道。「我們必須嘗試再次和星族建立聯繫。所有貓族都參加了聯合行動。」

「影族沒有參加。」虎星反駁道。他愈來愈憤怒，肩膀的毛髮都漸漸蓬起來了。「為何獨獨遺漏了我們？」

在場每一隻貓都不自在地盯著影掌，影掌則低頭盯著自己的腳爪。這隻巫醫見習生是鬃霜的親屬，年紀只比她稍大一些，就連相貌也和她、和她的弟弟妹妹有點像……他眼睛的形狀像翻掌，嚴肅的眼神像竹掌。鬃霜不由得對他感到同情。

所有貓族都認定你在說謊，不知是什麼感覺？

但與此同時，鬃霜也明白雷族貓此時對他的不信任。他竟然認為該將棘星放在冰天雪地中，有哪隻貓能相信這真的是星族下達的指示？**影掌究竟特別在哪裡？**鬃霜好奇地想。**星族為什麼會聯絡一隻影族巫醫貓，而不是雷族或其他貓族的巫醫？**

「我懂了。」見沒有任何一隻貓打算回答問題，虎星低吼道。「看來我錯了，我不該無緣無故冒著寒冷帶兒子來此的。既然其他四族不將影族視為同伴，那影族會尋找自己的一條路，這將是我最後一次對外貓分享影掌的智慧！」他最後以充滿敵意的目光掃視眾貓。「影掌，走吧。我們離開這裡。」

他轉身，風風火火地走到營地另一頭。在那一瞬間，影掌遲疑了，彷彿不願意跟隨父親，但虎星回頭一望，斥道：「影掌！」

見習生對松鼠飛一點頭，轉身隨父親離開。

兩隻影族貓還未走到荊棘叢通道口，松鼠飛忽然踏上前，鬃霜在副族長臉上看見悔意。「等等……」她對兩隻貓的背影與尾巴喚道，語音微弱而猶豫不決。

虎星停頓片刻，然後頭也不回地邁步前行，和影掌一同消失在通道中。

他們離去後，松鼠飛深深嘆息一聲，瞇起綠色眼瞳怒瞪松鴉羽。松鴉羽雖然看不見她的眼神，也絕對感覺得到，他不安地聳了聳肩。「我們都知道虎星過去是什麼德性。」他咕噥道。

鬃霜感覺到營地裡緊張的氛圍，毛皮開始發癢，彷彿有螞蟻在毛髮中爬竄。他無法相信自己剛才還在和族貓分享獵物，心中還存有樂觀的念頭。

「也許影掌的提議有幾分道理。」赤楊心喵嗚道。他語調平穩，很顯然想出面緩頰一番。

「什麼？」松鴉羽罵道。「一定是有一整窩蜜蜂鑽進你腦子裡了，你才會想照那隻腦筋不正常的跳蚤皮說的話去做！」

「松鴉羽，你別激動。」赤楊心告訴他，尾巴短暫地搭在年長巫醫貓肩頭。「我沒有那個意思。但是，還記得水塘光感染可怕的兩腳獸病那一次嗎？我餵他吃下死莓果肉之後，剛開始他像是會被死莓毒死，病情愈來愈嚴重，但後來卻好起來了，我就這麼救了水塘光一命——影掌也說了，若用他的方法治療棘星，病情也會先惡化再好轉。」

他說完，族貓以沉默回應他，雷族每一隻貓都盯著赤楊心。鬃霜在心中和排山倒海的恐懼糾纏。**如果赤楊心把他丟在雪地裡，棘星一定會死。**

沉默不斷延伸，直到赤楊心不耐煩地甩尾巴。「我們必須想辦法救我父親！」他脫口說出。

「但我們不必用**這種**方法。」松鴉羽反駁道。「太荒唐了。我們雖然和虎星是老熟貓了，但是別忘了，在他成為族長之前，他曾經拋棄自己的部族、拋棄副族長的職位遠走高飛。」

「他後來還是回來了。」松鼠飛指出。

「好啊，他回來是回來了。」松鴉羽喵嗚道。「結果呢，我們為了讓天族在湖邊住下來，各族一起協調新地盤邊界時，他造成了更多問題。最令我擔憂的，就是這點：虎星似乎是隻經常改變心意、情緒也非常不穩定的貓，誰知道他真正的目的是什麼呢？我們只知道，他心目中最重要的東西還是影族。」

「你認為影掌那些話，是虎星教他說的？」藤池問道。「他是想害死我們族長，打擊雷族？」

哪有這麼邪惡的貓！鬃霜驚駭地想。

松鴉羽搖了搖頭。「不，我相信影掌沒有惡意，他真心相信自己在幫忙。但在我看來，他看見的那些預兆，全都不像是星族給的。」

「可是，星族的行為難以預料，也不是一天兩天的事了。」赤楊心愈來愈激動地說。「也許星族改變了聯繫我們的方式，只願意透過影掌和我們溝通。也許這和星族過去其他的行為一樣，我們只能等時間過去，原因才會水落石出。還有，棘星快死了，我們平時用的藥草全都無效！在星族拒絕與我們聯絡的此時，我們不是更應該盡己所能，確保他活下去嗎？」

松鼠飛踏上前，來到赤楊心身旁。鬃霜在她眼中看見了哀傷，知道她即將做出此生最困難的抉擇。

「赤楊心，對不起。」最終，松鼠飛喵聲說。「我不能允許你這麼做。」

那一瞬間，鬃霜以為赤楊心會抗議，結果他默默地垂下頭。松鼠飛凝視他片刻，然後才朝戰士窩走去。

「松鼠飛，妳該吃點東西。」藤池喊道，但松鼠飛沒有回頭。

營地陷入尷尬的沉默，似乎沒有任何貓知道該說什麼才好。有一兩隻戰士開始往戰士窩走去，卻在松鴉羽發言時停下腳步。

「我有個想法。」他對赤楊心說。「如果能弄到一些琉璃苣，我們有機會讓棘星醒過來。」

希望與困惑的情緒在赤楊心眼中交戰。「為什麼是琉璃苣？」他問道。「那是退燒用的藥草，現在根本沒必要退燒啊。」

「聽起來是有點怪沒錯，」松鴉羽同意道。「但有一件事，影掌說對了。棘星在巫醫窩裡待得越久，體溫越有可能迅速掉到再也救不回來的低溫。但是，倘若我們用藥草促使他降溫……能不能如影掌所說，讓他快快好起來呢？這和之前用死莓騙過水塘光的身體，幫助他康復的原理是一樣的。」見赤楊心沉默不語，他補充道：「這個方法至少值得一試吧？」

赤楊心用力一抖毛皮，似是想喚醒陷入沉思的自己。「也許值得一試，」他同意道。「但我們儲藏的藥草太少了，琉璃苣也用得一點也不剩了，在地上積雪的情況下，我不曉得該去哪裡找琉璃苣葉。」

「有一個地方，那裡可能有琉璃苣。」松鴉羽告訴他。「你知道那一小塊往湖泊突出的土地嗎？我知道那片地最末梢有一些琉璃苣，但我們平時採不到，因為有太多荊棘與金雀花叢擋路了。在一般情況下，那一點藥草不值得我們大費周章採集，畢竟其他地方也採得到琉璃苣，但既然湖泊結冰了……」

「如此一來，我們就有機會採到琉璃苣了！」赤楊心高呼，眼中終於燃起希望。

鬃霜一躍而起。「我馬上率領巡邏隊去採一些回來！」她提議。她興奮得腳爪發癢。「有誰要隨我來？」

「我去。」點毛立刻回道。

在那一瞬間，鬃霜的興奮被厭煩沖熄了。**妳當然要去了**，她酸溜溜地想。**怎麼能不在莖葉面前表現自己呢。**

然後，鬃霜發現自己錯了，點毛是忠心耿耿的部族貓，總是在雷族與族長需要她時站出來幫忙。即使心中依然為莖葉的事耿耿於懷，鬃霜還是十分佩服點毛的勇氣。

「謝謝妳。」她喵聲說著，對斑點虎斑母貓一點頭。

罌粟霜、莖葉、櫻桃落與飛鬚也都踏上前，自願加入隊伍，鬃霜成了巡邏隊長。

這是我第一次為部族擔任巡邏隊長！

「好，」她充滿全新的使命感，喵嗚道。「我們走。」

第十九章

鬃霜領著巡邏隊離開樹林，佇立在通往湖畔的坡頂。長著琉璃苣的一小塊土地宛如貓尾，呈弧形延伸至湖中，鬃霜看見糾結、黑暗的荊棘叢阻擋通往那塊地的陸路。延伸出去的土地末梢，距離他們好幾隻狐狸身長處，地面變得空曠一些，鬃霜看見幾根冰凍的植物突出雪地。

那一定就是琉璃苣。

櫻桃落走到她身旁。「我們不確定湖是不是完全結冰了，」母貓指出。「要是走得太遠，可能會踩破冰層掉進湖裡，和之前那個天族見習生一樣落水。」

說得好像我會忘記那件事一樣！

鮮明的回憶浮現在鬃霜腦中，同時帶來糾結複雜的種種情緒。當時她為根掌感到害怕，為自己拯救了他而得意，也為莖葉對她刮目相看之事欣喜萬分。她努力壓下又一股懊悔與哀愁——她再怎麼英勇都沒有用，莖葉已經下定決心和另一隻貓成為伴侶了。鬃霜忍不住偷瞄點毛一眼，她是不是有鬃霜沒有的優點，所以莖葉才更喜歡她？

冷風吹在鬃霜臉上，喚醒更多回憶：她站在冰上、朝根掌伸出腳爪時，從冰面浮上來的一陣陣寒意，以及逐漸湧上來淹沒她前腳的湖水。

我雖然救了那隻蠢毛球，卻經歷了這輩子最恐怖的事件。現在，我真打算再次踩上冰層嗎？而且是故意踩上去？

「棘星病得很重。」罌粟霜開口回應櫻桃落的警告。「我知道這是在冒險，但只要能救他，那就值了。」

點毛低聲同意。「我們必須冒險，否則來這裡就沒有意義了。但是，我們也得小心行事，慢慢前進，如果冰層太薄，就繞去別地方尋找其他路線。」

巡邏隊長到底是妳還是我？鬃霜心想。她逼自己忍住，別老是對那隻斑點虎斑母貓這般苛刻。

「好主意。」她喵聲說。「大家跟我來，但別走得太近，儘量讓我們的重量分散開來。」

鬃霜率先踏上冰層，緊貼著突出的區域邊緣，也就是冰層最厚的地帶。巡邏隊在她後方散開，照著她的命令遠遠跟隨，分散重量。

一開始，他們進展得不錯，即使寒冰令鬃霜腳掌肉墊發疼與麻木，至少它踩起來相當厚實。然而，不久後，金雀花叢與荊棘叢愈來愈茂密，甚至垂到湖面，眾貓不得不遠離湖岸。鬃霜感覺到冰層在她的體重下微微起伏，再前進幾步，她隱隱聽見不祥的吱呀聲，於是舉起尾巴示意其他貓停步。

「還是我們先回去，」飛鬚對她喊道。「試著從另一側繞過去。那邊可能比較安全。」

鬃霜煩躁地來回抽動尾巴末梢。狹長、突出的土地朝一側彎曲，所以她能看見前方較空曠且長著琉璃苣的區域，它就在前方數條尾巴遠的位置。巡邏隊與救命藥草之間，只隔著細細一條湖冰。

要是那一簇琉璃苣能拯救棘星呢？這應該值得我們冒險吧！

「我們已經快到了。」她喵嗚道。「如果一隻貓單獨前去，動作快一點，儘量別碰到冰面……」

「不行！」點毛出聲抗議。「太危險了。要是那隻貓掉進水裡，其他貓要怎麼把她救上來？」

「妳說得對，我們該回頭。」罌粟霜顫抖著說。「我還記得焰尾掉到冰層下那一次，那太恐怖了，沒有任何貓該經歷那種事情。」

鬃霜記得自己還是小貓時，聽長老說過那則故事：焰尾生前是影族的巫醫見習生，他在一次嚴酷的禿葉季落入破裂的冰層，在湖裡溺死了。一想到如此可怕的事件可能重演，鬃霜不由得全身一顫。

但現在的冰層應該比較厚……每隻貓都說，這是他們見過最寒冷的禿葉季。

鬃霜凝望湖冰另一邊的琉璃苣莖，明明離她這麼近，卻像是遠在無數隻狐狸身長處同樣遙不可及。

她沒給自己時間思索，而是直接躍上前飛奔過冰層，快得腳爪只輕輕擦過冰面。她屏住一口氣，再怎麼怕也不允許自己退縮，數拍心跳過後，她躍離冰層，奔過散在地上的岩礫，抵達琉璃苣生長的位置。

「我成功了！」她得意洋洋地高呼。轉頭望向族貓們，只見他們都被她遠遠拋在岸邊，每隻貓都盯著她。

鬃霜咬斷幾莖琉璃苣，捆成一團，準備將它們帶回去。然而，她再次躍上冰面的瞬間，便聽見刺耳的碎裂聲，腳下的冰層開始傾斜，冰冷刺骨的黑水從腳下湧上來，她徒勞地扒抓滑溜的冰面，試圖保持平衡。鬃霜發出驚恐的尖叫聲，深深墜入冰冷的湖水。

完蛋了……我死定了……湖水淹過她頭部時，鬃霜心想。她不指望族貓們來救她，不指望他們拚上性命……她之前拯救根掌時，他離湖岸很近，將他救上岸並不難，而且他還是見習生……

我是戰士，已經到該明白什麼事情可以做、什麼事情不能做的年紀了。

鬃霜無助地揮動腳爪，力氣卻不斷被冷水吸走，她也失去了方向感，分不出水面在哪裡。此時，某個硬物撞到她肩膀，她憑本能抓住它，爪子陷入木頭。片刻後，她的頭破出水面，看見點毛在旁邊較堅固的冰上，正咬著一根長枝末端，奮力將她拉到安全的位置。

鬃霜手忙腳亂地爬上冰層，癱倒在點毛腳邊，咳出滿口水與冰塊，然後才抬頭看向族貓。「謝謝妳！」她氣喘吁吁地說。「我還以為我死定了。」

她注意到點毛凌亂的毛髮，也看到點毛一隻眼睛上方流了一絲血。鬃霜這才意識到，點毛想必是不顧一切地衝進了金雀花與荊棘叢中找樹枝，然後踩著剛才在她腳下碎裂的危險冰層跑回來救她。

「我們趕緊帶妳回去找巫醫。」點毛喵嗚道。「妳一定快凍壞了。」

鬃霜抖落毛皮中的冰晶，身體稍微恢復的同時，也終於感覺到寒冷，開始瑟瑟發抖。「真的很對不起，」巡邏隊其餘貓擔憂地聚集過來時，她喵聲說。「我太傻了，還害你們所有貓陷入危險——尤其是點毛妳。妳好勇敢。」

現在，我終於知道莖葉這麼喜歡妳的理由了。她心想。**妳是勇敢的貓，也是忠誠的族貓。**

「我會告訴松鼠飛，這一切都是我的錯。」鬃霜保證道。「我們沒採到琉璃苣不是你們的錯，我不會讓她責怪你們的。」

「妳不必道歉，」點毛安慰她。「我們都很擔心棘星的狀況，所以我們每隻貓都非常緊張，更何況，我們不必讓松鼠飛為這件事操心，因為妳已經達成目的了！」

鬃霜這才發現，她腳邊躺著幾株琉璃苣，那是她剛才吐出冰塊與水時，一併吐出來的。她瞪大雙眼，笑意向泡泡一樣湧上來。

「我居然還是成功了！」她驚呼。

莖葉走過來，和她磨蹭臉頰。「我早就該知道，妳一定能成功。」他對她說。「妳什麼都辦得到！」

鬃霜踉蹌起身，莖葉的讚美讓她有些害羞，但也雀躍不已。她小心叼起那幾株琉璃苣，揮揮尾巴召集巡邏隊。

✦✦✦

我不是什麼都辦得到，她一面想，一面帶頭回營。**但至少，這件事我辦到了。**

巡邏邊界回來的路上，鬃霜走得腳爪發麻，最後終於腳步蹣跚地穿過營地，走向巫醫窩。她全身發冷、疲憊不堪，只想在臥鋪裡蜷縮起來，好好睡上一覺，但她也知道，在得知琉璃苣能否治癒棘星之前，她沒辦法安心入睡。

前一日，她帶著那幾株寶貴的藥草回營，赤楊心將藥草嚼爛，把菜泥與汁液滴入棘星口中，松鴉羽則負責按摩族長的喉嚨，幫助他吞嚥。

「現在，我們也只能等待了。」松鴉羽凝重地喵嗚道。

此時此刻，鬃霜從荊棘叢後方探頭進去，在昏暗的光線下，她只能隱約看見棘星深色的虎斑毛皮與身體輪廓，身體半埋在臥鋪的苔蘚與蕨葉之中。赤楊心坐在他身旁，就坐在他頭旁邊，在鬃霜的注視下，他伸出一隻腳爪搭在父親脖子上，眼神無比憂慮。他輕聲嘆息。

松鴉羽從巫醫窩後方走來。「有什麼變化嗎？」他問道。

赤楊心搖了搖頭。「沒有……他甚至可能變得更虛弱了。」

鬃霜焦急得腹痛如絞。**怎麼會這樣！琉璃苣怎麼沒有效？**

「原本成功機率就不高，」松鴉羽似是在回答鬃霜未說出口的問題，低聲說道。「這下……我們也束手無策了。」

「怎麼可以放棄！」赤楊心痛苦地說。「一定有辦法救他。我們再去找影掌討論。」

松鴉羽發出憤怒的嘶聲。「我早就告訴過你了，我們才不會聽影族那隻沒用的毛球的話！虎星想利用他——」他說到一半，突然轉頭面對鬃霜。「妳在這裡做什麼？」他喝問。「在偷聽嗎？」

他該不會尾巴長眼睛了吧，怎麼會知道我在這裡？鬃霜心想。然後，她才想到松鴉羽雖然失明了，其他感官卻依舊出奇地敏銳，要在五味雜陳的窩裡嗅到她的氣味，對松鴉羽而言易如反掌。

「我只是想——」鬃霜開口。

赤楊心打斷她，語音突然權威十足。「這不是我們該做的決策。」他對松鴉羽說。「鬃霜，請把松鼠飛找來。」

鬃霜退離巫醫窩，飛奔到營地另一頭，通往擎天架的亂石堆。鬃霜還沒爬到一半，松鼠飛便出現在洞口。

「怎麼了？」她問道，語音因壓力而緊繃。

「赤楊心有事找妳。」鬃霜氣喘吁吁地說。她轉身時腳爪在岩石上滑動，險些整隻貓摔下去。

她聽見松鼠飛發出窒息般的聲響，而後副族長跳下岩石，搶先奔往巫醫窩。鬃霜上氣不接下氣、腳底打滑地回到巫醫窩，發現兩隻巫醫貓都仍在族長身旁，松鼠飛也加入了他們。

松鼠飛低頭看著棘星，綠色眼眸盈滿痛楚。

「所以，琉璃苣沒有效。」她喵聲說。

鬃掌聽得出，她是費盡了全力保持語氣平穩。

「對。」赤楊心答道。「現在，拯救棘星的方法就只剩一種了。」

松鼠飛瞇起雙眼，掃了他一眼。「影掌的療法？」

赤楊心默默點頭。

「只有跳蚤腦袋才會考慮那種方法。」松鴉羽罵道，爪子刺入巫醫窩地面的青苔與蕨葉。

「松鼠飛。」赤楊心仍然以權威的語氣說話，彷彿他年紀比現在大很多、經驗也豐富很多。「棘星快死了，而且目前沒有貓能聯絡上星族——也許影掌除外。我們不知道棘星失去一條命之後，還能不能回來。我們不嘗試影掌的療法，棘星就連最後一次機會也沒有了。」

松鴉羽氣呼呼地吐息，別過頭。「別指望我同意。」他低吼。

赤楊心定定地對上松鼠飛的目光。「這件事交由妳決定。」他對她說。「妳想怎麼辦？」

第二十章

「所有年紀夠大、能自行捕獵的貓，請來松枝下參加全族會議！」

影掌從巫醫窩探出頭，看見父親坐在族長窩上方的松枝上，那是他對全族宣布事項時站的位子。虎星的腳爪收在身下，尾巴垂下，神情十分嚴肅。

影掌的毛皮下，竄過一陣擔憂。「發生什麼事了嗎？」他喃喃自語。**我只希望這次事情的主角不是我……**

「聽聽看就知道了。」水塘光一面從背後推他一把，一面告訴他。「但我敢用一個月的黎明巡邏工作打賭，這一定和你們去雷族的事情有關。」

太棒了。影掌相信導師說得對。想到松鼠飛不願承認棘星病危，他提出解救雷族族長的方法時，也沒有貓相信他……影掌不禁皺起眉頭。**他們還以為我想害死他！他們竟然真心以為我這麼……邪惡！**

他走出巫醫窩，水塘光則緊跟在後。影掌在離光躍與撲步不遠處找地方坐下。苜蓿足與褐皮轉身離開新鮮獵物堆，加入坐在樹下的鴿翅，苜蓿足看上去相當憂慮，影掌猜虎星已經將自己打算說的話告訴副手了。

橡毛緩緩走出長老窩，在窩外一屁股坐下，舉起後腿賣力搔抓耳後。肉桂尾與莓心從戰士窩出來，還有更多族貓跟著出來，大家在虎星所在的松枝下大致圍成一圈。

族長掃視眾族貓，然後起身發言。「各位影族族貓，我們又一次成了一場騙局的受害者！我們被其他貓族耍狐狸心背叛了！」他頓了頓。震驚與厭惡的低語聲傳遍貓群，但影掌心中只有驚訝。

虎星抬起頭。「因此，」他接著說。「我得到了結論：我唯一能做的事，就是封鎖邊界。我們將派出雙倍的巡邏隊，並且將重新標記氣味的頻率提升到之前的兩倍。若有貓斗膽踏入我們的地盤，處置方法相信大家都懂。從今以後——」

「等一下。」褐皮打斷他，耳朵氣憤地豎了起來。「到底發生什麼事了？你不能無緣無故下這種命令，那太鼠腦袋了。」

虎星瞇起雙眼，俯視玳瑁色母貓。聽到她這樣對族長說話，影掌皺起眉頭，然後才想到褐皮曾任副族長，早已習慣發表自己的意見，更何況她還是族長的母親。**也是一隻說話直白的貓。**

虎星還沒回應，橡毛便停下抓癢的動作。「不久前，風族與河族決定封鎖邊界，結果相當糟糕。」他指出。「他們的決策，只助長了暗尾一派的勢力。」

「沒錯！」雪鳥同意道。「我們必須掌握全面的資訊，再採取這種行動。」

號叫聲四起，更多貓出聲要求虎星說明。最後，族長揚起尾巴，示意眾貓安靜。

「我不久前得知，其他四族聯合起來褻瀆了月池，試圖破開冰層。」他解釋道。「他們的計謀失敗了，這也不意外……但是，我們影族深受侮辱，我對他們的行徑感到噁心。其他四族不信任影掌，因此嘗試將我們排擠在月池之外。」他接著說。「他們不相信影族貓能和星族形成這樣的連結，但他們錯了！我知道他們錯了，而再過不久，其他四族也將看清自己的錯誤。影掌擁有特殊的能力……」

虎星接著宣稱影掌體質敏感、看過多少次預兆、他和星族的連結將對影族多麼重要。聽父親說這些，影掌羞得聳起肩膀。

我根本不是那種貓，我就只是個巫醫見習生而已，而且我和其他貓一樣，根本不曉得現在是什麼狀況啊！

更糟的是，他擔心族貓們不同意族長的決定。他看見其他貓投來疑惑的目光，就連水塘光也若有所思地注視著他——曾經站出來為影掌說話的導師，會不會後悔了？

爆發石最先清了清喉嚨。「影掌是很不尋常沒錯，」他開口說。虎星挪動身體，憤怒地瞪著白色公貓，但爆發石舉起一隻腳爪，表示他的話還沒說完。「但他是我們的族貓——而在我看來，影族貓當然有可能成為唯一能和星族聯繫的橋梁。」

影掌詫異地發現，這回，贊同的低語聲傳遍貓群。蓍草葉發出呼嚕呼嚕聲，親切地凝視著他。「影掌從小和我的小貓一起長大，」她同意道。「我知道他是好貓。星族只和一隻貓聯繫，確實是非比尋常的情況，但他們選擇影掌，有什麼不妥嗎？」

其他貓連連點頭，喵聲表示同意，還有其他貓出聲支持他，不過影掌的思緒已然飄遠。眾貓堅定的語氣，只令他感到更加沒自信；他知道其他貓都深愛影族……但這就代表他說得對嗎？他收到的預兆都無比清晰，像是在和活貓交談，影掌也知道星族平時不是以這種方式和活貓溝通，可是，那些預兆若非星族給他的，那又是哪裡來的？

如果我收到這些預兆，不是為了拯救五貓族，影掌心想。**那我為什麼會看到預兆？**

他想起自己幼時住在大兩腳獸巢穴時認識的尖塔望，還記得其他居住於兩腳獸地盤的貓是如何看待他的。鴿翅說過，尖塔望就像是巫醫貓，身邊其他貓卻不瞭解巫醫貓。兩腳獸巢穴裡的貓將尖塔望看見的幻象視為瘋狂，他們都相信他有問題。

就算我的貓族相信我……「巫醫貓」和「瘋狂的毛球」其實也沒差多遠。影掌心想。**如果這是我幻想出來的呢？尖塔望有時能預知未來，但有時說的又是瘋話……**

「正是！」虎星宏亮、肯定的聲音，將影掌從回憶中拉回此時此刻。「我們都意見一致，那就太好了。苜蓿足，請安排新的邊界巡邏班次，派出狩獵巡邏隊。」

族長跳下樹枝，消失在族長窩裡，留副族長執行命令。與此同時，大多數戰士都三五成群、交頭接耳，不時回頭望向影掌。

影掌轉身背對他們，現在他想要獨處。他對上水塘光的視線，導師露出好奇的神情，卻沒有呼喚他。**他暫時沒有我在身邊也好，**影掌心想。**讓他完成一些真正的巫醫工作吧，別害他整天為我和我造成的問題操心。**

影掌離開營地，走入森林。烏雲低沉在松樹頂，即使中午才過沒多久，滲透下來的光線還是相當昏暗。微光下，雪地表面閃爍著詭異的光芒，潔白無瑕的雪地上，不見任何獵物的蹤跡。影掌踏破較硬的表層積雪，踩入下方較鬆軟的雪地，腳爪與四條腿已經冷得發麻。

最終，他來到一塊高聳的岩石，此處的風吹走了大部分的積雪，他跳上岩石，暫時遠離寒冷刺骨的冰雪。在此，影掌能勉強看見湖泊，以及遠方其他貓族的領地。

「我不想傷害你們任何一隻貓。」他輕聲說。「連我也不知道那些預兆是真是假，如果我知道就好了……」

影掌坐在原處，面對寒風，他收起腳爪與尾巴，儘量縮成一小球。前方的景色開始改變，紅色汙痕開始在冰藍色湖面擴散，顏色愈來愈鮮明，直到湖面赤紅如火。影掌感覺自己像鳥一樣飛了起來，升到林木上空，俯瞰整座湖泊與周遭各族地盤。

火焰燃燒得更加旺盛，以長條的形式在各族邊界延燒，直到每一族都被熊熊燃燒的火牆隔絕。接著，火舌開始向內逼近，貪婪地吞噬樹木與矮樹叢，逼近各族營地。

「不……」影掌駭然瞪大眼睛，悄聲說。

沒有任何一群貓有辦法脫身。影掌看不見他們，卻能聽見他們淒厲的慘號與驚恐的尖叫聲，他聞到煙味，還聽見火焰的劈啪聲，感覺到烈焰圍繞他所在的岩石熊熊燃燒，他蹲在岩石上害怕地發抖。影掌感到頭昏眼花，黑暗在眼前旋轉、浮動。灰燼被他吸入喉嚨與肺臟，令他劇烈咳嗽，感官在暈眩中飄遠，他只能大口喘息。

影掌還沒失去意識，幻象便突然地結束了。影掌大口呼吸乾淨的冷空氣，震驚地注視著白雪覆蓋下未受摧殘的平靜森林，湖泊依舊凍結，就連濃煙的氣味也完全消失了。

火焰即將來臨，它會分散各族的力量！他意識到。**我得趕緊告訴他們！**

✦
✦
✦

「嗯，這絕對有某種意義，」虎星凝重地說。「而且絕不是什麼好『意義』。」

影掌與父親並肩坐在族長窩外。方才預兆結束、他也恢復狀態之後，影掌飛奔回營，虎星立刻召集了資深戰士們，此時苜蓿足、褐皮、鴿翅，以及影掌的導師水塘光都坐在他們身邊。

「五族分散那一部分，最是令我憂心。」水塘光喵聲說。「火焰可能不是真正的火焰，因為星族在傳遞訊息時，經常會以其他事物象徵真正會發生的事件。總之，聽影掌的說法，祂們似乎想警告我們，五族將被某種力量撕裂、摧毀……那也許是某種外來的勢力。」

影掌注意到，水塘光說話時，虎星緊緊盯著他。水塘光也注意到了。「怎麼了？」他問道。

「你說，『星族』經常以其他事物象徵真正的事件。」虎星指出。「所以，你終於願意相信這些是星族給影掌的訊息了？」

水塘光痛苦地皺起眉頭，然後點點頭。「我想不到別的解釋了。」他坦承。「影掌看到的預兆向來……不尋常，但這次的訊息似乎十分明顯。」

影掌身上每一根毛髮都滿意地震顫。**終於！**

「我們必須警告其他四族。」鴿翅喵嗚道。

「我有點想保留這份消息，」虎星沉聲說，視線緊繫著前方茂密的樹林。「反正其他四族也以清楚的言行告訴我們，他們不想聽我們的話。」

「可是——」鴿翅試圖插話，虎星卻不理她。

「別忘了，」他接著說。「另外四族對我們毫無信賴可言，甚至在不通知我們的情況下，試圖破開月池的冰層。他們攻擊了月池的冰層！也許影掌能和星族溝通，是因為我們是唯一沒惹惱星族的貓族。」

苜蓿足若有所思地眨眼。「最新這一次預兆顯示，大火將危及所有貓族。」她喵聲說。「那想必就表示，若被分裂，包括影族在內，我們所有貓族都將受難。」

「是啊，」褐皮同意道。「星族以前不是也說了嗎？五族只有在齊心協力之時，才最強大。這也是我們和暗尾相抗時學到的一課。」

虎星仍猶豫不決，爪子一伸一縮，尾巴尖端煩躁地抽動。「其他四族這樣對待我們，我們何必解救他們？我們又不必對他們負責。」他氣呼呼地說。

鴿翅清澈的綠色眼眸凝視著虎星。「我們是戰士。」她回答。「我們雖然忠於影族，但還是必須遵守戰士守則，展現出戰士的榮耀。」

虎星長長嘆息，然後不情願地點頭。「妳認為我們該怎麼做？」他問副手。

「我若是你，就不會花心思封鎖邊界，而會召開緊急大集會。」苜蓿足回答。「我們必須將消息告知其他族長，一同討論該如何面對這次預兆顯示的災厄。」她目光和煦地轉向影掌。「這次的訊息再清楚不過，即使是最固執的部族也不可能無視它——即使話是從影族貓嘴裡說出來的，那也一樣。」

虎星站了起來，再次露出果決的神色。「很好，我們就這麼辦。苜蓿足，麻煩妳派使者拜訪其他四族。」

✦✦✦

在黑暗中接近大集會的島嶼，感覺真是奇怪。天上沒有滿月，即使有，月光也想必會被厚重的雲層吞噬。影掌踩著樹橋往小島走去，天色暗得他幾乎看不見自己的腳爪。

他走上前，加入其他站在空地上的巫醫，心中忐忑不安，但至少水塘光走在他身邊，而且這次他知道導師會支持他。此次集會前，水塘光已經和其他巫醫貓見過面，說明了影掌的預兆，並提出自己初步的詮釋。包括松鴉羽在內，其他巫醫都在他坐下時打招呼，影掌從他們圓睜的眼眸與禮貌地點頭的動作，看出其他貓兒至少願意聽聽他們的說法。

但是，戰士們聽了預兆的內容，一定會不高興。影掌心中一陣慌張，意識到此事。**要是他們對我的敵意變得比之前更強，那怎麼辦？**

族長們在大橡樹上就位，下方眾貓幾乎看不見他們在枝枒間的身形，只看見一雙雙閃亮的眼眸俯視眾貓。影掌注意到，棘星又一次缺席，由松鼠飛跳上樹木加入其他族長，代他出席。

「棘星身體不太舒服。」她解釋道，但影掌在她的聲音中捕捉到一絲窘迫。**棘星的病況，絕對不只有「不太舒服」！**「今晚，由我代表雷族。」松鼠飛說道。

每隻貓都就位後，虎星站了起來。「我召開此次緊急大集會，」他開口說。「是因為影掌又收到了星族給的預兆。影掌，請將你的所見所聞告訴在場所有貓。」

影掌感到腿腳發軟，他努力站起來，準備在五族眾貓面前發言。他注意到，虎星宣布完畢後，貓群中傳出陣陣低語聲。

「你的意思是，我們大老遠摸黑走來，就是為了聽一隻見習生說話？」雷族的莓鼻不悅地問。

影掌儘量無視他的批評，他瞥見挺胸坐直、緊盯著他的根掌，知道現場至少有一隻貓想聽他的見解，心裡感到好受一些。影掌開口發言，讓聲音清楚地傳遍整片空地。

「我坐在森林裡一顆岩石上……」影掌開始描述湖水如何被火焰染紅、大火如何擴散後分裂五族，吞噬森林、營地與所有的貓。「我知道這是一種警告，在告訴我們，我們五族可能會被摧毀。」他總結道。「我們得想想辦法。」

巫醫們低聲表示同意，鼓舞了影掌，然而兔星發言的瞬間，那種感覺立刻消失了。

「我還是不懂，星族為什麼只透過一個見習生和我們溝通？為什麼選他，而不是一隻真正的巫醫貓？」

影掌氣得毛皮發燙，但他不敢和風族族長爭論。沒想到，這時語帶諷刺地回應的貓，竟然是松鴉羽。「不好意思啊，巫醫見習生**就是**真正的巫醫貓。還有，我們有什麼資格對星族傳遞訊息的方式指手畫腳？」

「問題是，這對我們沒什麼幫助。」葉星評論道。「即使這是貨真價實的預兆，祂們也沒告訴我們該如何避免災厄降臨，要是一個不小心，我們甚至可能會引發災害，而不是防止它發生。」

「有道理。」霧星回應道，藍灰色毛皮在大橡樹的枝枒間微微反光。「但在我看來，這次的預兆十分合理。我們剷除暗尾之後，星族就警告過我們了：我們五族都必須團結合作，這非常重要。」

松鼠飛走到樹枝末梢，俯視影掌。影掌抬頭回望，儘管心中緊張，他仍然對上她的綠色眼眸。

「星族有說什麼嗎？」她問道。

影掌搖了搖頭。「沒有，一個字也沒說。」

「火焰是從湖泊燒過來的？不是從任何一族擴散出去？」

不是從影族擴散出去的。影掌猜這才是松鼠飛真正的意思，他很想如此回答。「是從湖泊正中央往外延燒。」他喵聲說。「火焰似乎是同時燒到各個貓族。」

「原來如此……」松鼠飛的聲音悄悄淡去，她再次出聲時，語音中多了一股果決。「上一次大集會上，棘星選擇支持你。」她告訴影掌。「我必須承認，我還不完全相信你看見了真正的預兆，但就目前而言，我會為了棘星，認真聽取你的話。」

「我們都相信影掌的預兆。」柳光站起身來，代表眾巫醫發言。「而且，我們認為他的預兆事關重大，無論大火是真正的火災還是某種象徵，它都有可能毀滅所有貓族。」

「我同意。」松鴉羽補充道。「不過，我總感覺這個預兆有哪裡……不對勁。影掌，我不認為你在撒謊或瞎編故事，我只是覺得在採取下一步行動之前，我們必須三思而後行。」

「無論是對是錯，我們現在就只有這條線索了。」赤楊心提醒族貓，尾巴短暫搭在影掌雙肩上。「近幾個月，我們其他貓都想方設法聯絡星族，卻都失敗了。我們現在唯一的指引，就是影掌看見的預兆。」

影掌感覺大部分的貓都漸漸接受他說的話了，但就在此時，原本和幾隻天族貓坐在一起的樹，突然站了起來。

「是啊，相信影掌是很好沒錯，」黃色公貓喵嗚道。「但是，『相信影掌』確切而言是什麼意思？我們相信他之後，該怎麼做？」

「還有，這次的預兆和影掌上次說的預兆有關嗎？」兔星跟著問。「他不是說貓族之中存在黑暗力量嗎？」

影掌抬頭望向父親，想起那次預兆的另一部分——他想到神祕聲音提及的違規者，以及他看見母親鴿翅時的震驚。然而，虎星筆直注視前方，沒有對上影掌的視線。影掌儘量不讓心中的想法顯示在臉上，決定保持沉默，畢竟他仍然感覺到其他四族對影族與影族族長的些許敵意。

「我還有一件事情相告。」松鼠飛依然站在樹枝末梢，宣布道。她猶豫片刻，做重大決策似地深吸一口氣。「我必須對赴會的各位坦承，我說了謊。」

空地上，眾貓發出震驚與不可置信的驚呼聲。

我就知道！影掌心想。

「為此，我乞求各位的諒解。」松鼠飛接著說下去。「事實上，棘星病了——病得非常重。我們的巫醫用盡了所有方法，平時常用的藥草與療方都試過了，就是無法令病情好轉。棘星病重命危，且少了星族，他也許無法和過去諸位族長一樣，回來接續下一條命。」

她話音落下，五族眾貓以沉重的死寂回應。

松鼠飛繼續說下去時，影掌感受到她的目光。「影掌提出了一種極不尋常的治療方法，星族告訴他，這種療法會讓棘星的病情先是惡化，再來好轉，但最後能救他一命。」

「妳想照這個方法做？」松鴉羽問道。「松鼠飛，妳確定嗎？」

雷族副族長堅定地點頭。「這是拯救棘星的唯一方法了。」她喵聲說。「我不曉得影掌和星族形成了何種連結，但我們其他貓都聯繫不上祂們，這表示我們不確定族長失去性命之後會發生什麼事。我知道即使用了影掌的療法，棘星獲救的機率也極低，可是我們已經試遍了其他方法，極低的機率終究還是一線希望——這也可能是棘星的最後一絲希望了。」

「你們確定其他方法都用過了，所有方法都沒效嗎？」蛾翅問道。「你們希望我幫忙的話，我很樂意去看看棘星的狀況。」

「我也是。」斑願跟著說。其他巫醫貓紛紛表達自己幫忙的意願。

影掌瞇起眼睛，看向巫醫同伴們。**聽他們的說法，他們還是不信任我。**他心想。

「松鼠飛也說了，我們已經試過**所有方法**了，這是說真的。」赤楊心回道。「我也很想找到別種辦法，但就是找不到。」

「那要是這種療法把棘星給醫死了呢？」蘆葦鬚焦慮地問。

松鼠飛長嘆一聲。「我不知道。」她承認道。「但若不試試看，棘星就必死無疑。我們縱然放手一試，也不太可能讓情勢惡化。影掌，能請你來雷族嗎？」

「我當然能去幫忙。」影掌回答，然後又立即補充：「只要虎星和水塘光准許我去，那就沒問題。」

「我准你去。」水塘光喵嗚道。

虎星則宣布：「我也是從一開始就如此希望。」

「假如他康復了，」兔星插話道。「我們就接著討論火之預兆的意味，以及影掌先前提過的『黑暗力量』是什麼東西。更要緊的是，我們得決定該如何驅逐黑暗。」

沒有貓出聲反對，於是虎星宣布散會。眾貓漸漸散去，松鼠飛則從大橡樹上跳下來，走向影掌。

「能請你現在隨我回去嗎？」她問道。「棘星的時間可能不多了。我會命令戰士們把他移到沼澤高地上，你覺得哪裡好，就搬到那裡。你要我們做什麼，我們絕對照辦。」

「我們走。」說話的貓是虎星，他突然出現在松鼠飛肩後。「我會一起去。」松鼠飛瞄了他一眼，彷彿想出言抗議，但影族族長沒給她說話的時間。「我還會帶水塘光與鴿翅同行。」他告訴松鼠飛。「沒有貓能預測事情的發展，我也必須考慮到我們在雷族的安危。」

影掌全身一顫，意識到父親言下之意：即使是虎星也擔心影掌的療法無法治癒棘星，他怕影掌失敗後，遭憤怒的雷族戰士攻擊。

影掌用力嚥一口口水，跟隨松鼠飛走向樹橋。**星族，請引導我的腳爪前行。**他暗暗祈禱。

第二十一章

影掌順了順雷族族長的毛髮，幫他將腳爪放到身下。他在雪地裡築了窩，窩壁比棘星毫無動靜的身體高出一條尾巴長。影掌依照先前看見的預兆，領著雷族戰士們來到了沼澤高地上一塊開闊的空地，位置就在風族邊界近處。現在他低頭看著病危的雷族族長，一股與酷寒無關的震顫竄遍他全身，那是最純粹的驚慌。

他看起來都快死了，怎麼能熬過這一夜？

影掌還沒完成巫醫貓的訓練，但他也明白，沒有任何一隻貓該在冰天雪地過夜，更不用說是棘星這隻病重的貓了。

可是星族說了……

影掌倒退一步，留雷族族長在冰窩裡，這才看見赤楊心站在左近，緊繃的臉看上去十分不自在。松鴉羽站在他身旁，看樣子比平時還要不高興，神情固定在影掌見過最酸澀的臭臉。

松鼠飛堅持要雷族巫醫貓在場，看著影掌嘗試治癒棘星，她自己則留在營地執行代理族長的工作，說若黎明時還未收到消息，她會親自前來查看狀況。影掌猜，她心中應該有一部分不想看見伴侶經歷痛苦，因此為自己分身乏術而暗暗鬆一口氣吧。

確認棘星躺好後，影掌離開雪窩，走去和母親坐在一塊。鴿翅用尾巴攬著他的肩膀，像是在保護他，影掌在母親眼中看見擔憂——過去，鴿翅也曾是雷族貓，棘星也曾是她的族長。

然後，影掌想起自己看見的預兆，想起母親被列為違規者之事。她和虎星在結為伴侶之時，違反了戰士守則，鴿翅拋棄了自己的部族。

星族會不會永遠都不原諒她？

✦✦✦

月升來了又去了，棘星的病勢似乎只有惡化的趨勢，每一次淺淺地呼吸，他的胸口都幾乎不動。赤楊心坐在雪窩裡陪伴棘星，隨著每一刻過去，他變得愈來愈慌張。影掌很想安慰雷族巫醫，但他自己心中也萌生了恐懼，他怕自己錯了，怕自己提出的療法只有將棘星加速送上黃泉路。

「他太冷了！」赤楊心高呼。「我們就不能想辦法讓他暖起來嗎？」

「不行，」影掌回答。「就是要冷，才能將疾病逼出他的身體，幫助他康復。」他希望語音沒透露心中的自我懷疑。

影掌環視在場其他貓，每一張臉上都反映了他的猜忌與焦慮，就連水塘光也一臉不自在。

「我們都立下了巫醫的誓言，」松鴉羽沉聲說。「怎麼能乾坐在這裡，看著一隻貓在我們眼前死去？而且，還是我們害他病情加劇的。」

「但我們從一開始就知道會變成這樣了。」水塘光回應道。影掌看得出，導師也是非常勉強才擠出這句話。「這就和赤楊心用死莓幫我治病時一樣，棘星的身體狀況會先惡化，接著才會出現轉機——預兆不就是這麼說的嗎？」

影掌堅定地點頭。「對，就是這樣。」

「那麼，我們就必須如先前說好的那樣，相信這隻年輕貓兒。」水塘光喵聲說。

「松鴉羽，別忘了，你的副族長——松鼠飛——也決定相信他了。」

松鴉羽沉著臉，但沒有走向奄奄一息的雷族族長所在的冰窩。

影掌闔上雙眼，滿心盼望星族能再給他一次預兆、再給他一些細節，或是用任何方法說服他，讓他相信這是正確的選擇。**我應該要幫助別的貓遠離死亡才是**，他心想。**可是這次，我是不是把一隻貓推得離死亡更近了？**

緊閉的眼皮下，他看見一顆巨大的星星在湖泊上空爆裂，粉碎呈無數枚閃閃發亮的碎片，碎片在空中懸掛一拍心跳的時間，而後消失在黑暗中。**貓族之中存在黑暗力量。**他對自己重複道。

影掌感覺到別隻貓碰到他體側，嚇了一跳，睜開眼睛才發現水塘光看著他。「睡著了嗎？」導師問道。

影掌眨眨眼睛，赫然發現月亮在空中的位置下沉了些。**我睡著了——剛才那應該是夢吧。**

影掌一躍而起，走進雪窩檢查棘星的狀況。他伸出腳爪，輕輕搭在棘星胸口，雷族族長和先前同樣冰冷。

接著，一股更深沉的寒冷在影掌的毛皮下擴散，侵襲他全身。

棘星沒在呼吸！

影掌倒抽一口氣，他強行壓下驚慌，將腳爪搭在棘星吻鼻上，然後用腳爪拍打棘星胸口，像是想將雷族族長嚇醒。然而，棘星毫無動靜。影掌感覺小冰窩裡所有的空氣都被抽光了，劇烈的痛楚刺穿他胸口，彷彿有銳利的爪子要將他從內部撕開。

我殺了他——我殺了棘星！

他強迫四條腿移動，退出冰窩後轉身。**我沒想過會害死他——我沒想過他會死啊！星族沒有警告我……**

水塘光站在一旁，探詢影掌雙眼。影掌看見導師讀懂他的神情，水塘光眼中的希望轉變為失望，看得影掌身體一縮。

「他走了？」水塘光悄聲問。

影掌試圖回答，卻發現自己無法吐出字句。**可是星族……**

那一瞬間，他真希望自己從沒來過這裡，從沒插手過雷族的內務。他感覺自己比失敗者還要糟糕——他感覺自己是謀殺犯。棘星若沒離開雷族巫醫窩，那或許還有機會康復。

現在，我們永遠都不會知道答案了。

水塘光與影掌擦身而過，走進冰窩，片刻後緩緩爬出來。此時，其他貓都察覺事情有異，好奇地聚集過來看著水塘光，水塘光則直起身，小心翼翼地一個個看過去。

「棘星沒有呼吸了。」他宣布。

赤楊心窒息般吸氣，松鴉羽則猛然轉向影掌，虎斑毛皮因憤怒而蓬起。「這是怎麼回事？」他厲聲問。「你可沒說過棘星會失去一條命！」

「我也不知道——」影掌抗議道。

松鴉羽沒在聽。「你說病情會先惡化再好轉，不是嗎？既然都要丟一條命了，那我們何必試你的餿主意，直接讓病情自然發展，結果還不是一樣？那他還能死在自己的窩裡。」他環顧四周，尾巴憤慨地甩動。「我們怎麼會相信你這隻見習生的鼠腦袋想法？莫非……莫非影族從一開始就打算害死棘星？」

聽到這句話，虎星跳上前，擋在影掌與憤怒的雷族巫醫之間。「等等！」他喝令道。「事情也許和我們對影掌看見的預兆的詮釋有異，但你倒說說，星族何時給過精確的預兆了？也許這就是本該發生的事。棘星還有幾條命吧？」

神情與影掌內心同樣驚駭的赤楊心，簡短地點頭。

「那我們只需靜待。」虎星接著說。「棘星會去往星族，然後回來開始新生命。」

「影掌可沒說會發生這種事。」松鴉羽低吼。

虎星轉向他，幾乎是對他齜牙咧嘴。「我沒理由懷疑自己的兒子。」他說道。「我們何不坐好，耐心等待？」

其他貓不情願地同意了，他們紛紛在臨時搭建的冰窩外坐下。影掌的心臟撲通撲通狂跳，他緊盯著棘星彎曲的背部與深色虎斑毛皮，在一堆堆雪當中，他也只看得見棘星的背。然而，窩裡毫無動靜。

「這會花很長的時間嗎？」鴿翅發問，鬍鬚緊張地抽動。「我知道虎星死去、成為族長時花了多少時間，但那次不一樣。通常……族長失去一條命的話……會花多久才回來？」

「我每次見到族長失去一條命，過程都很快。」松鴉羽回答。「有時快到你連族長丟了命都不曉得，那隻貓呼出最後一口氣，下一刻又會吸入新生命的第一口氣。有時，死去與復生之間會有短暫的停頓，但是……」他遲疑片刻，更迅速地接著說：「假如棘星去到了星族的狩獵地盤，祂們會迎接他，將希望他帶回雷族的訊息告訴他，然後讓他死而復生。他隨時可能歸來。」

眾貓只能繼續等待。影掌盯著雪窩，什麼都感覺不到，就連母親安慰地輕蹭他，他也感覺不到了。他很想相信棘星會回來，可是這和他想像的不同，而且他心中有種蠢蠢欲動的想法，宛如在毛髮中爬竄的螞蟻。

要是我聽到的那個聲音說錯了呢？難道年紀比較大的巫醫們從一開始就懷疑我，才是正確的作法？要是我和星族根本沒有連結呢？說不定我就只是隻愚蠢的怪貓……一隻將黑暗力量帶入貓族的笨貓？

時間拖著腳步前進，每一隻貓都沉默不語，抽動的尾巴與豎起的毛髮，展現出他們身心的緊繃。每一隻貓似乎都明白，棘星已經離去太久，早就該歸來了，但影掌猜沒有任何一隻貓想說出此事。

最終，一道灰芒灑落沼澤高地，照在神情愈來愈絕望的巫醫們臉上。赤紅、憤怒的太陽升起了。

彷彿在某種信號的指示下，松鴉羽起身走到冰窩前，左右擺頭嗅著空氣，而後轉回去面對其他貓。

「棘星死了。」他宣布道。「真的死了。星族遺忘了我們。」

「不！」赤楊心哭號。「不，他怎麼可能死！」

他撞開松鴉羽跑進冰窩，在父親身旁蹲下。

影掌愕然看著他們，然後轉向虎星與鴿翅，兩隻貓驚駭地瞪大眼睛盯著彼此。「我們必須離開。」虎星喵嗚道。

水塘光鑽進冰窩，再最後檢查棘星的身體一次，虎星則不耐煩地用爪子抓雪。「我們該走了。」他又說。「現在就得走。」水塘光再次出現時，虎星不耐煩地用尾巴招呼他。「快走，動作快。」

「我想等松鼠飛過來，和她說幾句話。」鴿翅反對道。「我知道我的同情對她沒什麼幫助，但還是……」

「不行，太危險了。」虎星反駁道。「雷族貓也許會轉而攻擊我們。我們身在不熟悉的地域，他們若從營地湧上來，我們就只能以寡敵眾了。我們必須立刻離開。鴿翅，妳是影族貓，別忘了這點。」

鴿翅哀傷地注視著伴侶，卻沒有辯駁。影族貓正準備離去時，影掌聽見一陣驚心動魄的哭號。

「不！我為了你回來，你怎麼可以離我而去！」

松鼠飛來了，她撲進冰窩，奔到伴侶的身體邊。

影掌感覺自己會碎成無數個碎片，就像夢中那顆在湖泊上空爆裂的星星。

我到底做了什麼好事？

第二十二章

髮霜感覺彷彿太陽從天上掉下來了，她無法想像沒有棘星的雷族——身為族長的棘星是如此英勇、如此強大，每次都能以獨到的智慧領導雷族度過危機與難關。

他死時，應該還有很多條命吧。她心想。**他本該能領導我們度過好幾季的。**

髮霜震驚得全身麻木，明明知道自己趴在地上，卻無法感覺到腹部下的地面，也不記得自己是怎麼變成這個姿勢的。她看著松鼠飛癱坐在戰士窩外，一些族貓聚集在她身旁。從沼澤高地回來後，松鼠飛將棘星的死訊告知所有族貓，那之後就幾乎沒再說話了。

髮霜想起數月前，松鼠飛的妹妹葉池去世了，松鼠飛自己也在星族待了一陣子。她無法想像松鼠飛此時的感受——失去伴侶的感受。**她一定很寂寞……**

髮霜想幫忙，於是她起身走過去。

「如果妳去月池，星族一定會和妳交流吧。」其他貓的交談聲進入髮霜的聽力範圍，她聽見白翅喵聲說話。「我們不知道星族為何如此安排，但只要妳去到月池，表現出服從的意願——讓他們知道妳願意接受這一切——他們想必會給妳九條命，讓妳成為我們的族長。」

「是啊，妳一定要去。」火花皮——松鼠飛的女兒——貼著母親身側鼓勵道。她的小貓和栗紋的小貓在育兒室外打鬧，由栗紋照看著。「在得到九條命之前，妳沒辦法真正成為我們的族長。」

松鼠飛抬起頭來。「棘星也有九條命啊，但那有什麼用？」她罵道。「他還不是死了！」

「但妳還活著。」樺落指出。「而且，妳的貓族需要妳。」

松鼠飛的聲音變得低沉，化為低吼。「在我為棘星哀悼完畢之前，我哪裡都不去。」

松鼠飛身旁眾貓紛紛交換焦慮的眼神，鬃霜彷彿能聽見他們未說出口的想法：**我們的族長本該活下來的，結果卻死了，現在副族長悲痛得發狂，沒辦法取代他。**

星族啊，鬃霜心想。**這下，雷族該怎麼辦才好？**

✦✦✦

正午逐漸接近時，鬃霜在沼澤中走了最後一段路，去到棘星的身體所在的雪窩。嫩枝杈、玫瑰瓣與刺爪都伴隨她前去，準備將族長帶回營地，當晚為他守夜。

眾貓低身要將棘星帶出雪窩，鬃霜聽見其他貓急促吸氣的聲音，他們愕然發現棘星的身體幾乎完全結凍了。鬃霜和族貓們抬起他的身軀，她沒想到他會這麼輕——眾貓用肩膀撐起棘星的身體，動身將他扛回營地時，鬃霜在族貓們臉上看見相同的驚訝。棘星先前久病不起，原本的力量都被病魔吞噬了。

是哪隻貓允許事情演變成這樣的？鬃霜一面想，一面覺得自己是大傻瓜。**我竟然會相信影掌，以為他的建議能拯救我們的族長。結果呢，我們的族長就這麼死了。**

絕望，宛如步步逼近獵物的狩獵者，悄悄迫近幫忙將棘星扛回石谷的鬃霜。巡邏隊調整姿勢，將棘星的身體帶入荊棘叢通道、進入營地時，雷族每一隻貓都在空地上等待他們。看見族長覆滿冰霜的身軀，好幾隻貓發出痛苦的慘號。

鬃霜往旁一瞥，望見松鴉羽與赤楊心並肩蹲在巫醫窩外，負責將族長扛至埋葬處的長老們站在新鮮獵物堆旁等待，松鼠飛仍在鬃霜出營時她所在的位置，身邊圍著幾隻戰士。即使是小貓也察覺到情況有異，紛紛難過地嗚咽著，將臉埋入母親的毛髮。

鬃霜與同伴們信步上前，眾族貓向旁分開，讓他們將棘星的身體放在長老們腳邊。完成任務後，鬃霜有些不知所措，她環顧四周，瞥見父母蕨歌與藤池——哀傷地注視著這一切，她稍感寬慰地低呼一聲，奔向他們。

蕨歌用鼻子蹭了蹭她。「妳還好嗎？」他問道。

鬃霜緊靠在父親熟悉的懷裡，想到有一對深愛自己的父母，她感到萬分幸運。**之前為莖葉的事傷心難過的時候，我就該想到這一點的。**

「我會好起來的。」她回答蕨歌。「可是，現在雷族該怎麼辦？」

這個問題，沒有任何一隻貓答得上來。

「我記得自己還是小貓、還是見習生時，棘星對我的種種教誨。」獅焰喵聲說。

「當時，我相信他就是我父親。」語句哽在他喉頭，過了片刻，他才有辦法說下去。

「他是最好最好的父親。」

黑夜已然降臨，雷族眾貓聚在一起，為死去的族長守夜。赤楊心坐得最近，不停地用一隻腳爪撫摸父親的毛髮，火花皮則坐在他身旁，而松鼠飛低垂著頭，坐在族長另一側，獅焰與松鴉羽也坐在附近。鬃霜蹲在圍著他們的圓圈中，傾聽族貓們緬懷棘星的話語。

「還記得我們去往太陽沉沒之地那一次。」松鼠飛語音很低，但還是清楚傳入每一隻貓的耳朵。「棘星——他那時候叫棘爪——是我們的領袖，他勇敢又理智，若是沒有他，我們不可能去到那個地方，更不可能活著回到貓族，將午夜的消息告訴大家。」

聽松鼠飛提及許久以前那次旅程，鬃霜全身一顫，想到自己仍是育兒室裡一隻小貓時，藤池也對她說過這則故事。**松鼠飛真的去過那個地方。**她赫然發現。**她和棘星還幫忙帶各貓族來到湖邊的家園。**

「還有大風暴那一次，」灰紋跟著說。「棘星當時才剛成為族長，但在我們回到這座石谷、回到這個家之前，他還是確保了我們雷族的安全。」

「和暗尾抗爭時，也是他引導我們克服困難。」赤楊心補充道。「其他各族漸漸疏遠，或屈服於邪惡勢力，我們雷族卻一直沒屈服，那都是棘星的功勞。」他垂下頭，努力擠出接下來這句話：「他是我父親，我愛他。」

火花皮往弟弟體側挨得更近一些。「我們都愛他，族裡每一隻貓都一樣。他值得我們的愛。」

哀戚的寂靜降下，數拍心跳過後，是松鴉羽打斷了沉寂。原本坐在棘星頭旁的他站了起來。「棘星他——」他開了口，卻無法說完，只能無助地搖搖頭，像是說不出話來的樣子。

片刻後，他怒勢洶洶地轉向松鼠飛，肩膀的毛髮直直豎起，脖頸也長長往前伸。「妳怎麼可以讓影掌害死他？」他斷聲說。「這下，雷族怎麼辦？我們沒了族長，少了族長，我們連未來也沒有了。妳不是在星族待過嗎，怎麼好像什麼都沒學到？」

聽到松鴉羽凶一隻仍在哀悼的貓，周圍眾貓紛紛低聲反對。鬃霜不明白，松鴉羽不是曾將松鼠飛視為母親嗎？他怎能對她如此不友善？

鬃霜看見松鼠飛眼中的傷痛，但副族長依然平靜，她抬頭直面氣憤的巫醫貓。「我待在星族的那段時間，是我自己的事。」她斥道。「而且，棘星病重時，雷族的狀態也沒比現在好多少。我是相信他快死了，因此出於無奈做了選擇，我也會繼續以代理族長的身分，為雷族做決策。」

「**代理**族長？」松鴉羽冷嘲熱諷道。「那有什麼用——」

「我相信，這次禿葉季結束後，我們將再次接獲星族的消息。」松鼠飛打斷他。「祂們會告訴我們該怎麼做，導正這一切。」

松鴉羽似乎還想發言，但後來還是用力閉上嘴，坐了下來。鬃霜試著在松鼠飛的言語當中尋找希望，卻只看見晦暗無光的未來。

縱使星族回歸，棘星也不可能復活了……

雷族繼續守夜，又有更多貓致詞悼念棘星。幾乎所有的貓都說完了，才輪到鬃霜發言，她感覺自己認識族長的時間太短了，也許無法說出有意義的悼詞。

「他讓我晉升為戰士，」最後，她喵聲說。「那是我此生最光榮的日子。我會信守他的遺志，努力成為優秀的戰士。」

最後，所有的貓都說完了，營裡眾貓陷入深深的沉思與靜默。鬃霜發現她能較清楚看見族貓的臉了，天空開始出現魚肚白，黎明的光芒漸盛。從接獲棘星的死訊到現在，已經過了整整一天。

長老們打起精神，站起來圍著棘星的身體，準備將他扛到石谷外的埋葬處。松鴉羽也跟著起身，走到棘星的頭旁邊。

「棘星，願星族照亮你的道路。」他的聲音已經變得平穩許多，方才的怒意消失無蹤。「願你找到安棲之所、身手矯健、獵物不虞匱乏。」然後，他對長老們點頭。「是時候了。」

長老們矮身準備扛起棘星，但他們還沒碰到他的身體，一股波動突然傳遍棘星全身。鬃霜倒抽一口氣，幾乎不敢相信眼前的景象。**我一定是累壞了……一定是眼花了。**

然而，她身邊的族貓也都看得目瞪口呆。一開始，鬃霜看得出其他貓和她同樣震驚，然後，片刻後，他們開始面面相覷，眼中燃起新希望。「你們有沒有看到？」有貓低聲說。

「也……也可能只是他的身體安下來而已。」赤楊心結結巴巴地說。

又一陣波動傳過棘星的身軀，這次更加明顯。鬃霜動也不動地蹲伏在原地，幾乎不敢呼吸。有貓悄聲說：「不會吧……」

棘星眨了眨眼，抬起頭來，眼中一片空虛。片刻後，他翻身趴著，在轉頭望向瞠目結舌的族貓們時，他的目光漸漸聚焦。又過了幾拍心跳，他緩緩站起身來。

在場每一隻貓都緊盯著他，為自己目睹的畫面震懾，有些貓驚訝又困惑地倒退，有些則謹慎小心地往前進一步，彷彿他是可能無預警發難的掠食動物。

「這是怎麼回事？」火花皮悄聲說。

片刻後，棘星伸長前腿、弓起背脊，長長伸了個懶腰，彷彿剛從沉眠中醒轉。他沒有死。鬃霜發現。他看上去也健康不少，沒有先前那樣消瘦，在鬃霜的注視下，棘星的毛髮似乎變得更濃密、更滑順了。

影掌說過，他的病情會先惡化再好轉。她回憶道。**所以，他現在終於好轉了嗎？**然而，鬃霜幾乎不敢相信自己的眼睛。**他到底是怎麼了？他之前看起來死透了，而且還死了好久……**

棘星走向松鼠飛，對她一點頭。「妳好啊。」他喵聲說。「能再回到妳身邊，真是太好了。」

松鼠飛緊貼著他，尾巴和他相纏，她忙著呼嚕呼嚕笑，都沒心思回應了。

鬃霜和藤池交換了個震驚又驚奇的眼神。「他活過來了！」她高呼。「星族並沒有捨棄我們！」

第二十三章

影族營地中朝陽漸盛，水塘光已經醒了，正忙於整理藥草，影掌卻繼續躺在臥鋪裡。他雙眼無神地抬眼一看，是雪鳥來了，她被墊草中一根刺刮破了鼻頭。

「我幫妳弄一些藥草。」影掌一邊喵嗚說，一邊強迫四條腿撐起身體。

「喔……不用，沒關係。」雪鳥結結巴巴地說。「謝謝你的好意，不過水塘光那裡好像已經找到馬尾草了。」

影掌低哼一聲，又癱回臥鋪裡。雪鳥從旁邊經過時，不忘警戒地瞅他一眼，然後才若無其事地請水塘光幫她治傷，回去執行戰士的任務。

早晨的陽光逐漸轉亮，雪鳥離開後，又有三三兩兩的貓為一些小毛病進來，他們每一隻貓似乎都不願意看向影掌，蛇牙甚至發出小小的嘶聲，刻意別過頭不看他。**誰想理妳啊。**影掌趴在前腳上看著其他貓來來去去，憂愁地心想。

他們怕我。他發覺。**而且他們沒有錯，我的確害死了棘星。誰叫我聽信那……那隻貓？還是那個「東西」？**

昨天，虎星與鴿翅已經努力安慰他了，但他們能說的其實不多。從他們的表情看來，他們也開始懷疑他和星族的連結，他們知道星族不可能指使他害死一族族長。

更糟的是，從接獲消息之後，棘星的姊姊褐皮便幾乎沒有動彈，即使開始降雪，白雪慵懶地落下、在她的玳瑁色毛髮上留下白斑，褐皮也靜靜蹲在空地上。影掌很想安慰她，他還記得褐皮之前為了治療他的癲癇，費力帶他造訪急水部落。褐皮曾在影掌最需要她時幫助他，現在影掌很想報答她，但他明白，現在無論對褐皮說什麼都幫不了她。**因為我犯了錯，悲傷將從湖邊地盤的一邊蔓延到另一邊。**

影掌依然縮在臥鋪裡，精神不振地自問當時是否有別條路可選時，心思被營地裡激動的聲音打斷了。他抬起頭，卻沒動力出去看看發生了什麼狀況，反正外頭的聲音聽上去沒有敵意，反而十分驚訝，看來不是有外敵入侵。

水塘光匆匆出窩，片刻後又回來了。「來吧，」他催促影掌。「有些雷族戰士來了，他們想見你。」

影掌抬起頭，像在灌木叢中嗅到狐狸的氣味般警覺。**我可不想見他們。**

水塘光想必注意到他的緊張，神情變得柔和一些。「影掌，他們說他們沒有惡意，看起來也沒有怒意。更何況，就算他們對你不懷好意，」他補充道。「你現在身在影族勢力範圍的中心，虎星不可能讓他們傷害你。」

影掌緩緩起身，抖落毛皮上的青苔與蕨葉，動作因困惑而笨拙。**雷族怎麼可能不生我的氣？**他好奇地想。**我殺了他們的族長，他們怎麼可能不氣？**

影掌壯著膽子走出巫醫窩，在戶外較強的晨光下眨眼。獅焰與蕨歌都在空地上等他，虎星與鴿翅也站在離他們兩條尾巴距離處，影掌的父母都神色緊繃，虎星甚至伸出了爪子，看似蓄勢待發。

看見影掌的瞬間，兩隻雷族貓就高舉著尾巴走上前，眼中閃爍著喜悅的光芒。看見他們這副模樣，影掌感到更困惑了，虎星、鴿翅與其他聚集過來的影族貓也紛紛交換不解的眼神。**他們也搞不清楚狀況。**

「我們向各位捎來好消息！」獅焰宣布，聲音洋溢著喜悅與溫暖。「棘星活過來了。影掌，你的療法生效了。」

驚訝與興奮的號叫聲響徹營地，影掌瞥見虎星與鴿翅臉上的驕傲與敬佩。

「對不起，我們不該懷疑你的。」蕨歌的聲音幾乎被歡呼聲蓋過去。「你也許真的能看見其他貓看不見的事物，又或者是星族決定讓你看見那些奇怪的預兆，鼓勵你嘗試其他巫醫貓不敢嘗試的療法。總之，我們想告訴你，雷族對你完全沒有仇恨。」

「反倒是感激你都來不及了呢。」獅焰補充道。

影掌靜立當場，在周圍每一隻貓的讚譽下震驚不已。**我真的有什麼功勞嗎……**星族真的在指引他嗎？他很難接受這種想法。**假如祂們真的在幫我，那祂們還真是選了個怪方法。**影掌還未從驚嚇中平復過來，不過他儘量掩藏自己的疑惑，以免破壞兩隻雷族戰士的好心情。

「棘星又召集一次緊急大集會，時間定在明晚。」喧嘩聲靜下來後，蕨歌接著說。「他想討論影掌看見的其他預兆，以及五族的未來。」

虎星一點頭。「影族將會出席。」他承諾道。

雷族戰士們轉向影掌，再次感謝與祝賀他，然後才離開營地。他們離去後，影掌的族貓們聚到他身邊。

「做得好！」雀尾高呼。「我其實一直都相信你。」

最好是，那連刺蝟都會飛了。影掌暗想。

「我們運氣真好！」蛇牙喵嗚道。「星族獨獨選了一隻貓接受他們的訊息——選的就是我們影族的貓！」影掌想到蛇牙在巫醫窩裡對他發出不友善的嘶聲，現在看到母虎斑貓的態度一百八十度轉變，事情似乎有種諷刺的幽默。

影掌低下頭，低聲感謝族貓們的讚美，心中卻隨每一拍心跳過去，感到愈來愈不安。他抓緊機會，盡快逃回巫醫窩。

水塘光跟了進來，注視著他的眼中是混雜的好奇與困惑。「我開始懷疑自己的能力了。」他告訴影掌。「我親自檢查過棘星的身體，以為他已經沒救了，而你——我自己教出來的見習生，卻找到了治療方法，顯然你的每一個腳步都是受到星族引導。」影掌正想提出異議，導師又接著說：「我從沒看過任何貓和祂們形成這樣的連結，這確實非比尋常，但我再也不會懷疑你了。」

窩口傳來窸窣聲，虎星踏了進來。「我想私下和我兒子說幾句話。」他對水塘光一點頭，喵嗚道。

水塘光離開後，虎星走到影掌面前，和他碰了碰鼻子。「我從以前就知道你很特別。」他朗聲說。「我們現在還不知道你在五族中的宿命是什麼，但我知道，你將大幅改變現狀。」

影掌不自在地聽著，不確定自己想不想將父親說的話聽進去。**星族為什麼選了我？**

我為什麼不能和水塘光一樣，當一隻普普通通的巫醫貓？

虎星的神情變得較為嚴肅，他將尾巴搭在兒子肩頭。「話雖如此，你還是別把關於違規者的預兆告訴其他四族，至少現在先別說。」他匆匆補充最後一句。「在我們釐清預兆的確切意義之前……」

影掌在父親眼中瞥見憂慮，這才意識到虎星為此憂心忡忡。虎星和鴿翅違反了守則，若影掌公布那個預兆的內容，他們會遭受什麼樣的對待？「我不會說的。」他承諾道。他感覺自己別無選擇，只能服從父親。

寬慰在虎星臉上擴散，他讚許地一舔影掌的耳朵。「好好休息吧，你最近太辛苦了。」他如此建議道，然後邁步走出巫醫窩。

能夠再次獨處，影掌心懷感激，卻也感受到空前的焦躁不安。**如果我是貓族和星族之間唯一的連結，那我該怎麼同時忠誠於父母和星族？**

✦✦✦

影掌本以為緊急大集會將洋溢歡慶的氣氛，每一隻貓兒看見棘星起死回生，都會感到欣慰又欣喜，因為這證明了星族並未捨棄還在世的貓族。然而，當影族穿過樹叢、進入空地時，迎接他們的卻是懷疑的眼神、肩頭豎起的毛髮，不時還有貓兒發出充滿敵意的嘶聲。

虎星無視這一切，昂首闊步穿行空地，跳上大橡樹的樹枝。其他四位族長都已到場，苜蓿足前去加入站在樹根上的副族長們，影掌則在水塘光的跟隨下，走去和其他巫醫貓坐在一塊。影掌一直低垂著頭，不願對上其他貓的目光。

所有的貓就定位之後，棘星宣布道：「開始集會吧。」

影掌迅速往上瞄一眼，看見雷族族長強健有力、精神抖擻地站在懸於空地上方的粗枝上，這回月光足夠明亮，影掌能清楚看見他的模樣：壯碩的身軀、滑順的虎斑毛髮、炯炯有神的琥珀色眼眸。影掌幾乎不敢相信，這居然是前些天骨瘦如柴、動也不動地躺在雪窩裡的那隻貓。雷族族長環顧四周，眼中盈滿讚嘆，彷彿和影掌一樣不敢相信自己仍然在世。

「能再次見到各位，真是太好了。」棘星接著說。「我召開此次大集會，是為了討論我的遭遇，以及影掌從星族那兒收到的訊息。有哪一位族長想先發言嗎？」

「我先。」兔星立刻回答。他在棘星上方一根樹枝上起立，目光溫暖而欣賞地俯視影掌。「近期發生的種種，在我心中留下了極深的印象。」他喵聲說。「我知道虎星相信兒子和星族之間存在獨特的連結，在他兒子幫助棘星康復過後，我也覺得虎星說得有幾分道理。」

發現別族至少有一隻貓願意支持他，影掌稍稍放下心來，但隼翔起身代表所有巫醫貓發言時，影掌的腹部仍然緊張地一揪。隼翔看向影掌，眼中仍存猶疑，然後他轉身對在場所有貓發言。

「現在只有影族能和星族聯絡，都沒有貓覺得這件事非常奇怪嗎？」他問道。「請回想一下，我們之前有很多問題的起因都是影族，是他們接納了暗尾，導致影族崩解，他們還得和天族暫時合併呢。」

隼翔話音剛落，天族貓便開始竊竊私語，幾隻貓朝影族投以不友善的眼神。

蛾翅踏上前，加入風族巫醫。「隼翔說得有道理，之前想把舊地盤收回去的，也一樣是影族。」她補充道。「結果天族還差點違背星族的意志，離開此處。」

松鴉羽轉向蛾翅，尾巴尖端來回抽動。「妳又懂什麼了？」他斥道。「反正妳又沒有真心相信星族的存在。」

空地上，好幾隻貓驚恐地倒抽一口氣，影掌左顧右盼，發現這是戰士們首次得知蛾翅對星族的懷疑。

蛾翅似乎不敢相信松鴉羽會在大集會上口出此言。「這和我們討論的議題沒有關係吧。」她斷聲說。

松鴉羽煩躁地抽動尾巴。「關係可大了。而且，每一次妳開口論及星族，每一隻貓都聽得出妳的偏見。」

此時，所以貓都盯著蛾翅，眼中不是憂慮不安，就是充滿裸露的敵意。然而，蛾翅並沒有驚慌。「實際上，」她開口說。「我之前也告訴你了：經過一番深思熟慮，我發現自己不能再否定星族的存在。但是，祂們只和仍身為見習生的影掌溝通，這件事確實非常古怪。」

空地上爆發陣陣騷動，一些貓號叫著支持影掌，還有一些貓道出對影掌的懷疑。

「他救了棘星！」

「其他巫醫貓有以任何方式幫助我們嗎？」

「這全都是影族的陰謀！」

影掌緊緊閉上雙眼，試圖讓身體縮小，努力將自己占據的空間縮到最小，心裡只想逃離空地，跑回影族營地。他痛恨其他貓注視著他的感覺，討厭聽到他們尖聲就他的預兆與忠誠心議論紛紛。

最後，他聽見父親提高音量，壓過在場其他貓：「安靜！現在不是爭吵的時候！」噪音漸漸消散，等到不必號叫便能讓眾貓聽見他的聲音時，虎星說：「月池結凍時，只有影掌能接收星族的訊息，那又如何？這應該是因為他和先祖的連結非常強。」

斑願輕蔑地嗤之以鼻。「你真心這麼認為？」

「我確實這麼認為。」虎星喵聲強調。「我只知道，一位族長起死回生了。對在場所有貓而言，這樣的證據應該夠充分了。」

影掌稍微放鬆身體，壯著膽子又一次往上瞄。儘管戰士們不安的低語聲不絕於耳，父親的支持仍令他感激不已。

「有一個方法，能解開我們的疑惑。」松鴉羽說道。「請棘星告訴我們，他去到星族時所見的情狀……」

每一隻貓的目光都轉向棘星，他仍然站在樹枝上，高抬著頭遙望眾貓上方某處。一小段時間過後，他才微微一驚，彷彿現在才注意到空地上的寂靜，彷彿剛才一直沒發現每隻貓都在等他回答問題。

「能請你告訴我們，你失去一條命時，看見了什麼景象嗎？」松鴉羽重複道。「你有去到星族嗎？」

棘星似乎在整理思緒，思索該如何回答問題。最終，他點了點頭。「有，我敢肯定我去了星族。」

「你開始新生命之前，祂們有對你說些什麼嗎？」兔星問道。

「有。」

「那祂們怎麼說？」霧星首次開口，語調無比焦慮。「祂們有沒有給你任何指導？有沒有什麼能轉達給我們的話？」

棘星轉向她，琥珀色眼眸毫不親切。「霧星，妳和我一樣是一族之長，妳也知道我們和星族之間的話語不該轉述給任何貓，這是我和星族的隱私，我不打算說出來。」

霧星抱歉地垂頭。「我明白。棘星，對不起。」

「星族讓我死而復生，」棘星接著說。「這是我們唯一該注意的部分。祂們讓我復活，有什麼不應該嗎？我可是一向恪守戰士守則。」他的目光狠狠掃過其他坐在大橡樹枝頭的族長。「你們為何質疑我？」他厲聲問。

那幾拍心跳的時間，空地上瀰漫著尷尬的沉默，其他四族族長面面相覷。影掌做好心理準備，等著他們繼續爭吵或互相指控。

「我們沒有要質疑你的意思。棘星，我們相信你。」葉星終於代表其他四族族長，喵聲說。「但是——」

「那麼，就現在而言，我們就該接受影掌能和星族溝通、是我們和星族之間的橋梁這件事。」棘星打斷葉星，繼續說道。「至少，在月池的冰層消融前是如此。」

空地上的戰士紛紛寬心地呢喃，大多數貓似乎認為族長們下定決心就好，但仍有幾隻貓對影掌投來不信任的眼神。

影掌只希望大集會立刻結束，他才能遠離貓群……然而此時，樹從天族眾貓當中站了起來。

「即使不是巫醫，其他貓也可能看見預兆。」樹指出。「如果他們說自己收到了星族的訊息，我們不該擅自認定那是妄言，那也不代表看見預兆的貓有任何危險性。」

樹為什麼非要現在提起這件事不可？影掌好奇地想。他對上見習生根掌的視線，根掌坐在父親身旁，即使大部分的貓難得以低哼認同樹說的話，根掌依然羞慚地舔著胸口的毛髮。

無論如何，影掌就是忘不了，他看見的預兆當中，樹也是違規者之一。**說不定星族和我們不一樣，不能接受「與眾不同」的貓。**

「樹，謝謝你的發言。」棘星喵嗚道。從他的語氣聽來，他不想再聽那隻天族公貓發言了。「現在，我們必須討論未來。影掌，你看見了預兆，說貓族之中存在黑暗力量。你還有什麼資訊，能和我們分享嗎？」

比禿葉季寒風更冷的惡寒，竄遍影掌全身。他現在根本不想去思考此事，更別說是在這麼多貓面前說出口，更何況，虎星命令他不要提起關於違規者的預兆。「沒有，」他盯著腳爪撒謊。「我知道的就只有這些。」

「那有沒有貓知道貓族之中存在的『黑暗力量』，可能是什麼樣的力量呢？」棘星接著問。他的目光朝影掌投來，影掌緊盯著自己的腳爪，全身發冷。**他該不會知道吧？**

片刻過後，影掌抬頭看見各族族長交換困惑的眼神。「暗尾還在我們之中時，這個問題的答案顯而易見。」霧星終於開口回答。「但現在他走了，走得正好。從上次集會至今，應該沒有貓族收留惡棍貓或獨行貓吧？」

「我們哪有那麼傻。」虎星嘀咕道。

「有貓見到黑暗森林貓的蹤跡嗎？」兔星問道。「他們應該不敢再攻擊我們了吧？」

「我認為不會。」風族巫醫隼翔回答。「他們已經在之前的大戰中學到教訓了，更何況，他們不算是貓族『之中』的黑暗力量。」

影掌的呼吸漸漸變得舒暢，他希望眾貓能趕緊放下這個議題。但就在這時，河族長老苔皮撐起了身體。

「星族的訊息，會不會和戰士守則有關？」她開口說。「棘星說得對，他一向恪守戰士守則，但並不是每一隻貓都有嚴格守規矩。想當年，我還年輕的時候，貓族可不是現在這副德性……」她粗重地呼吸，又再次坐下。

聽到苔皮的話語命中紅心，影掌逼自己不要退縮。**苔皮好睿智……**他偷瞄父親一眼，發現虎星完全靜止不動了。

「苔皮，妳說得很有道理。」棘星尊敬地對河族長老點頭。「事情很有可能像妳說的一樣。」

「那有任何貓想自首，承認自己違反了戰士守則嗎？」兔星凝望貓群問道。「也許我們認錯之後，星族就願意歸來了。」

影掌望見許多貓不自在地和其他貓對視，卻沒有貓出聲。他感覺到空地上雷雨將至般的緊張氣氛，眾貓的沉默震耳欲聾。

「好吧。」半晌過後，棘星接著說。「那有沒有貓知道誰違反了戰士守則？能舉出那些貓的名字嗎？」

雷族族長話音甫落，空地上就傳出憤懣的號叫聲。霧星的語音切割了喧鬧聲，她對棘星怒目而視，藍眼睛宛若兩片寒冰。

「你想表達什麼？」她厲聲問。「我們當真想住在眾貓互相指控的貓族裡嗎？」

霧星說話的同時，影掌注意到棘星的姊姊褐皮——她盯著弟弟，臉上混雜了遭受背叛的震驚與不解。影掌想起自己在育兒室裡，聽鴿翅說過的故事：褐皮出身雷族，後來卻為了加入父親——第一代虎星——而離開了雷族，選擇加入影族。**她和鴿翅一樣換過貓族**，影掌恍然大悟。**所以她也是違規者。棘星真的想鼓勵別的貓舉報他姊姊嗎？**

「哪裡的話。」棘星睜大雙眼，一臉無辜地回應霧星。「我只是想驅逐威脅各貓族的黑暗力量而已。我們連坦然談論此事都做不到，那怎麼可能驅除黑暗？」他頓了頓，然後以更低沉、更嚴肅的語調接著說：「所有貓都說是冷天氣斷了我們和星族的連結，說得好像月池融解過後，我們就必然能聯絡上戰士祖先，但有誰確信這一點嗎？不久前，祂們才說過要我們和祂們走得更近一些，我們做到了嗎？我們嘗試過了嗎？如果星族無視我們，不是因為寒冷呢？誰知道祂們背棄我們，不是因為有太多貓違反了戰士守則？也許，切斷了我們和星族之間的連結的，其實是這股『黑暗力量』。也許，是這東西造成了此次寒酷的禿葉季。」

虎星凝視著棘星，影掌駭然發現父親語音怯弱，彷彿害怕到幾乎發不出聲音。「這是你失去一條命時，星族告訴你的話嗎？」

棘星仰望漆黑夜空，像在思索該如何回答，鼻吻皺了起來。「星族告訴我的話語，不是其他貓可以置喙的。」他以低沉、冷淡的語音回答。「我不過是提出一些問題，希望各族能好好想一想罷了。」

影掌感覺心中一寬——幸好星族沒命令棘星驅逐包括虎星與鴿翅在內的違規者，但緊接著的沉寂仍令他不安。每一隻貓都顯得徬徨無措。

「別忘了影掌的另一個預兆。」片刻後，棘星又說。「湖裡冒出來的大火毀了所有貓族，那也許是我們把事情搞砸的後果。」

聽棘星提起那恐怖的警告，影掌全身一顫，看見每一隻貓先是畏懼地注視著他，接著轉頭竊竊私語。

「星族會為部族貓違規而發怒，也是理所當然。」最後，兔星喵嗚道。「我們經歷了艱困的一段時期，也許相對放寬了準則。若是如此，我們未來必須更嚴格遵行守則。」

「如此說來，接近星族的唯一方法，就是……是什麼？」霧星跟著說。「找出違反守則的貓，然後呢？該阻止他們？還是懲罰他們？」聽她的語氣，她似乎一點也不想這麼做。

在影掌看來，空地上每一隻貓都顯得很不自在，但他們還來不及提出異議，棘星又接著說話了。

「我們一次走一步就好。」他語音溫暖地喵聲安慰。「在下一次滿月的大集會之前，你們都該想想戰士守則，想想自己的族貓是否有遵守守則。」他尾巴一揮。「我在此宣布集會結束。」

棘星跳下大橡樹之時，與會眾貓漸漸散去，影掌看著各族許多貓跑向雷族族長，為他身體康復之事道賀。

「棘星，看到你回來了，我真是開心。」

「這座森林不能沒有你。」

在眾貓的矚目下，棘星似乎不太自在，他的腳爪在地上挪動，耳朵緊貼著頭頂。「大家都是成年戰士了，有必要表現得像過動的小貓嗎？」他沉聲說。「你們又不是沒看過族長起死回生。」

他推開貓群朝樹橋走去，雷族族貓緊跟在後。

影掌望見父母不安地對視一眼——還有更多影族貓不安地看著他們。他知道父母來自不同的貓族，所以結為伴侶的同時違背了戰士守則。**我的存在本身就違反了戰士守則**。他難過地想。但影掌又想：若真是如此，那星族怎麼會選擇將拯救棘星的重責大任交給我？

他知道自己幫了雷族，該感到開心，甚至是驕傲才對。結果，他跟隨父母走上回影族地盤的漫漫長路時，心中只感覺得到恐懼。

我做了什麼好事？

第二十四章

根掌才剛幫鹿蕨把新鮮墊草搬進長老窩，就聽見妹妹針掌在外頭空地上呼喚他。他對鹿蕨一點頭，然後走出長老窩。「怎麼了？」他問針掌。

「紫羅蘭光和樹想找我們談話。」針掌回答。「樹說他有很重要的話要告訴我們。」

根掌左顧右盼，卻沒看見父親或母親。這時，針掌輕輕推了他一下。

「他們在樹林裡。」她喵聲說。「樹不想讓其他貓聽到他說的話。」

根掌翻了個白眼。**又怎樣了？**他一面跟隨妹妹穿過蕨叢，一面努力不表現出煩躁的模樣，心想：樹就是這個樣子。大集會結束後，很多貓都慶幸棘星死而復生，樹卻見不得其他貓開心，他就是要搞怪，就是要想辦法潑大家冷水。

根掌和妹妹走出營地，在外頭一棵樹下找到樹與紫羅蘭光，根掌注意到母親不解地看著一臉嚴肅的樹。樹面露憂色，用尾巴示意兩隻見習生靠近。

「昨晚的大集會令我十分不安。」根掌與針掌窩到他身邊的松針堆裡時，樹說道。

「為什麼？」紫羅蘭光問道。「在我看來，一切都很好啊，棘星回來了呢！」

樹一臉震驚地看著她，彷彿不敢相信自己聽見的話語。「妳沒聽見棘星的呼籲嗎？」他問道。「他要我們互相指控，舉報可能讓族貓被驅逐的罪行。」

紫羅蘭光依然莫名其妙。「你在怕什麼？你不是也遵守戰士守則嗎？」

樹驚得鬍鬚彎起。「妳怎麼能說這種話！」他高呼。「妳忘了暗尾嗎？妳不是對我說過嗎？他會操弄規則，懲罰他看不順眼的貓。」樹遲疑片刻，然後補充道：「就像針尾，妳忘了嗎？」

恐懼忽然洗過紫羅蘭光的臉，她顯然很努力想說話，卻一個字也說不出來。**她怎麼了？**看見母親難受的神色，根掌心想。**「針尾」是誰？針掌的名字，就是從「針尾」來的嗎？為什麼一提到針尾，母親就露出這麼痛苦的表情？**

根掌聽過暗尾與他的爪牙的故事，知道他們險些毀了影族，也知道母親曾是暗尾家庭的一員，後來在消滅暗尾勢力的行動中出了力。但是，紫羅蘭光向來對此三緘其口。那件事還太過鮮明、太過痛苦了。之前，樹是這麼對根掌與針掌說的。

「那是暗尾的爪牙。」紫羅蘭光終於開口對樹說。「那和貓族無關。」

「過去無關。」樹喵嗚道。「未來可能就有關了。」

紫羅蘭光別過頭，無法直視他。

樹伸出尾巴，輕輕將尾巴尖端搭在她肩頭。「我只是希望妳理解我提出這件事的理由。」他對紫羅蘭光說。「我們要不要再回去當惡棍貓？無論去往何方，我都知道怎麼找到食物，我會保護妳的。」

根掌和針掌交換了個震驚的眼神，一想到要邁向未知，他就感覺到身上每一根毛髮驚惶地刺癢。

「離開貓族？」針掌半信半疑地問。「你在開玩笑吧！」

母親搖頭的同時，根掌大大鬆了一口氣。「我做不到。」紫羅蘭光喵聲說。「我為了找到親屬而費盡心思，怎麼能再離開鷹翅？」

根掌在父親眼中看見遺憾，但樹還是會意地點頭。「我也想過妳會這麼說，所以我想到了第二個方法。也許我們該說服葉星將天族遷回峽谷，天族可以再次獨立過活——大風暴來襲之前，我們不也打算繼續過與世隔絕的生活？」

方才鬆一口氣的根掌，又瞬間被怒火吞噬。**不愧是樹，他就是能想到把事情搞得很麻煩的方法！**「回峽谷？」他驚呼。「可是我和針掌根本沒去過那裡啊！而且我喜歡跟其他貓族一起生活。」

而且一旦搬回峽谷，我就見不到鬃霜了。

根掌立刻推開那個想法。雷族那隻母貓已經說得很清楚了，她對根掌沒有那種感情。**這樣也好，現在再有一對伴侶違反戰士守則還得了！**

紫羅蘭光再次搖頭。「我不願意離姊姊嫩枝杈而去。」

「我也不想離開其他貓族！」針掌跟著說。「而且，星族不是叫我們一起生活嗎？」

聽針掌提起星族，樹煩躁地一抖耳朵。「好吧，」他嘆息著說。「我寡不敵眾，拗不過你們。但我們能不能身為一家貓，許下保持警覺的承諾？如果五貓族的情勢惡化，我們無論是和天族一同離開或是自行離開都行，就是不能留下來。」

「好喔。」針掌喵嗚道。

根掌不情願地點頭同意妹妹的話，卻還是不明白父親在抱怨什麼。**大家都遵守戰士守則，那不是好事嗎？**

「好。」紫羅蘭光呢喃道。她顯然還因他們的決策感到不開心。「但我們必須一起做決定，這樣才公平。」

樹更深、更重地嘆息。「好吧。」

✦✦✦

家庭會議結束後，根掌並沒有回營，而是走入森林。即使知道該回去找露躍練習狩獵了，他還是需要獨處一小段時間，釐清腦中紊亂的思緒。

森林地表仍覆蓋一層白雪，冰柱從樹上垂下。根掌已經習慣腳爪冷得發麻、寒風探入毛髮，都幾乎忘了溫暖是什麼感覺，但他仍舊深愛樹林，也喜歡慢慢認識它的全部。他不覺得自己能把其他地方當成家。

我最近見習得很順利。他心想。他很期待露躍認為他準備充足，可以接受檢定的日子。**我好端端的，為什麼要離開？要是走了，我可能一輩子都當不上戰士了。真是的，樹到底有什麼毛病？**

根掌很好奇，如果他有一對正常的父母，那不知道是什麼感覺？紫羅蘭光還算正常吧，平時總是冷靜又鎮定——可是一提到針尾，她的鎮定就會煙消雲散。**那到底是怎**

麼回事？樹提起那個名字時，紫羅蘭光的反應非常劇烈，彷彿被樹挖出了心臟。

根掌迷失在自己的心思中，瞥見一隻深棕色虎斑公貓站在空地另一頭時，他嚇了一跳。「啊──抱歉！」他驚呼，只希望自己沒打擾到對方。

公虎斑貓聽見根掌的聲音，抬起頭，耳朵朝他轉來。根掌倒抽一口氣，認出了對方。「棘星！」**可是，他怎麼會來天族地盤？而且，我怎麼沒聞到他的氣味？**

根掌張嘴品嚐空氣，卻還是沒嗅到任何屬於雷族的氣味。**怎麼可能有沒味道的貓？**

棘星跨步向根掌走來。根掌不可置信又驚恐萬分地驚呼一聲──他能看穿棘星的身體，穿透他看見空地另一頭的樹木。這令根掌想起父親故事中的死貓。

可是我沒有看見死貓的能力，而且棘星也沒死啊！

根掌不知道那個長得像棘星的東西是什麼，但它還是一步步向他走來。在驚慌的驅使下，根掌直接掉頭衝回營地，腹部的毛髮擦過雪地，尾巴隨著飛奔時激起的風在身後飛揚。

後方傳來逐漸淡去的聲音，那個聲音在呼喚他：「等一下！拜託你幫幫我！幫幫我啊！」

國家圖書館出版品預編目資料

貓戰士七部曲破滅守則．一，迷失群星 / 艾琳．杭特（Erin Hunter）著；約翰．韋伯（Johannes Wiebel）繪；朱崇旻譯．-- 初版．-- 臺中市：晨星，2021.01
面；　公分．--（Warriors；59）
譯自：Warriors : The Broken Code. 1, Lost Stars
ISBN 978-986-5529-87-1（平裝）

873.596　　109018435

貓戰士七部曲之 I

迷失群星 *Lost Stars*

作者	艾琳．杭特（Erin Hunter）
繪者	約翰．韋伯（Johannes Wiebel）
譯者	朱崇旻
責任編輯	陳品蓉
文字校對	許仁豪、陳品蓉
封面設計	陳柔含
美術編輯	林素華
創辦人	陳銘民
發行所	晨星出版有限公司 407台中市西屯區工業區30路1號1樓 TEL：04-23595820　FAX：04-23550581 行政院新聞局局版台業字第2500號
法律顧問	陳思成律師
初版	西元2021年01月01日 西元2024年05月31日（三刷）
讀者訂購專線	TEL：（02）23672044 /（04）23595819#212
讀者傳真專線	FAX：（02）23635741 /（04）23595493
讀者專用信箱	service@morningstar.com.tw
網路書店	http://www.morningstar.com.tw
郵政劃撥	15060393（知己圖書股份有限公司）
印刷	上好印刷股份有限公司

定價250元

（缺頁或破損的書，請寄回更換）
ISBN 978-986-5529-87-1

請填妥後對折裝訂，再貼妥郵票寄出

請黏貼
8 元郵票

407

台中市工業區30路1號

晨星出版有限公司

TEL：（04）23595820　FAX：（04）23550581

e-mail：service@morningstar.com.tw

http://www.morningstar.com.tw

請沿虛線摺下裝訂，謝謝！

貓戰士VIP會員

加入即享會員限定優惠折扣、不定期抽獎活動好禮、最新消息搶先看。

【三個方法成為貓戰士VIP會員！】

1. 填妥本張回函，並寄回此回函。
2. 拍照本回函資料，回傳至少年晨星Line。
3. 掃描右方QR Code，線上申辦。

Line ID：
@api6044d

線上申辦

★因人工作業，回函寄出後需約兩週作業時間。
感謝您的耐心等候。

☐ 我已經是會員，卡號＿＿＿＿＿＿＿＿＿＿

☐ 我不是會員，我要成為貓戰士VIP會員

姓　名：＿＿＿＿＿＿＿＿　性　別：＿＿＿＿　生　日：＿＿＿＿＿＿＿＿

e-mail：＿＿＿＿＿＿＿＿＿＿＿＿＿＿＿＿＿＿＿＿＿＿＿＿＿＿＿＿

地　址：☐☐☐＿＿＿＿縣／市＿＿＿＿鄉／鎮／市／區＿＿＿＿路／街

＿＿＿＿段＿＿＿巷＿＿＿弄＿＿＿號＿＿＿樓／室

電　話：＿＿＿＿＿＿＿＿＿＿＿＿＿＿＿＿＿＿＿＿＿＿＿＿＿＿＿＿

我要收到貓戰士最新消息　☐要　☐不要

我要成為晨星出版官網會員　☐要　☐不要

貓戰士鐵製鉛筆盒抽獎活動

請將書條的蘋果文庫點數與貓戰士點數黏貼於此，集滿2個貓爪與1顆蘋果（點數在蘋果文庫書籍）後寄回，就有機會獲得晨星出版獨家設計「貓戰士鐵製鉛筆盒」乙個！

點數黏貼處

若有問題，歡迎至官方Line詢問